BIFURQUER

PAR TEMPS INCERTAINS

LAURE NOUALHAT

BIFURQUER

PAR TEMPS INCERTAINS

Tana
éditions

Introduction

On a beau dire, un petit virus et une bonne guerre font plus qu'une bibliothèque bien remplie. Le coronukraine est le professeur que d'aucuns attendaient. Efficace, pédagogue à souhait, il retourne les cerveaux en exhumant ce que ses élèves ne veulent pas voir, pas comprendre : la récré est finie, les copains. Il a suffi que Vladimir Poutine pète un boulon pour que l'on comprenne ce que les enquêteurs de l'anthropocène (essayistes, économistes, philosophes, sociologues...) s'échinaient à transmettre : le temps de l'énergie abondante et pas chère est révolu. Il a suffi qu'un virus s'échappe d'un pangolin, d'une chauve-souris ou d'un crotale pour que notre quotidien mondialisé soit empêché. Quelque part, la guerre en Ukraine est venue enfoncer le clou du coronavirus. Demain, une autre crise prendra le relais, c'est à peu près certain, et la séquence 2020-2022 sera peut-être rebaptisée la Grande Bascule ou le Petit Dévissage par les historiens dans quelques années. En trois ans, les *early adopters,* celles et ceux qui croyaient à un effondrement possible de notre civilisation, ont été galvanisés dans leurs choix. Enfin, ils étaient reconnus, ne passaient plus pour d'adorables olibrius inquiets d'une hypothétique fin du monde et avaient l'air moins cons avec leurs panneaux solaires sur leurs maisons autonomes. En trois petites années, un certain monde a basculé.

Nombreux sont ceux à avoir vu dans ce coronukraine le meilleur allié de leurs rêves, enterrés, mis à distance ou de côté, et chaque année reportés. La crise du milieu de vie, une rupture, un drame… changer de vie a toujours été un sujet, mais il y a en 2023 changement d'échelle et d'envergure. Avec cette crise systémique, le périmètre du changement s'étale jusqu'à un devoir de transition, écologique, sociale et même solidaire. On ne change plus de vie, on transitionne, on se redirige ; sous-entendu, la boussole des valeurs change de cap, l'empreinte carbone est réduite, l'énergie est économisée, voire fliquée, les habitudes consuméristes sont revues à la baisse, si ce n'est éliminées, et l'on songe sérieusement à inventer un futur souhaitable où l'Homme ne serait plus un nuisible. Le grand confinement et le renchérissement du coût de la vie en ont mis plus d'un face à son désir de pas de côté. Souvenez-vous du printemps 2020, exceptionnel de silence, qui mettait le monde au diapason de celui des collapsologues : le calme, le silence, la lenteur, les magasins débiles fermés et les journées remplies de mille choses plus utiles que l'emploi, qui, lui, remplit le frigo. Il en a sidéré d'autres, cueillis à froid, surpris dans leur ronron machinal et délétère. Il a fendillé des carapaces de routine. Surtout, il a mis en mouvement des centaines, des milliers de personnes qu'aucun guichet ne recense. Ce virus a galvanisé toute une communauté, collapsologue ou non, concernée par les risques systémiques. Avec les saisons déglinguées et la guerre, autre chose a émergé : la peur du manque devant des rayonnages vides d'huile de tournesol ou de moutarde, celle de l'explosion des prix à la pompe, des pénuries d'électricité, d'essence ou de patates, de la trop grande dépendance à un système politique assurément dépassé. La peur d'une décroissance subie, en somme. À voir les gesticulations gouvernementales, on se croirait dans une nouvelle d'Ursula Le Guin, celle où le partage des ressources a imposé un État triplement totalitaire… Le coronukraine a accéléré les projets (ou le déclenchement de projets) de ceux qui attendaient le top départ de leur changement de vie. Il a conforté des personnes qui avaient fait le choix très ancien de réduire leur empreinte écologique, de partager et de transmettre des savoirs enfouis, de ralentir, de remettre de la vie dans les choses à faire et du temps là où il n'y en avait plus, c'est-à-dire dans les relations familiales, amicales, de voisinage. Alooors, qui c'est qui avait raison, hmmm ? Qui c'est le mieux préparé, heiiin ? Qui a trouvé le graal ? Qui a les réponses à toutes les questions ? Qui fait mieux que l'autre ? Qui est à 2 tonnes de CO_2 par an sans trop en souffrir alors que la moyenne nationale est à 9 ? Je vous rassure, pas grand monde… c'est dire si « on est prêts » !

À la fin de *Comment rester écolo sans finir dépressif*[1], j'invitais chacun à se poser deux questions. Dans les temps impartis, juste avant que le système-terre ne nous envoie la douloureuse, qui ai-je envie d'être et qu'est-ce que je peux faire ? Quand on se pose ces questions le plus sincèrement du monde, avec l'envie la plus honnête d'y répondre, alors la vie entière passe au scanner. J'ajouterais : comment, où et avec qui ? Avec quels outils ? Pour quel projet ? Dans quelle temporalité ? Avec quel argent ? Et pour faire quelle société ?

1. *Comment rester écolo sans finir dépressif*, Tana, 2020.

Ces questions connexes, inévitables dès lors qu'on déroule la pelote du faire, précèdent une autre strate, plus intime : sommes-nous bien avec nous-mêmes ? Nous connaissons-nous assez ? Comment allons-nous réagir en mode critique ? Suis-je avec des gens que j'aime et qui m'aiment en retour ? Ai-je trouvé ma place dans le monde à venir ? Ai-je une petite idée de ma contribution ?

Je vais vous livrer un scoop évident : il n'y a pas que le vieux monde à déconstruire, il y a nous, nos façons d'être, de réagir, de penser. J'ai beau me balader dans le « foutur » depuis longtemps, je ne me sens pas prête, humainement, à errer dans un monde dégradé.

À force d'entendre ici ou là qu'un tel ou une telle partait aligner sa vie, j'ai eu envie de partir à la rencontre de ces petites pelotes. À l'origine, une idée en l'air, aller voir les « bifurquants », ces gens qui se cognent les questions ci-dessus. J'ai mis des compotes dans le coffre, embarqué des CD de philosophie et de l'artiste inuite Tanya Tagaq Gillis, un duvet et un tambour, et puis j'ai loué ma maison pour six semaines. J'ai fait le plein de mon veau motorisé et tracé un itinéraire un peu flou, un peu hasardeux, allant de la Sarthe au Diois en passant par la Bretagne, le Périgord vert, un peu de Cévennes, du Massif central, une pichenette de Pays de la Loire, d'Isère… Au cours de cette enquête roulante, mon amie photographe Jérômine Derigny m'a rejointe, et les centaines de photos qu'elle a faites feront peut-être l'objet d'un livre un jour. Nous sommes passées d'un habitat partagé breton à une commune imaginée périgourdine, d'une cohabitation chahutée à un groupe en symbiose. Nous avons croisé des dizaines de personnes en pleine mutation de vie : par exemple, des forçats de l'autonomie alimentaire, comme Pierre Delorme ou le groupe Etika Mondo, des assoiffés de liberté, comme les communards du Bandiat, des bienheureux qui ont tout quitté, ou presque, pour un lopin de terre, comme Grégory Derville, professeur en sciences politiques, des couples qui se font et se défont, comme Flora et Mathieu, dont la vie a volé en éclats pour une bifurcation des plus inattendues, des tripotées de jeunes, avides de faire advenir un « autre monde » en commençant par ne plus travailler (en comptant, au choix, sur un hypothétique héritage, la solidarité nationale ou, mieux, en vivant avec moins)... Avec Jérô, nous devisions sans relâche dans l'habitacle du veau roulant, sur les écueils des uns, les réussites des autres, l'attrait énorme de tel paysage et l'effet repoussoir majeur de la vie à plusieurs, surtout quand elle transpire de tensions. Étonnamment, en sautillant d'une rencontre à l'autre, j'ai été particulièrement secouée. À chaque kilomètre avalé, j'avais la sensation de rétrécir, un peu comme si chaque projet me ramenait brutalement à la réalité : nous sommes dans une souricière en surchauffe, les gars, il n'existe pas d'échappatoire. Il n'y a finalement nulle part où aller. Ceux qui avaient sorti les cartes pour se carapater en Bretagne ont vu les monts d'Arrée brûler l'été dernier, des copains à peine installés dans leur maison du Lot se sont vus exfiltrés lors des incendies de La Teste en juillet dernier, et j'en passe, tant les exemples s'empilent sur toutes les tables de chevet.

Cette enquête pas bête m'a causé bien des soucis en me plongeant dans les affres du doute. Ces personnes mettent tout dans la balance pour s'aligner (on dit beaucoup cela, comme s'il fallait que notre vie ressemble à une étagère), et à leur contact, moi, j'ai douté de tout. En visitant leur vie, je revisitais la mienne. Ai-je fait les bons choix ? Suis-je à ma place ? Au bon endroit ? Avec les bonnes personnes ? Qu'ai-je construit de tangible ? Ai-je besoin de tangible, d'ailleurs ? La bifurc' est-elle réservée aux nantis ? Quelles sont nos marges de manœuvre ? Dans quelles luttes s'inscrivent les transitionneurs ? Ne sont-ils pas juste en train de se mettre à l'abri en faisant un gros doigt à la face du monde ? Comment s'occuper dans la joie en attendant l'extinction des feux ? Et, pire que tout, à quoi tout cela sert-il ? M'atteler à cet ouvrage m'a fait faire un tour sur moi-même. Qu'on se comprenne bien, je ne tombe pas des nues, et depuis trois ans je savoure : je ne colportais pas de l'information débile pendant mes vingt années de journalisme environnemental, et tant pis si cela n'a rien empêché de ce qui arrive, et arrivera.

Les bifurcations me fichent une sacrée trouille, parce que la plupart s'imposent à moi, elles signalent que rien ne va plus et que les jeux sont faits. Il y a dix ans, j'ai (comme beaucoup d'autres avant moi !) troqué ma vie de journaliste parisienne pour rejoindre une ville de dix mille habitants endormie sur les bords de l'Yonne. Il m'a bien fallu atterrir quelque part, pour paraphraser Bruno Latour. Et pourquoi pas ici, puisque rien ne m'y attachait ? Un compas, une croix sur une carte et une gare à une heure vingt de Paris, puis une maison livrée par l'univers (si, si), une maison bien à moi, pour me remettre sur les chemins de la vie, du travail et de l'action. J'y suis arrivée à terre, méchamment cabossée par un burn-out d'envergure. Mon pangolin intérieur avait ouvert tous ses pores et la dépression minait chaque respiration. Là, ça valait bien ailleurs. Mon état psychique m'empêchait de me projeter à plus de deux mètres et à plus de deux jours. Je voulais vivre en boule sous une couette, dans un placard, dans ma cave, à déboucher des quilles jusqu'à perdre la raison. À quoi bon vivre à jeun dans ce monde indolent et indifférent à sa fin pétaradante ? J'ai bifurqué, paraît-il ; en vérité, j'ai juste déménagé à cent cinquante kilomètres de Paris. La belle affaire ! Comme si cette translation allait me soustraire à l'effondrement… Il n'empêche, le changement de cadre a eu son effet kiss cool, quelque chose de l'ordre du retour à la vraie vie a eu lieu. J'ai posé mes valises, rencontré de sacrées personnes, vite devenues des amies, construit un réseau, créé une association, organisé des fêtes, de grands raouts ou des mini-pique-niques. Dix ans plus tard, j'ai bâti les fondations d'une vie. Cela passe par des amis chers, des copains proches, de terribles effets miroirs, des ego délicieux, des caractères trempés dans du purin d'orties, une petite communauté de gens avec lesquels fomenter l'avenir pour le rendre moins définitif. Cela se traduit par des réunions bénévoles à foison, du temps libre grignoté chaque jour, des projets ras-le-chapeau-de-paille ; j'ai même de la terre, sous la forme de vergers prodigues et précieux. Et, au milieu, des poussées de burn-out, mais militant cette fois !

Voilà pourquoi vous allez beaucoup lire sur ce qui se passe à Joigny, où je me suis installée un peu par hasard – mais il n'en existe pas – il y a dix ans. Cette belle endormie sur les bords de l'Yonne est devenue un nom qui claque dans les réseaux de la transition. J'ai beaucoup œuvré, et j'œuvre encore, pour cela. C'est presque dans mon ADN… Je porte un nom étrange, originaire d'Auvergne, qui puise également ses origines dans le Nord-Maghreb. Les Arabes sont montés jusqu'à Poitiers et, en chemin, peut-être se sont-ils installés à Malintrat, dans le Puy-de-Dôme, où l'on trouve deux hameaux, Grand-Noualhat et Petit-Noualhat. Du plus bel effet, ces paysages de l'anthropocène se trouvent à la croisée de deux autoroutes, l'A69 et l'A71, près d'un Ehpad, de l'aéroport et d'une zone commerciale. Tout le monde n'a pas la chance d'avoir un emplacement ragoûtant à son nom, mais celui-ci me plaît, il a le mérite de résumer l'époque ! Mon père, bâtard adopté au Maroc, a donc hérité, ironie de l'histoire, d'un nom auvergnat arabisant. Je suis assez fière, et du nom et de la filiation bancale. J'aime son orthographe, sur laquelle butent tous ceux qui veulent l'épeler en faisant surgir le *h* trop tôt, ou jamais. Et puis, un jour, un SMS me demande pourquoi Joigny : « Qu'est-ce qui se noua là » ? Damned ! Mon nom me prédestine aux nœuds, aux liens, à la reliance… Moi qui amasse une quantité non négligeable d'informations pour les partager, je les ai nouées là. Dans le simple but que ces nœuds constituent une maille, puis un tricot, et peut-être un filet suffisamment solide dans le réseau des tempêtes. Nombre de personnes se sont installées à Joigny, et beaucoup d'autres y passent quelques jours pour sentir le souffle de l'action. Car nous agissons sur tous les fronts, certains plus que d'autres, et d'autres à leur façon, discrète, sensible, sans tambour ni trompette, ni slogan de manif en bandoulière. À vrai dire, nous nous occupons pour braver l'éco-anxiété qui nous assaille au moindre coup de gel en avril, à la moindre sécheresse, au plus petit bout de banquise rompu. Mon petit doigt, qui ne cesse de chuchoter à mon cerveau reptilien, me dit que nous faisons quelque chose de vain, qu'un funeste foutur s'ouvre à nous et que nous gesticulons face à des forces telluriques qui nous engloutiront sans même nous mâcher. Mais, comme dirait un amant, n'est-il pas bon de gesticuler ? Mille fois oui ! La jouissance du faire permet d'oublier le ridicule de cette bête à deux dos qu'est notre planète emmanchée par une espèce humaine grouillante d'espoirs fichus ! Bifurquer ? Bifurquons et gesticulons ! Même si on ne peut s'affranchir du système-terre ni s'échapper de l'étuve Gaïa !

Nous savons bien notre mort certaine, et cela ne nous empêche pas de vivre. C'est le mantra auquel je m'agrippe chaque jour pour ne pas sombrer. Puisque nous sommes là, dans cette époque où tout semble dévisser, autant faire ce qu'on a à faire. C'est la leçon de celles et ceux qui ont emprunté des chemins de traverse, une fois qu'ils ont su et accepté que nous étions embarqués pour un aller simple vers des temps incertains, ceux-là mêmes qui génèrent éco-anxiété, angoisses vertigineuses, peurs, inconfort et perte d'appétit… On pourrait même changer radicalement de regard sur les choses et se demander pourquoi nous avons choisi de naître dans ce pays, dans cette ville, dans cette famille et même dans cette époque où, excusez du peu, en une année, une guerre éclate aux portes de l'Europe, Kim Jong-un s'amuse avec des missiles, Vladimir Poutine balance le spectre d'une apocalypse nucléaire, le prix de l'électricité flambe et, ô sacrilège, Kylian Mbappé est devenu un vrai, gros ringard ! « Tout ce que je sais, c'est que je ne sais rien, tandis que les autres croient savoir ce qu'ils ne savent pas. » La maxime socratique joue à plein. Le futur n'est jamais sûr, le pire n'est pas certain, cette fois encore. L'époque est à l'inconnu. Nous n'avons rien inventé, à part la déstabilisation pleine et entière de nos conditions de vie sur terre après dix mille ans de relative stabilité. Dans ces incertitudes-là, nous devons évoluer, changer, bifurquer, accepter et vivre. Même dans l'odeur de roussi, il se dénombre des milliers d'initiatives enthousiastes.

Certains iront chercher le sens qui leur manque dans leur vie professionnelle ; d'autres appuieront sur la pédale de frein et déplaceront leur petite famille dans une ferme en ruine pour vivre leur rêve enfoui ; des hardis choisiront de vivre en collectif, en habitat partagé, dans des hameaux avec des espaces en commun (cuisine, salle de jeux, potager, atelier…) ; d'autres encore rallieront la cause modeste d'une association locale. Tout le monde n'aspire pas à vivre à plusieurs, et heureusement ! En revanche, la bifurcation intérieure est au centre de chaque trajectoire. Le système rouillé d'avant fait exploser les certitudes, tout le monde nous l'a dit. Il s'agit de déconstruire un paquet de représentations : le rapport à l'argent, à la propriété, au travail, à la famille, aux études, au confort, au partage, aux objets, au couple, au bonheur, au temps qui filoche. Chaque personne rencontrée, chaque lieu, raconte un chemin exigeant, chaotique et qui termine parfois dans une impasse ! Sur ce chemin, il y a beaucoup de sérénité, de légèreté et même de sécurité affective. À force de travail sur soi et ses émotions, le bifurquant tisse des liens aussi solides qu'une cotte de mailles, y compris avec de parfaits inconnus.

J'abhorre les nunucheries et le sentimentalisme, je ne suis pas sûre qu'on ait besoin de théoriser ce qui se passe, mais il y a tout de même, dans les bifurcations, la grande démission et le refus d'advenir, comme une révolution du désir. Enfin ! Des mots honnis jusqu'alors sont prononcés à tire-larigot : sobriété, décroissance, renoncement et même rationnement ! Les plus libéraux s'inquiètent d'une société et d'une économie du renoncement. Pour preuve : le low-cost l'emporte sur les produits de qualité, les électeurs désertent les urnes, plus d'un tiers des allocataires potentiels du RSA renoncent à en bénéficier, un Français sur deux s'évite des rendez-vous médicaux, et même Emmanuel Macron, alors président sortant, a renoncé à faire campagne ou à élaborer un projet politique… L'autre face de ces tristes désertions apparaît lumineuse : dire non aux boulots chiants, c'est dire oui à la créativité et au sens retrouvé ; dire non au glyphosate, à la malbouffe, aux objets merdiques, à la surconsommation permise par des systèmes low-cost (de la mode à l'ameublement, en passant par les produits alimentaires ou les voyages), c'est renouer avec la simplicité, la qualité, le « moins mais mieux », la proximité, l'accessible. C'est entrer à nouveau dans le cadre des limites planétaires, c'est rétrécir, mais pour mieux se déployer. Désirer autre chose, c'est l'ambition des bifurquants qui s'échinent, par l'exemple, à rendre d'autres désirs aussi désirables que les saloperies qui ont colonisé nos imaginaires depuis plus de quarante ans. Qu'on leur érige des statues (en bottes de paille), bordel !

Je finirai en précisant que ce livre est un objet journalistique étrange qui m'aura coûté pas mal de séances sur un divan. En effet, il est rare qu'une journaliste relate les faits dont elle est en partie à l'origine. C'est interdit, en vérité. En parlant du biotope jovinien, je parle principalement d'un objet plus ou moins monstrueux (au sens de son émancipation) que j'ai contribué à faire naître. Forte de mon amour de l'apéro, j'ai créé une association, fait le lien entre la mairie et les membres de la Bascule, facilité bon nombre d'atterrissages, provoqué la création d'une fabrique de territoire. Je suis tout simplement partie prenante et, dans le cas de cet ouvrage, juge et partie, ce qui confine au funambulisme assumé. Je note que rares sont les lieux visités qui aiment livrer leurs écueils, raconter leurs difficultés, leurs combats, comme s'il fallait maquiller ce qui ne va pas pour mieux vanter une transition souhaitable. Il y a toujours un peu de gêne, voire de honte, à foirer. Depuis mon poste d'observation, je perçois les limites, les blocages, le pipeau vert (*greenwashing*) et l'inefficacité, parfois, d'une machine associative qui n'est pas forcément plus noble qu'une usine de yaourt à boire. Je me ressource aussi à la fabuleuse énergie de celles et ceux qui tentent un truc, à la joie qui essaie de s'infiltrer et à la capacité transformatrice des individus à laquelle ce voyage du faire nous convie.

Joigny, le 14 octobre 2022

L'époque rêvée pour bifurquer

Tu t'es vu sous Seroplex ?

Un jour, le piano s'est tu. J'ai mis ça sur le compte du travail et des horaires décalés. Tout de même, deux heures de musique par jour, cela s'entend quand ça s'éteint ! Oui, un jour, Massimo ne s'est plus mis à l'ouvrage, lui qui m'a habituée, au cours de trois années de cohabitation, à deux heures d'exercices quotidiens. Massimo vit au-dessus de chez moi. Je ne siège pas au politburo de ses déplacements, mais je l'entends descendre les escaliers le matin quand il part endosser son costume de mister Zéro-Déchet du Syndicat des déchets du Centre Yonne. Je l'entends aussi parfois le soir si je traîne par chez moi. Donc, le matin et le soir, je sais à peu près quand il est là. Depuis un certain temps, la maison est baignée dans un silence mortifère, comme si je l'habitais seule. Pouah ! Massimo vient de passer treize semaines enfermé chez lui, à enchaîner les productions Marvel sur un écran de quinze pouces. Les mélodies ont cessé de tournoyer dans la cage d'escalier, les notes ne passent plus les fenêtres (y compris ouvertes), ni ne fondent dans le plancher pour nimber mon plafond de morceaux entêtants, façon Bach ou la valse d'Amélie Poulain.

Comme Mass est doux, réservé et très apprécié de la petite communauté jovinienne (Yonne), son retrait du monde a vite commencé à se faire sentir. Son téléphone a sonné régulièrement, il ne décrochait pas. Puis l'engin s'est mis à vibrer, s'est rempli de SMS, de messages vocaux inquiets, forcément, puis de petits mots délicats, timides, sur WhatsApp, Telegram ou Signal. Au plus profond de sa descente « en rien », Massimo se désolait de « cette habitude qu'a pris le monde de ne pas vouloir (l')oublier ». L'Italien, sosie du nouveau président chilien, se sent coupable de provoquer autant d'inquiétude. Chacun lui demande comment il va, et lui ne sait même plus comment tout a commencé : « Je suis perdu dans un néant, rien ne me donne envie d'en sortir. C'est comme si je restais en contemplation du vide sans pouvoir m'en extirper. Il ne se passe rien. » Ni pleurs, ni douleur, ni enthousiasme, ni désir, rien qu'une sorte de néant.

Grosse fatigue

« Je ne sais pas pourquoi je suis comme ça, je n'ai plus envie de rien car tout ce que j'entreprends me semble vain. » Bon, d'accord, s'attaquer aux poubelles humaines au XXIe siècle est un job de Sisyphe au possible. Qu'importe ! Il adore sa mission tant elle convient à une névrose obsessionnelle parfaitement assumée, et crantée sur la surconsommation, le gâchis, la chasse au plastique ou au neuf… Il travaille au Syndicat des déchets du Centre Yonne, où il y a trop peu de moyens, mais du sens et une vraie volonté politique. Il y a aussi des emmerdeurs de première, comme ce voisin parvenu à faire fermer un site de compostage collectif sous les tilleuls, derrière le parking commun. D'après lui, l'odeur est insupportable. D'après nous, qui vivons tous autour, les hallucinations olfactives font des ravages. Il n'empêche : il a fait plier son propriétaire et la ville. Était-ce la goutte de trop dans l'océan de l'ineptie ? Pourtant, Mass connaît le chemin, lui qui valse régulièrement avec l'éco-anxiété, le sentiment de solitude profonde ou de désarroi total. L'été fleurait bon l'insouciance, la joie de vivre, l'amusement. Il avait parcouru du chemin depuis son dernier coup de barre. Il avait la tête hors de l'eau, semblait-il, quand tout à coup… patatras ! A posteriori, je me souviens que Bach m'a manqué, car je commence à croire, comme mon ami, qu'« il n'y a rien de plus abouti »…

« Comme beaucoup, je prends des antidépresseurs, ça m'énerve, j'aurais voulu tenir le choc toute seule. C'est comme une béquille qui me tient debout, le temps que je me remette d'aplomb. » Séverine, 38 ans, se serait bien passée de son Prozac, prescrit au printemps 2021. Elle conçoit même une certaine honte à y avoir recours. Sauf que, sans lui, cette prof d'histoire-géo avoue qu'elle ne serait peut-être plus là. Outch, elle fait mal, la période. Elle est propice à tous les éclats… sauf de rire. Un jour, Séverine s'est réveillée en se demandant ce qu'elle faisait dans son trois-pièces de Pantin, avec son fils en garde alternée et une tripotée d'élèves de ZEP à former à distance, entre trois masques et deux gestes barrière. Elle s'est souvenue de la « fraîcheur des montagnes » où elle a grandi, de l'espace infini et des journées à parcourir des champs fleuris constellés de ruminants inoffensifs. « J'ai eu envie de tout plaquer. À quoi bon passer des heures dans le métro, à compter chaque centime d'euro pour tenir, à me demander si mes cours servent à quelque chose ? J'ai arrêté de respirer il y a longtemps. Je ne peux plus continuer comme ça, je me donne deux ans pour bouger. » À l'aube de la cinquantaine, Véronique n'en pouvait plus, c'est aussi simple que ça. Asphyxiée dans son métro-boulot-dodo, elle s'était enfoncée dans une dépression sévère, que le covid a eu le mérite de faire valdinguer. « Enfin, le monde s'arrêtait. Il se taisait et se mettait à mon rythme. Du coup, je me dis que ce n'était pas au monde de changer, mais à moi de changer mon monde ! » Elle se donne encore un an pour réfléchir à son projet. D'ailleurs, le premier remède à sa mélancolie, c'est cela, penser à après : « Je me projette dans des lieux qui me font plaisir, même si je ne les ai jamais vus, en train de faire des choses qui me plairaient, alors que je n'en sais rien. Mais au moins, enfin, je me projette. » C'est pareil pour Lise, une journaliste-reporter d'images qui n'a jamais goûté la campagne. Franchir le périphérique parisien, c'était bon pour les vacances. Caméra sur l'épaule, elle a passé dix ans de sa vie à courir les conférences de presse, les déplacements politiques, les procès médiatiques… et la voilà qui pense à des ânes. Elle le dit sans rire alors que ça la fait bien marrer, mais c'est décidé, fini de s'emmerder dans la vie, voici venu le temps de l'expérimentation. Première étape : l'achat d'une maison dans un village de cinq cents âmes, dans l'Yonne. « J'adore me terrer dans cette tanière où je ne croise personne. J'ai du mal à voir des gens, en ce moment. Je me sens mal quand il y a du bruit, de l'agitation. » Lise est en pleine mue, le chemin n'est pas défini, le corps est extrêmement vulnérable, et personne ne sait à quoi ressemblera l'étape finale de la métamorphose.

Comment encaisser que tout n'est rien, en tout instant ? C'est ce que me confie Pablo Servigne, au coin du téléphone, lors de l'été 2022. « Quoi faire quand tout est vain ? interroge celui qui a vulgarisé les risques réels d'effondrement sous le terme de collapsologie. Tu sens que les luttes collectives achoppent, tu sens que l'inexorable arrive et tu sens aussi que tu n'es pas prêt du tout ! Pire, quoi que tu fasses, ce sera insuffisant. » Nous en sommes tous là : éreintés, écrasés même, par des échecs collectifs sans relâche. Non, la Convention citoyenne pour le climat n'a pas débouché sur un grand soir législatif et, quoi qu'on en dise, le gouvernement n'est pas prêt à prendre des mesures efficaces pour transformer la société de fond en comble ! Et puis, ces politiciens qui défilent à la queue leu leu dans les médias pour nous dire comment prendre notre douche et à quelle température nous chauffer alors qu'ils pratiquent le jet-ski et le jet tout court, c'est d'un grotesque qui serait presque risible s'il n'était pas insultant. Non, depuis le covid et ce foutu état d'urgence sanitaire, nos vies, militantes ou non, vont vite. Parfois trop. « Acculées à la résistance et à l'autodéfense, aux urgences des luttes, les réactions perpétuelles que nous imposent les (non)-décisions politiques et économiques ressemblent à une course folle qui souvent nous épuise et nous tient collés à la route, avec peu le loisir de lever le nez du guidon et de regarder le paysage qui nous entoure », note ce collectif drômois qui cherche à reprendre du souffle avant de reprendre les armes. « Nos élans tissent à peine nos colères, nous sommes morcelés et épuisés. Nos vies n'ont plus le sens qu'on croyait être le bon. » Ce paysage est un millefeuille de très petites victoires et de grands désabusements. Le paquebot global ne change pas de trajectoire.

Séverine, Massimo, Véronique et Lise sont loin d'être seuls dans cette époque qui fouette. Leurs questionnements intimes viennent télescoper un questionnement collectif. L'époque est particulièrement propice à cela. La fin des perspectives heureuses, et garanties comme telles, est un moteur vrombissant pour agir. Le « je ne peux plus continuer comme ça » revient à toutes les sauces, chez de nombreuses personnes interrogées. Comme si une urgence était (enfin) là, comme s'il devenait (enfin) impérieux de vivre sa vie avant qu'elle ne soit emportée. La dépression, ce petit dévissage du réel, survient à toute heure, en tout instant, en tout lieu, parfois sans prévenir, parfois avec de gros signaux avant-coureurs. Dans de nombreux cas, elle peut être la force qui fera tourner le volant de sa vie et entamer un changement pour le mieux. « À chaque fois que j'ai vécu un tel épisode, me confie Massimo, j'ai changé quelque chose dans ma vie, si je n'ai pas changé de vie tout court… » La dépression, le mal-être, ce caillou dans la chaussure qui nous empêche de nous lever et de nous projeter peut être un fabuleux moteur de bifurcation. Embrassons fatigue et dépression comme nos petits lanceurs d'alerte personnels, nos Jiminy Criquet du burn-out juchés sur nos épaules.

La baffe du corona, ça va mieux mais c'est pire

Au début du premier confinement, un Français sur trois s'avouait insatisfait de sa vie. Cela semblait énorme, comme si le corona avait fait éclater la bulle d'existences endormies. Trois ans plus tard, ils ne sont plus qu'un sur cinq à vouloir envoyer tout valser (20 %, tout de même). D'autres enquêtes récentes confirment ce sentiment de bonheur de vivre retrouvé, dans un régime redevenu à peu près normal, dans un pays où la politique publique a globalement réussi à maintenir à flot l'activité, le pouvoir d'achat et l'emploi, et où l'étendue de la vaccination réduit l'anxiété. C'est pire, mais ça va mieux. Par un étrange effet de balancier, il suffit de nous priver de liberté, de légèreté, d'insouciance pour que nous allions beaucoup mieux, avec le tiers ou la moitié de ce que nous avions. Depuis, il y a eu comme un retour à l'anormal. Le virus rôde encore. Il tue moins (81 % des Français sont vaccinés), mais il inquiète tout autant. Avec les Russes aux abords de la plus grande centrale nucléaire d'Europe, le quotidien a changé de texture. La menace plane comme un ciel à jamais bas. Pendant ce temps, la société humaine s'habitue à tout. À vivre masquée. À prendre une dose tous les quatre mois. À ne plus moutarder son steak. À payer son électricité treize fois plus cher. À filtrer l'accès aux musées tout en fluidifiant celui des supermarchés. Comme si cette vie « normale », une fois menacée, revêtait soudain une plus grande valeur, même si aucun des problèmes structurels et systémiques n'a disparu. Même si l'on peut considérer que c'est un signe de très bonne santé mentale que d'aller mal dans cette époque, la société française est traversée par une vraie souffrance psychique.

Depuis le 23 mars 2020, notre humeur et nos comportements sont scrutés par Santé publique France, qui a lancé l'enquête CoviPrev afin de suivre l'évolution de notre santé mentale. En septembre 2021, les Français étaient 23 % à souffrir d'une dépression (+ 12 % par rapport au niveau hors épidémie), 22 % à montrer des signes d'un état anxieux (+ 8,5 %), et 10 % à avoir eu des pensées suicidaires au cours de l'année. Décrits dès les premiers mois de la crise sanitaire, les problèmes de sommeil s'amplifient et touchent les deux tiers des Français ! Les Assises de la santé mentale de septembre 2021 mentionnent d'autres chiffres alarmants : deux Français sur trois ont déjà ressenti un trouble ou une souffrance psychique, 15 % des jeunes en France connaissent un épisode dépressif caractérisé entre 16 et 25 ans, le suicide est la deuxième cause de mortalité après les accidents de la route pour les 10-25 ans et, cocorico, nous sommes les plus grands consommateurs au monde de psychotropes. Les Français ont le moral en berne, et la crise liée à ce foutu virus en a plongé plus d'un dans le désarroi.

Cocorico les antidép'

Un des signaux forts de ce malaise se vérifie en pharmacie, rayon antidép'. C'est ce qui ressort du rapport du groupement d'intérêt scientifique Epi-Phare, constitué par la Caisse nationale de l'assurance maladie et l'Agence nationale de sécurité du médicament[1]. Les quatre premiers mois de 2021 révèlent une augmentation (déjà constatée en 2020) des délivrances de médicaments antidépresseurs, antipsychotiques, anxiolytiques et hypnotiques. Ces délivrances ont été surveillées du premier jour du confinement, le 16 mars 2020, jusqu'au 25 avril 2021. Les anxiolytiques de type Xanax, Lexomil, Temesta ou Lysanxia ont fait un bond de 7 % en 2020 et de 10 % sur les premiers mois de 2021, avec 3,4 millions de prescriptions de plus qu'attendu. C'est pareil pour les somnifères, tels le Stilnox ou l'Imovane (+ 1,4 million de prescriptions), et pour les antipsychotiques (+ 440 000 prescriptions). « Les troubles de l'anxiété et du sommeil sont désormais médicalisés [...]. Les instaurations d'antidépresseurs (+ 23 %), d'anxiolytiques (+ 15 %) et d'hypnotiques (+ 26 %) pour de nouveaux patients sont en très forte croissance en 2021. On n'a jamais vu des augmentations de cet ordre-là, c'est exceptionnel », résume Alain Weill, directeur adjoint d'Epi-Phare. Le phénomène s'est encore amplifié sur l'année 2022, et il inquiète les

1. https://www.epi-phare.fr/rapports-detudes-et-publications/covid-19-usage-des-medicaments-rapport-6/

professionnels. « Ces médicaments sont un peu le Doliprane de l'anxiété, dit le professeur Antoine Pelissolo, chef du service de psychiatrie au CHU Henri-Mondor de Créteil (Val-de-Marne) et auteur des *Émotions du dérèglement climatique* (Flammarion). Ils répondent à des troubles sans forcément que ce soit rattaché à un diagnostic précis, il y a un risque d'automédication. » Stress lié à la période, inquiétudes pour soi et pour ses proches, décès, isolement, risques accrus de chômage… Le recours aux benzodiazépines « reflète probablement l'impact psychologique important de l'épidémie de covid-19 et ses conséquences médicales, sociales, professionnelles et économiques », souligne le rapport, qui relève plus de 8 000 articles scientifiques consacrés à la santé mentale depuis un an. Heureusement, le président Macron a pris une mesure du tonnerre : depuis 2022, toutes les consultations chez les psychologues sont remboursées, à condition que l'on suive bien le parcours de soins prévu. Que les Français filent s'allonger, l'État met la main à la poche à hauteur de 1,5 milliard d'euros. N'est-ce pas le moment idéal pour se trampoliner du divan d'un psy à un décor plus radieux ? Une petite maison avec un grand jardin ? Une ville plus aérée ? Le changement de décor n'induit pas forcément qu'on jette son Seroplex à la poubelle, mais il aide à sortir d'un cadre toxique.

Époque morose

Depuis qu'est sorti *Comment rester écolo sans finir dépressif*, en 2020, le terme d'éco-anxiété a fait des bonds dans les médias et dans le quotidien des Français. On en parle sur les ondes, à la télé, dans des podcasts… Au-delà de ce trouble spécifique aux sensibles du vivant, la confrontation à la mort a chahuté pas mal de personnes. Il n'y a pas d'horizon collectif, et guère de cheminement politique pour nous sortir de l'ornière. Burn-out, dépression, charge mentale, fatigue numérique, épuisement professionnel, fatigue d'être soi… La fatigue semble avoir marqué de son sceau le début de notre XXIe siècle.

Une autre étude, réalisée par la fondation Jean-Jaurès et le CEVIPOF, dégaine l'humeur hexagonale : 17 % des Français évoquent la fatigue pour définir leur état d'esprit du moment. Mot de la sphère personnelle, la fatigue devient politique ! Avec 17 % de voix, elle arrive en tête des treize qualificatifs à choisir pour caractériser leur état d'esprit, devant l'incertitude et l'inquiétude (15 % chacun), la sérénité (8 %) et le bien-être (7,5 %), et bien devant la révolte (5 %) et la colère (4,3 %). Les Français se sentent donc fatigués, perdus et inquiets, mais pas trop en colère… Les femmes de moins de 35 ans affichent les plus gros cernes (26,5 % d'entre elles se disent fatiguées, soit presque 10 points de plus que la moyenne nationale, et 12 points de plus que les hommes de la même tranche d'âge). Il y a ensuite certaines professions : les agriculteurs et les exploitants (21 % se disent fatigués), les professions intermédiaires (23 %) et les employés (22 %). Même l'Organisation mondiale de la santé (OMS) parle d'une « lassitude pandémique ». Tandis que nous étions confinés, que la maladie avançait, que la mort rôdait, que l'incertitude croissait, une vague de fatigue s'est emparée de nous : nous étions soudain si las de ce monde ancien. Cette soudaine prise de conscience du rythme insensé de la mondialisation, de ses coûts humains et écologiques, était sans doute une « bonne fatigue ». Mieux, une « bonne fatigue générale », puisque tout le monde la partageait. Nos angoisses étaient devenues transnationales, déplaçant les frontières de nos peurs. « Nous étions unis dans la fatigue, tous heureux d'apprendre que nos enfants seraient épargnés, tous inquiets pour nos aïeux et tous, riches comme pauvres, citoyens français comme migrants sans papiers, suspects d'être porteurs du virus, analyse l'anthropologue Marie-Caroline Saglio-Yatzimirsky. Alors nous avons eu besoin des autres pour nous protéger nous-mêmes. Cette solidarité forcée nous a plongés à la fois dans l'hyper-care et dans l'hyper-vigilance. Cette expérience inédite offrait peut-être une opportunité unique pour penser l'autre différemment… » Depuis les scores et l'ambiance de la campagne présidentielle de 2022, on peut en douter…

Comédienne, actrice, chanteuse, Marie-Claire Neveu transpire son époque. « Je la digère, je m'en suis rendue malade, je la traverse et elle me traverse. Je tente de la comprendre, je cherche mon équilibre, je cours dehors, je chante, j'écris, je joue quand je le peux, je crée. » Cette grande éco-anxieuse, autrice de *Nina, des tomates et des bombes,* une conférence-spectacle déjantée sur la mondialisation, savoure enfin le silence, la fin de la course à la conso et tout le tralala. Et puis, ça a duré. « Ça a été un peu le gouffre à un moment, surtout quand en plus j'ai vu mes amis libanais sombrer. Et puis c'est devenu très long. J'ai été incapable de créer. Écrire un nouveau spectacle, mais pour qui ? Pour quand ? Pourquoi est-ce que tout le monde s'agite autant pour des masques, du PQ et la reprise de la vie comme avant ? Pourquoi personne ne parle plus de réchauffement climatique ? Pourquoi autant de réunions zoom ? C'est pénible, tout ce tapage. » Après le covid, ce furent les bombes sur Kiev, puis les journées étouffantes de l'été 2022… « Alors j'ai coupé les infos. » Beaucoup d'entre nous ressentent un grand découragement, phénomène déjà décrypté il y a plus de dix ans par Cynthia Fleury dans *la Fin du courage* (Fayard) « C'est une forme d'érosion, de lassitude extrême, une perte de confiance en soi et en les autres. Le courage est pourtant nécessaire à l'être humain, à la vie. » Ce n'est pas toujours un manque de sens, mais aussi une « corruption du sens ». Plan social ou licenciement ? Développement durable ou pollution durable ? Quand le langage est falsifié et quand il n'enclenche rien de l'ordre de l'action, ça ne va plus. « Dire les choses ne sert plus à rien, précise la philosophe, des informations grandioses sont délivrées : par exemple, huit milliardaires possèdent l'équivalent [des avoirs] de 3,5 milliards de personnes. Ça sert à quelque chose de l'ordre de l'action ? Non. Dans l'État de droit, dire, c'est faire, du moins c'est enclencher un processus. Il y a une forme de corrosion du sens. » L'expérience du découragement est propre à chacun, avec ses failles originelles et son univers professionnel et familial, mais elle se révèle aussi commune et renvoie à un moment de la société. Fleury qualifie ce manque de courage de glu dans laquelle nous serions empêtrés, d'un manque d'engagement dans nos vies et dans la société. « Il y a une érosion, une corrosion et une disparition du courage », or il faut beaucoup de courage pour repartir à la conquête de sa vie. Nous le savons tous. Mis en commun avec celui des autres, ce courage devient un pansement, un outil de protection et de régulation au sein de la société et de la démocratie.

La fatigue n'est pas seulement individuelle, elle est aussi collective. Elle prend la forme de la lassitude abstentionniste des électeurs, de la tentation du repli sur soi identitaire, de l'ennui dont plus grand-chose ne nous distrait, à part les clashs télévisés sur CNews, les influenceurs sidérants de bêtise ou les matchs de foot climatisés. « Une des sources de cette fatigue sociale se trouve dans la crise de temporalité induite par le moment du capitalisme que nous vivons, assure Hélène L'Heuillet, maîtresse de conférences en philosophie. « Actuellement, le productivisme ne vise plus tant à rentabiliser la force physique que le temps, devenu la principale ressource. "Réduire les coûts" signifie réduire le temps qu'on consacre à chaque chose et à chaque activité en supprimant tout temps mort et en traquant les intervalles vides. Toute projection dans l'avenir devient dès lors impossible. Une société fatiguée est une société sans futur et sans désir, car elle manque du temps nécessaire pour se demander quelle vie on veut y vivre et quelle forme on souhaite qu'elle prenne. »

Il y a quelques mois, la fondation Jean Jaurès enfonçait le clou avec une étude centrée sur l'épidémie de flemme qui emmitoufle le pays. On l'a bien objectivé, le coronukraine et les confinements ont bouleversé nos modes de vie et nos façons de consommer, lézardé en profondeur notre rapport au travail et nos liens familiaux, mais ont aussi accru la valorisation du temps libre et de la sphère privée. D'après les auteurs de l'étude[2], Jérôme Fourquet et Jérémie Peltier, s'ajoutent à cela des impacts profonds sur « la motivation et l'état psychologique des individus, ainsi que sur leur capacité à effectuer un effort mental et physique et à résister aux aléas de la vie ». Depuis la crise sanitaire, près de 30 % des sondés déclarent être moins motivés qu'avant, 60 % disent ne pas avoir été affectés par le bidule et 12 % seulement en sont sortis plus pétaradants. Il existerait même une disparité géographique à l'affaire : 41 % des habitants de la région parisienne disent être moins motivés qu'avant dans leur vie

2. https://www.jean-jaures.org/publication/grosse-fatigue-et-epidemie-de-flemme-quand-une-partie-des-francais-a-mis-les-pouces/

quotidienne, contre 29 % des personnes qui habitent dans les communes urbaines de province et 22 % des habitants de zone rurale.

Les temps incertains et la souricière

Imaginez un avion, en plein vol vers Nowhere. À l'intérieur, on sert des plateaux-repas et du mauvais vin pour envelopper la peur d'être en l'air. La programmation cinématographique tourne à plein régime : petites fictions et grandes comédies sont à l'œuvre pour « passer le temps » et, parfois, endormir l'esprit critique. À l'extérieur, les rivets de la carlingue sautent les uns après les autres en silence, en toute discrétion et même dans une certaine indifférence. Même si le rapport à l'incertitude est certain sur tous les continents et durant toutes les époques, la crise écologique bouleverse tout ce que l'on sait, et tout ce qu'on pensait être sûr s'effiloche.

L'exceptionnel tous les ans

C'est fou comme, d'une saison à l'autre, s'ajoutent des traits à la craie blanche sur le tableau noir des changements climatiques. En 2022, la France est traversée par des incendies, couplés avec des épisodes caniculaires sympatoches, le tout en pleine sécheresse. Les tomates ont fait la gueule et les framboises ont grillé sur pied. Si ces altérations résonnent comme un coup de semonce pour la plupart des médias (qui insistent sur « 2022, l'été qui a tout changé »), ma petite métronomie personnelle fait surgir les événements qui s'enchaînent d'année en année. Quand était-ce déjà les improbables 49,6 °C à Lytton, au Canada, puis les irréels 56,9 °C dans la vallée de la Mort ? Qui se souvient qu'on a relevé 40 °C au-dessus des normales saisonnières en Antarctique ou que des hommes sont morts de chaud dans une Inde à 50 °C, tandis qu'au Pakistan plus de 48 millions de personnes ont été déplacées pour cause de mousson exceptionnelle ? Les changements climatiques sont à l'œuvre partout dans le monde, et nous forcent à repenser ce que nous considérons comme normal.

Chaque année, c'est comme si un exceptionnel se produisait, et nous ne savons pas lequel. C'est ça, les temps incertains : un dérèglement tous azimuts des habitudes prises par les sociétés humaines à travailler (avec) la nature, à en vivre, c'est-à-dire à en tirer des revenus substantiels pour s'offrir une voiture, des cartables pour les enfants et un frigo rempli. Ce sont des récoltes rognées, des prix à la hausse, des balances commerciales déséquilibrées. Un dérèglement en forme de plaques tectoniques affolées. À l'échelle de la terre, c'est peanuts ; à l'échelle de nos existences, c'est un tsunami. Jusqu'à présent, les incertitudes étaient des faits historiques ou politiques, mais pas des faits climatiques. Enfin, si, mais les hommes s'y adaptaient sans trop de mal. Désormais, il est plus compliqué de faire face, non seulement à cause de l'intensité des événements météorologiques, mais aussi à cause de l'intrication et de la complexité de nos sociétés, bâties de A à Z sur une énergie à bas coût. Mais ce qui compte, c'est que le confinement cesse, que les terrasses rouvrent et que les salles de restaurant se remplissent, tout comme les salles obscures, qu'on aille faire la fête, « danser et s'étourdir jusqu'au bout de la nuit », comme le susurre une actrice en promotion sur les ondes radio. Après le virus, après la guerre, après la canicule, le cours des choses reprend et, comme le dit Grégory Derville, professeur de sciences politiques et conférencier de l'effondrement[3], « le monde n'est pas encore assez dégradé pour que le sursaut soit réel ». Désolée de chahuter votre désir de bifurcation mais, où que vous alliez, quoi que vous fassiez, il y aura ça : de l'imprévu dans les grandes largeurs et jamais, ô grand jamais, vous ne serez complètement et suffisamment préparé. Comme dirait mon ami Stéphane Linou, gourmet spécialiste de la résilience alimentaire en temps de risques majeurs : « Au menu des emmerdes, nous n'en sommes qu'à l'apéro ! » Il ne croit pas si bien dire au vu des incertitudes maousses entourant les points de bascule, ces éléments-clés de la voûte climatique dont la modification fera basculer le système vers un changement violent et irrémédiable, comme la fonte des calottes glaciaires du Groenland et de l'Antarctique de l'Ouest (qui contiennent assez d'eau pour provoquer une hausse du niveau des mers de 13 mètres), le relargage de méthane du fait de la fonte des pergélisols ou la libération d'hydrates de méthane emprisonnés dans les fonds océaniques... C'est pour cela que « chaque fraction de degré compte », selon la formule préférée de la vice-présidente du Groupe intergouvernemental des experts du climat (GIEC), Valérie Masson-Delmotte, vous savez, la scientifique qui a formé notre gouvernement à tout cela en une demi-heure chrono. Ainsi, pendant que vous naviguez plus ou moins à vue, avec la ferme intention de changer de cap, le paquebot humain file vers le maelstrom des *Histoires extraordinaires* d'Edgar Allan Poe. L'humanité serait « à l'aube de retombées cataclysmiques », selon le dernier rapport du GIEC. « Le pire est à venir, avec des implications sur la vie

3. Enseignant à l'université de Lille, spécialisé en politiques environnementales, auteur et conférencier sur la permaculture ; auteur de *la Permaculture ; en route pour la transition écologique* (2018) et de *Réussir la transition écologique* (2019) aux éditions Terre vivante.

de nos enfants et de nos petits-enfants bien plus que sur la nôtre », affirment ses chercheurs, pour qui « la vie sur terre peut se remettre d'un changement climatique majeur en évoluant vers de nouvelles espèces et en créant de nouveaux écosystèmes, mais l'humanité, elle, ne le peut pas ». Le GIEC monte en gamme dans la sémantique de l'horreur, l'humanité est officiellement en péril.

L'incertitude, condition sine qua non de la vie humaine.

C'est un truisme, l'incertitude fait partie de la vie. « Ce que l'on peut appeler hasard, imprévu, chance dans la malchance et inversement [a] marqué sans discontinuité ma vie, écrit Edgar Morin dans ses *Leçons d'un siècle de vie.* Mais n'en est-il pas de même, peut-être avec moins de fréquence, pour chacun ? La vie, pour tout être humain, est dès la naissance imprévisible, nul ne sachant ce qu'il adviendra de sa vie affective, de sa santé, de son travail, de ses choix politiques, de sa durée de vie, de l'heure de sa mort. » Les temps incertains, voire super bordéliques, sont le cadre de pensée dans lequel toute bifurcation doit être envisagée. « L'incertitude, ce n'est pas qu'on ne sait rien, c'est qu'il faut faire avec, précise Mathieu Baudin, qui a fondé l'Institut des futurs souhaitables il y a plus de quinze ans. Chez les aventuriers qui traversent les pôles sans assistance ou partent à l'assaut des océans en solitaire, se préparer à l'incertain représente un tiers du job ! » De tout temps, les femmes et les hommes qui peuplent ce monde surfent sur les aléas, les embûches et les avaries sorties de nulle part. Ce besoin, flippant, de tout savoir à l'avance n'est que très récent. « L'incertitude et l'inattendu doivent être intégrés dans l'histoire humaine. L'imprévu n'y est pas que hasard, il est aussi, comme la révolution pour Marx, la “vieille taupe qui sait si bien travailler sous terre pour apparaître brusquement[4]”. La surprise de l'inattendu ne doit pas être anesthésiée. Elle doit au contraire nous stimuler pour le comprendre, pour le penser et, sans pouvoir le prévoir, du moins pour nous y attendre. » Tout est dit. Peut-être y a-t-il, dans les envies bifurquantes actuelles, l'envie de faire un pied de nez à l'incertain, puisqu'il est certain.

Ce qui est vrai individuellement ne l'est pas forcément collectivement. En France, l'été, il fait beau et chaud ; la preuve, on part en vacances. L'hiver, il neige, le froid saisit les végétaux, et nos petits organismes s'emmitouflent dans des pulls à col roulé tricotés en Chine. Nés dans les années 1940, mes parents, une fois adultes, ne savaient pas de quoi demain serait fait, certes, mais ils vivaient avec la certitude que nous accéderions à l'ascenseur social et à une stabilité climatique dont personne ne se souciait alors. C'est la nouvelle donne dont parlait Bruno Latour : « Mon père, mon grand-père pouvaient prendre leur retraite, vieillir tranquillement, mourir en paix : les étés de leur enfance et ceux de leurs petits-enfants pouvaient se ressembler, écrivait-il. Bien sûr, le climat fluctuait, mais il n'accompagnait pas le vieillissement d'une génération comme il accompagne la mienne, celle des baby-boomers. Moi, je ne peux pas prendre ma retraite, vieillir et mourir en léguant à mes petits-enfants un mois d'août détachable de l'histoire de ma génération.[5] » Détacher des mois d'une génération à l'autre, quelle chance d'assister à ce moment de dislocation… Mes certitudes à moi, ici, en 2022

4. « Les révolutions de 1848 et le prolétariat », discours de Karl Marx du 14 avril 1856.

5. Formidable article de Nicolas Truong, paru le 9 octobre 2022 dans *le Monde*, « Bruno Latour, penseur du “nouveau régime climatique”, est mort ».

en France, sont les incertains d'ailleurs. Je suis sûre d'avaler trois repas par jour, mais près de 900 millions de personnes n'ont pas la garantie d'une bouillie de céréales dans le ventre à la fin de la journée. Dans son petit opus *le Conteur et le Comptable,* Clair Michalon rappelle combien le rapport au choix, à l'incertain ou à la mort diffère d'un pays à l'autre. Et de narrer l'anecdote du délégué d'une ONG française sur les hauts plateaux boliviens. L'homme s'impatiente, car il encourage et suit les paysans depuis cinq ans sans grands résultats. « Il a beau proposer de nombreuses idées, elles ne suscitent que peu d'enthousiasme. Il commence à douter de la bonne volonté de ses interlocuteurs. Mais, doucement, son voisin de droite le ramène à la réalité contextuelle : "Tu sais, on écoute ce que tu dis, mais si on te semble si prudents c'est parce que nous, si on se trompe, on meurt." » Le rapport au risque n'est pas le même pour tous. Et Clair Michalon de proposer une triple définition de la précarité : celle-ci est maximale quand l'erreur est synonyme de mort, quand les personnes n'ont pas le choix et quand elles disposent d'une faible capacité à contrôler les incertitudes. Ainsi, pour le sujet qui nous concerne, la bifurcation par temps incertains est un risque moindre : personne en France, en 2022, ne met sa vie dans la balance en démissionnant, en déménageant et en se formant au filage de laine ou à la permaculture. Au pire, il perd de l'argent et des plumes ; au mieux, il se découvre un nouveau destin de vie !

Quand l'improbable surgit

Ce qui est pratique avec l'incertain, c'est qu'il peut à la fois bien ET mal se passer ! C'est la théorie des conspirateurs positifs, comme Mathieu Baudin, mais aussi Yannick

Roudaut, auteur de *Quand l'improbable surgit, un autre futur revient dans la partie* et qui adore créer des passerelles entre le monde de la finance, celui des ONG, l'économie, l'écologie, la philosophie et les questions sociétales. Dans son ouvrage, il regarde dans le rétroviseur de l'histoire pour nous rappeler que les prévisions sont régulièrement démenties et que l'histoire « s'écrit entre plusieurs scénarios possibles et concurrents, au gré des improbables qui s'enchaînent et s'entremêlent pour donner naissance à un futur inimaginable quelques mois auparavant ». L'invention de l'électricité, d'Internet, la fin du bloc de l'Est ou la découverte des Amériques, ces improbables ont permis d'infléchir la trajectoire humaine. Il en sera de même demain. Entre deux explosions de baromètre surgira une Greta Thunberg *bis* apte à forcer les gouvernements à supprimer leurs émissions de CO_2 ! Tout peut arriver durant cette décennie. Les paris sont ouverts, affirme Yannick Roudaut : « Se résigner serait une erreur, accueillons l'improbable, soyons attentifs et donnons l'élan supplémentaire à ces autres possibles qui tentent de s'imposer. » Le surgissement de l'improbable serait même notre seule planche de salut, car « ça change tout, notre façon d'agir, de penser, mais aussi le temps ». Le temps de la bifurcation est chaotique… Ce n'est pas en claquant des doigts que les révolutionnaires russes ont renversé les Russes blancs. Il suffirait que 10 % d'une population change de comportement pour que bouge l'ensemble de la société… mais il faudrait que les élites soient très majoritaires dans ces 10 %. Pour l'heure, l'ancien monde s'agrippe à ses pouvoirs, et la phrase d'Antonio Gramsci vaut pour Donald Trump, Éric Zemmour ou Jorge Bolsonaro : « Le vieux monde se meurt, le nouveau monde tarde à apparaître et dans ce clair-obscur surgissent les monstres. » Entre les technoscientistes, les collapsos tristes, les climato-rassuristes, qui ont remplacé les sceptiques, les transhumanistes et les optimistes béats, entre autres, comment choisir un courant de pensée juste ? « Les crises, les bouleversements et les maladies ne surgissent pas par hasard. Ils nous servent d'indicateurs. » Que l'avenir soit ce qu'on va en faire est une certitude. Chaque projet nous amène à défier le futur tel qu'on se l'imagine. Bougie, lumière, fond du tunnel, plus on approche de la lucarne, plus sa surface grandit. Derrière elle, un champ des possibles se fertilise chaque jour avec nos projets. Tant qu'il y a de la flotte, cela va sans dire. Avec le recul, je me dis que ce qui fut improbable, c'était d'imaginer un hypothétique « monde d'après » le premier confinement !

Jacques a la voix posée, il alterne entre dérision et grand sérieux, probablement pour mieux voiler son désarroi. Je l'ai rencontré à Saint-Malo, dans l'été. Il avait mis une annonce sur une bourse aux équipiers pour une transat. Il avait tracé son parcours à bord du *Sterne,* un joli voilier en alu de 38 pieds dans la cabine avant duquel je me voyais parfaitement étaler mes livres, mes maillots de bain et mon grand besoin d'horizon infini. Départ mi-septembre, passage dans les Canaries, les Açores, puis traversée sous le souffle des alizés pour rallier les îles, le soleil, les Antilles. L'annonce de Jacques, sans fioriture, m'avait plu. Nous nous étions appelés et je m'étais présentée à lui, une après-midi caniculaire, sur le ponton D de la marina Vauban. La rencontre fut brève, le temps d'aviser la cabine et de prévoir les plats lyophilisés qu'il comptait embarquer pour ne pas cuisiner à bord. Et puis, comme souvent, mon emploi du temps m'a rattrapée, j'ai décliné la traversée et son corollaire, le farniente cabotiné, mais nous sommes restés en contact. Mercredi 6 octobre, je reçois un SMS dépité : « Laure, vous avez probablement une bonne étoile… La croisière s'est brutalement arrêtée après avoir connu une attaque d'orques au large de la Galice… » Jacques et son équipage ont été stoppés net au large de la côte espagnole. « Des copines en goguette qui ont pris le bateau pour un punching-ball ! » La séance de sport a duré une bonne heure, le temps que le remorqueur ramène *Le Sterne* au port, en attente d'une réparation sous la vigilance tranquille de son propriétaire.

Jacques vit une bifurcation subie. « J'avais bien armé mon bateau, je partais pour plusieurs mois, j'avais dans l'idée de traîner dans les Canaries jusqu'au Cap-Vert avant d'entamer la grande traversée. C'était le début du plaisir du Sud, dans la douceur de l'automne. Je m'y voyais déjà, sous un coucher de soleil pâle, au mouillage, en train de barbouiller mes toiles huilées… Toute cette chronologie a été bafouée par les orques. » Jacques a de la bouteille et du temps, deux trésors qui permettent de tout relativiser. « La vie est pleine de ces hasards sur lesquels nous construisons notre liberté d'être et d'exister », philosophe-t-il. Pendant la remise d'aplomb, il visite le Los Picos de Europa, un parc naturel national où se concentrent des sommets enneigés avec leurs ours et leurs loups. « Après les orques, peut-être vais-je me faire croquer par des loups… » Il blague, mais il est bien au fond du trou quand même, le Jacquot. Cette aventure l'a laissé pantois quant à la place de l'homme dans la mer. Contacté par des scientifiques et des défenseurs des océans, avides d'informations concernant ces exceptionnelles « interactions » avec les mammifères marins, le navigateur a appris qu'il était un intrus dans leur espace vital, un substantif qui lui reste en travers de la gorge. « Je le comprends, mais je ne l'admets pas ! Je suis très inquiet de ce discours autour de la place de l'homme, prédateur parmi tous les prédateurs, qui écraserait tout le vivant… Je crois qu'il y a de la place pour tout le monde. La mer est un espace immense, c'est 90 % de la surface de la terre, quand même ! Et s'il fallait attaquer quelque chose, pourquoi ne pas "interagir" avec de gigantesques porte-conteneurs ? » Parce que les orques ne pensent pas comme ça, Jacques ! Elles ont sûrement la trouillette devant ces ombres capables de transbahuter plus de mille conteneurs d'un coup. Une coque de noix, c'est plus fun pour jouer au jokari ! Ainsi, le marin a peut-être été contraint de se mettre au pas du hasard, mais son système de valeurs, lui, ne change pas. L'homme est là, dans son bon droit, et ces deux orques sont des emmerdeuses. Jacques ne bifurque pas en profondeur, mais il accepte, dans l'humilité la plus franche, ce que la vie lui sert, et tant pis pour les plans affûtés au millimètre.

Quand bifurquer rime avec pas de côté, c'est déjà pas si mal. Dans *Comment rester écolo sans finir dépressif*, je citais cette phrase de Goethe : « Quoi que vous pensiez et croyiez pouvoir faire, faites-le ! L'action porte en elle la magie, la grâce et le pouvoir. » Déménager, changer de boulot, se former ou vivre le plus simplement du monde sont des gestes magiques, gracieux et encapacitants sur lesquels s'appesantir. Voilà quoi faire dans les temps qui nous restent : être bien et faire au mieux. Bifurquer consiste à ne plus participer à l'ivresse de l'hubris, mais à s'enivrer de beau, de sensible, de vrai et de simple (et de bon vin). Vivre au rythme des saisons, faire le moins de mal possible, alléger son empreinte, agrader son environnement, restaurer le vivant, respecter le non-humain, célébrer la vie dans tous nos efforts. « Aimer, protéger, servir », comme le scandent les membres d'Etika Mondo depuis leurs terrasses cévenoles.

On a (juste) notre vie devant nous

Un peu de modestie ne nuit pas. Nous ne sommes pas éternels, ni nécessaires, surtout au vu de l'accélération de nos conneries collectives : ériger des immeubles pour les cochons en Chine, organiser une Coupe du monde au Qatar ou des jeux asiatiques d'hiver en Arabie saoudite, et j'en passe. Plus modestement, les années qu'il nous reste à vivre (relativement) confortablement se comptent sur les doigts de deux mains peut-être. Notre boussole gagnerait à indiquer non pas le nord, mais la fin de l'insouciance. Alors, dans ce temps, certains s'attachent à vivre intensément et à s'occuper utilement, c'est-à-dire sans nuire et, autant que possible, en se lançant de joyeux défis.

Le temps qui reste…

C'est grâce à l'étalon temps que l'on résume notre passage sur terre. Le 14 janvier 2022, j'ai fêté mes 420 480 heures de vie sur terre. Oui, j'ai soufflé quarante-huit bougies. Si j'en crois les statistiques, je dois retirer seize bougies du gâteau car j'ai passé seize années à dormir et à boire des coups (un tiers de ma vie), je dois ensuite en retirer quatre, correspondant aux années passées à manger (donc à faire les courses, à digérer et à évacuer)… Ne fêtez plus vos années, mais vos heures d'existence ! D'ailleurs, j'enverrai balader la grosse teuf des 50 ans pour fêter mes 450 000 heures au compteur en 2025 et des brouettes. Si nous savons parfaitement combien de temps nous avons passé sur terre, nous ne savons rien, sauf rares cas, du temps qu'il nous reste. Voilà donc une autre incertitude, et pas des moindres ! S'interroger sur l'usage que l'on a fait du temps écoulé est légitime quand survient la crise de sens, mais à quoi bon spéculer sur les activités à venir ? Là est toute la question de ce que l'on met dans l'avenir, mais je veux décider moi-même de mon temps. « L'appropriation privée du temps à soi mène au refus de sa perte autrement que par libre choix. Par conséquent, le sentiment de liberté se renforce quand on sent qu'on est maître de son propre emploi du temps.[6] » Remplir le temps qui reste de choses désirées, désirables autant que possible. On entend souvent dire que chaque demi-degré compte[7], mais rarement que les minutes comptent aussi ! Chacune d'elles nous rapproche de la fin de la partie, et mieux vaut occuper ses millions de minutes restantes dans la joie plutôt qu'à se faire sucer le cerveau devant *L'amour est dans le pré* !

Il y a le temps qui nous est compté, puis il y a le temps des choses tenues pour certaines. De combien de temps disposons-nous avant une bonne grosse dégringolade ? Impossible à dire, mais il semble que le monde rétrécisse un brin en ce moment : il n'y a plus de moutarde à la cantine, le Québec a puisé dans ses réserves stratégiques de sirop d'érable, on se poignarde dans les files d'attente pour

6. *Pour en finir avec la vitesse,* de Vincent Kaufmann, Christophe Gay et Sylvie Landriève, éditions de l'Aube, 2021.

7. Valérie Masson-Delmotte, la vice-présidente du GIEC, l'affirme haut et fort, « chaque fraction de degré compte » ! Alors elle ne lâche rien et prodigue la bonne parole auprès de toutes les instances politiques qui veulent bien l'écouter. Ce qu'elle dit moins, en revanche, c'est que le système climatique est d'une complexité telle que ses évolutions ne dépendent pas de nous désormais. Une sorte de flèche climatique s'est abattue sur le siècle, un peu comme la flèche du temps des physiciens. Nous sommes embarqués dans un aller simple vers le plus chaud, l'instable et l'inconnu. Aucun retour en arrière n'est possible à l'échelle des prochains siècles. Notons qu'au vu des dérèglements en cours (courants océaniques, Antarctique, permafrost, fonte des glaciers andins...), il est déjà trop tard pour éviter une augmentation des températures de + 1,5 °C, voire + 2 ou + 3 °C.

l'essence et n'importe quel bricoleur cherche un bon plan pour du bois pas cher… Ainsi, les petits rivets de la carlingue sociétale sautent lentement mais sûrement, les uns après les autres. Et s'il en est un qui tient un peu le squelette général de l'avion, c'est bien l'énergie pas chère. Notre société dépend d'une croissance économique couplée à une boulimie croissante d'énergie et de ressources, jusqu'ici toutes à bas prix, or l'énergie pas chère et accessible, c'est fini, même en France, pourtant bardée de centrales nucléaires qui auraient dû nous garantir l'autonomie électrique… Il apparaît donc urgent d'anticiper une inexorable descente énergétique, et c'est à cela que s'attellent pas mal de bifurquants, en tout cas ceux qui prennent les limites planétaires très au sérieux ; ils préfèrent s'autolimiter dès aujourd'hui plutôt que d'attendre les rationnements subis qu'on leur prépare.

Le ressort de l'action

Dans la Dordogne frontalière de la Vienne se niche une campagne paradisiaque faite d'un camaïeu de verts, d'étangs bleutés et de villages tranquilles que la désertification rurale aurait conservés dans leur jus. Le Périgord vert est une des destinations fétiches des bifurquants (nous verrons plus tard pourquoi). Les maisons qui ne se vendaient pas s'achètent désormais en un claquement de doigts, les parcelles boisées surplombant de jolis étangs s'arrachent à prix d'ami tandis qu'on trouve encore de vieilles bâtisses à rénover, bordées de leurs prairies, pour le prix d'un studio parisien. C'est dans cette ambiance que Pierre, il y a quatre ans, s'est installé avec sa chienne, Orka, sur un site de 18 hectares morcelés entre étangs, prairies, bois et cultures vivrières. Ce jour d'avril 2021, le soleil illumine l'étang principal, conférant à l'ensemble un air de paradis émeraude, appelant à y poser son derrière, le brin d'herbe vissé entre les dents et la sieste pas loin. Mais, à mesurer la taille des valises qu'il a sous les yeux, Pierre ne goûte pas trop aux siestes. Entre la caravane, la cuisine d'été, le four solaire, la basse-cour et ses soixante poules de réforme, deux cochons kune kune, le mandala potager géant et les serres, entre autres, il y a de l'ouvrage pour dix. Pierre partage son expérience sur les réseaux sociaux sous le pseudo Pierre1911.fr, parce que c'est la date de naissance de son grand-père et que, comme il l'avoue du bout des lèvres, les époques révolues lui plaisent sacrément. Son projet est limpide comme une eau de roche non nitratée : faire la preuve qu'un site peut fournir alimentation et énergie pour six à huit personnes, le tout en partant de rien ou presque et en se donnant une année. Autonomie et expérimentation, le graal, quoi ! Or, le graal, ce n'est pas une sinécure pour urbains éco-anxieux, mais trois mille heures de boulot dans l'année, de la sueur et pas mal de déconvenues. Cela représente huit heures de travail quotidien trois cent soixante-cinq jours par an. Cherchez l'erreur ! Le premier confinement de 2020 l'a mis dans tous ses états. « J'étais persuadé qu'on y était. » Il a eu peur… pour finalement constater que le système se révèle plus élastique qu'on ne le croit. Son engagement chemine entre abnégation et fierté, âpreté et simplicité heureuse. « Je pense que 30 à 40 % de la population doit retourner à la terre pour ne pas être prise en défaut. Plus j'avance, moins j'y crois, mais au moins j'aurais essayé. »

Même visée autonomiste chez Grégory Derville, prof de sciences politiques à Lille, qui, en 2017, s'achète une résidence secondaire dans le Limousin, « dans une visée survivaliste », précise-t-il. Normal, pour un conférencier en effondrement qui alerte sur l'ensemble des risques systémiques qui nous pendent au nez ! Pour 300 000 euros, il dégote une perle de maison dotée de quatre chambres, d'une grange de 300 mètres carrés, le tout sur un terrain de 10 hectares avec des étangs. Pendant plusieurs années, il passe ses sept semaines d'été dans son petit paradis. Il veut tout faire sans pétrole, alors il fauche consciencieusement les abords de la maison une heure chaque jour (pendant trois semaines !), avant de finalement craquer pour la débroussailleuse du voisin. « Je perdais un temps fou à nettoyer les abords, à virer les herbes hautes, à tenter de juguler la nature. » La maison est agréable, il se dit qu'il a fait le bon choix, puis paf ! voilà mars 2020. Grégory s'installe dans son domaine, prodigue son enseignement depuis sa maison, et là le collapso en lui se déplie : « J'ai vraiment paniqué. J'ai eu envie de faire pousser de la bouffe pour plein de gens. Au fond, je n'ai pas forcément envie de survivre trois semaines de plus que les autres… Et puis, nous aurons bien d'autres problèmes que de manquer de 20 kilos de patates supplémentaires. Je ne sais pas, c'était comme un réflexe. » Ceux qui suivent ses publications constatent à quel point il s'est pris au jeu de l'autonomie alimentaire. D'année en année, ses récoltes font pâlir n'importe quel débutant : 8 kilos de petits pois, une soixantaine de courgettes de plus d'un kilo pièce, des « tournesols monstrueux », 800 grammes de haricots nains Borlotto, des kilos de fraises, de framboises, de cassis, en passant par les butternuts géantes… Il en a eu cinq fois trop alors, « des étés pourris dans le genre », il en redemande chaque année, sans regretter une seconde son « passage à l'acte ». Pour Grégory, l'époque est assimilable à une machine à baffes. La première nous étourdit, on s'en remet, on déménage et puis, quand la deuxième arrive, on se dit « Tiens, je risque d'en prendre une troisième, non ? »… Le prof-conférencier défend, entre autres choses, la théorie du bouquet final, où plus personne ne s'étonne qu'on fasse décoller des avions vides pour nulle part ou que des joueurs de baballe soient transférés d'un club à l'autre pour des fortunes, comme s'il y avait une prescience de la fin. « Le système ne tient que par de la création monétaire ; l'argent arrive de partout et il est utilisé pour aller plus loin dans le délire. » Pierre Delorme et Grégory Derville « savent », et ils en tirent les conclusions qui s'imposent. Leur descente énergétique et leur autonomie alimentaire sont devenues leurs seules priorités, a contrario de la plupart des bifurquants, qui pensent que « ça va durer encore un peu ».

Ce temps qu'il nous reste est aussi très présent dans la vie de Nasha. Tombée amoureuse d'un Haut-Alpin du lac de Serre-Ponçon (pratique !), Nasha est une collapsologue agissante. Elle ne fait pas partie des personnes qui se sont pris une claque le 16 mars 2020, mais de celles qui se prennent baffe sur baffe depuis trop longtemps. En 2015, elle est au volant de sa voiture quand elle entend Pablo sur une radio du service public. « Les pièces s'assemblent. Mon sentiment est lié à des choses solides, factuelles, systémiques, sourcées. J'angoisse et je me sens soulagée à la fois. Il faut faire quelque chose. » Forcément, maman de deux petits bouts, elle a plutôt envie de mettre tout le monde à l'abri, mais elle n'est pas une ourse polaire, elle sait que « l'action collective est la seule chance de changer quelque chose à cet immense gâchis ». Elle enclenche l'action en organisant des réunions collapso dans son bled (Gap) fin 2019. Quinze, puis vingt, puis vingt-cinq personnes se retrouvent à chaque nouveau rendez-vous. La petite communauté sent pousser ses ailes, ainsi que des groupes de travail « dans tous les sens »…

Permaculture, résistance militante, lessive à la cendre… dans tous les sens, on vous dit ! Nasha fait venir Arthur Keller en octobre 2020, mais elle fatigue. « En décembre 2020, aux vacances de Noël, le point de non-retour de trop. À la lecture d'un article, je comprends qu'il est inutile et totalement contre-productif de me projeter à plus de dix ans. Dix ans, c'est rien. Mes gosses seront à peine adolescents… Faire le deuil de l'avenir, c'est déjà dur. Accepter la très probable mort de mes enfants ou l'encore plus probable exil nécessaire, c'est un rocher sur la poitrine. » Ce rocher ne l'empêche pas pour autant d'agir. Et dix ans, c'est toujours dix ans, d'autant que l'improbable peut surgir sous la forme d'une régénération complète des écosystèmes (je déconne…).

La perspective de l'effondrement est un sacré ressort à l'action et à la bifurcation. Contrairement à ce qui est régulièrement asséné, le catastrophisme n'inhibe pas toujours le désir de faire. Les effondristes sont de véritables alchimistes, capables de transformer des boules de feu en puissants carburants. Nous savons que ce siècle se terminera chaud cacao, et pourtant nous changeons. Tels des escargots n'ayant pas le choix du cap, nous traversons une autoroute pleine d'emmerdements. Pour s'accompagner, l'éditrice Sandrine Roudaut, des éditions de la Mer salée, remet l'utopie au cœur de son existence, un mot dont elle s'acharne à explorer le sens depuis des années pour conquérir ce territoire, qui n'existe pas simplement parce que personne n'y est allé. « Pour imaginer l'ampoule, il faut imaginer la lumière et pas se contenter de partir de la bougie. » C'est une histoire de dignité et de promesse d'avenir. L'avenir ? Il n'est pas écrit. « Où est demain ? interroge le physicien et philosophe des sciences Étienne Klein. Est-il quelque part pour qu'on le rejoigne ? Ou bien n'existe-t-il que quand nous serons présents au futur ? » Il faut bien vivre et accorder un certain statut à l'avenir, sans quoi le futur serait totalement absent du présent... L'avenir a une authentique réalité, qui n'est pas encore configurée. Il reste une part de désir, d'invention, de créativité... 2050 atterrira bien assez tôt, c'est-à-dire à l'heure, dans le présent de ceux qui seront là !

Bifurquer ? C'est la vie !

Je ne veux froisser personne, mais braquer le volant fait partie du sel de la vie. Entre le moment et le lieu de notre naissance, tenus pour certains, puis l'endroit et la date de notre mort, inconnus de nous, notre trajectoire n'a rien d'une ligne droite. Le cinéma, les livres, la culture en général regorgent d'histoires fabuleuses ou tragiques, de passages plus ou moins transitoires qui permettent de reprendre un cap. La vie, ce n'est pas un scoop, est un boulevard de bifurcations. Ce terme est très joli. En botanique, il désigne la fourche produite par le développement d'une partie sur une autre, soit semblable, soit différente. Ainsi, le bourgeon forme une bifurcation avec le rameau qui le porte, celui-ci formant lui-même une bifurcation avec la branche qui lui a donné naissance, et ainsi de suite. Le mot « bifurcation » s'emploie en botanique, en balisage, et aussi en vie humaine. Il est indissociable de mon mot préféré, l'arborescence, qui schématise la somme des bifurcations. C'est le même principe qu'un arbre généalogique, mais, à la place des photos des aïeux, une quantité de points fixes, de lieux traversés, de moments-clés ou pas, de coups de poing dans la figure, de joies, de petites révisions pour savoir d'où viennent nos choix et où ils nous ont conduits.

Oui, les choix nous conduisent, tout comme les non-choix, d'ailleurs, ils boussolent notre chemin. Comme les jeux des magazines où il faut relier une constellation de points les uns aux autres jusqu'à voir apparaître un animal, un objet ou un personnage. Quelle gueule a finalement notre vie avec tous ses petits virements de bord ?

La vie, une somme de points à relier

Décembre 1998. Je l'aurais suivi jusqu'au bout du monde, alors j'ai pris un billet pour Boston. Ce lundi-là, je n'ai pas pointé au bureau de *01 Informatique,* hebdomadaire spécialisé dans les systèmes d'information dans lequel j'avais échoué du fait de mes études à la noix (journalisme + télécoms). Non, j'ai simplement laissé un message sur le répondeur du rédacteur en chef. « Je fais une folie. On en parle à mon retour. » Idem sur la table du petit déjeuner, un mot gribouillé à l'intention de mon chéri d'alors : « Je pars à Boston. Sorry. » Évidemment, je n'y allais pas pour tricoter des pulls, mais pour un homme, croisé lors d'un événement dont la presse professionnelle a le secret : une nouba où ça bosse, c'est-à-dire quatre jours dans des hôtels quatre étoiles en Sardaigne où se mélangent journalistes et dirigeants. Les interviews sur le toit des yachts s'accompagnaient de champagne, et les dîners prétendument interviewants ressemblaient à des orgies de langoustes. Mon débarquement à Boston a fait son effet : Jason a été estomaqué de voir cette petite Française dans la salle de conférences, ensommeillée par six heures de jet-lag et emmitouflée dans un pull trop grand pour elle. Il a accusé le coup, mais, en parlant de coup, ça devient compliqué si ceux d'un soir traversent l'Atlantique pour vous revoir. Moi, j'avais le cœur gonflé, je vivais une aventure de grande comme dans les films : tout plaquer pour une odeur, une caresse, une étreinte. Nous sommes allés boire un verre au bar de l'hôtel, et pas qu'un seul d'ailleurs. Jason m'a avoué qu'il était atteint d'une maladie auto-immune ; il n'en avait plus pour très longtemps, il n'avait rien pour moi et, si je l'avais prévenu de mon voyage saugrenu, il m'aurait évité de claquer 7 000 francs (oui, je viens du XXe siècle) pour un aller-retour en classe déveine. Au retour, *01 Informatique* m'a très très gentiment licenciée, et c'en était fini avec T. Cette folie m'a coûté mon boulot et mon mec d'alors. Cela n'avait aucune importance, j'avais vécu plus intensément en trois jours qu'en trois ans. Ma vie venait de prendre une autre tournure. Je crois bien que c'est grâce à cela que j'ai dit au revoir au journalisme informatique… J'étais nue comme un ver, un peu conne avec mon amourette en bandoulière, esseulée avec mes cartons sur un bord de trottoir, mais j'allais rebondir.

À l'heure où se multiplient les fresques écologiques, les fresques du climat ou de la biodiversité, les fresques de la renaissance écologique, du sexisme, des nouveaux récits ou des océans, on pourrait penser à dessiner des fresques de vie. On y mettrait des codes couleur, des cliquets, des petits personnages façon Jérôme Bosch, des virages autoréflexifs et même des impasses. Il suffit de fouiller et de retranscrire nos souvenirs, de dérouiller nos arbres à cames, d'affiner nos axes de fonctionnement et de repérer nos moments-clés, de revoir nos décisions dans un rétroviseur… Nos petits braquages de volant sont en nous, comme en atteste Julie, qui a grandi en Ariège comme une enfant sauvage, pieds nus dans les ruisseaux, à dévaler de grands champs de blé, à construire des cabanes et à courir dans les bois, « le cliché parfait de la petite maison dans la prairie » ! Sa première bifurcation consista à s'extraire de sa condition de « pouilleuse » au collège et au lycée. Son rêve ? « M'en sortir rapidement financièrement, vivre dans un endroit à peu près normal avec des gens autour, des toilettes et une douche dans la maison. » De petite belle des champs, elle devient développeuse informatique, puis cheffe de projet, puis manageuse, puis directrice de projet pour un grand groupe aéronautique. Son enfance a parfaitement déterminé ce qu'elle ne voulait pas être. Et pourtant, aujourd'hui, les valeurs de son enfance résonnent à fond. Sophie, quant à elle, qui souhaitait être diplomate quand elle était plus jeune, a toujours été « en réflexion » : « J'ai plongé à 100 % dans le yoga : plusieurs longs voyages en Inde, plusieurs formations, stages, immersions, et naturellement j'ai commencé à enseigner. Je me suis passionnée pour la langue sanskrite… aujourd'hui, je l'enseigne. » Audrey, 46 ans, se voyait bien dans une vie pleine d'animaux quand elle était enfant. Adolescente, elle refaisait le monde, se voyait « racheter une vieille auberge au fin fond de la campagne profonde pour faire revivre un village ». À l'époque, elle est biberonnée à l'émission *SOS Campagnes,* présentée par la regrettée Martine Mauléon, et ses annonces extraordinaires : ici, une petite épicerie-café de village à reprendre pour cause de décès des derniers propriétaires ; là, un presbytère mis à disposition pour faire venir des « jeunes ». Sans véritable vocation, Audrey a eu plein d'idées de métier (prof d'anglais, psy, orthophoniste…), pour finalement faire des études de communication, travailler dans le théâtre, l'événementiel, et bientôt autre chose. Pour Isabelle, la première bifurcation a peut-être eu lieu lors de son voyage en Inde, quand elle avait 20 ans. Sur place, elle perd l'amie avec qui elle était partie. « Je ne l'ai retrouvée qu'un mois après, 2 000 kilomètres au sud, en correspondant avec ma mère par fax ! » Elle découvre l'Inde seule. « J'ai pris une grosse claque culturelle de nantie. J'ai remis en question toute ma vie. Je suis restée trois mois, revenue et repartie en plaquant mon boulot de secrétaire dans une entreprise de menuiserie, mon mec, tout quoi ! » La philosophe Claire Marin en parle magnifiquement dans son livre *Rupture.s.* « Nous vivons tous des blessures de la vie, nous traversons des expériences qui nous torturent. [...] La rupture nous inflige une torsion psychique et physique insupportable, il nous faut supporter la déformation de notre identité, de notre existence. » Ainsi, la rupture est toujours précédée de quelque chose : d'un mal-être, d'une prise de conscience, d'un désir ardent. Et c'est toujours une part de nous qui hurle au changement... « Les ruptures sont nôtres, qu'on les décide ou qu'on les subisse. Rompre avec sa famille, ses amis, son amant, son milieu, changer de métier, de pays, de langue ; les ruptures nous construisent peut-être plus encore que les liens. » Il suffit d'un acouphène de vie, d'un caillou dans la chaussure, d'une petite musique qui devient de moins en moins douce, d'un événement extérieur... et nous voilà déjà ailleurs ! La vie est une vaste valse avec le temps et les incertitudes, l'inattendu et le prévisible.

Les rencontres humaines aimantent peut-être les plus intenses de nos virages. Une chevelure d'ange dans un rayon de soleil, par exemple, un regard appuyé là où ça fait du bien, un échange banal au café, une discussion avec une amie, un vernissage en plein mois d'août, une soirée dans la rue de la soif... Nous ne savons pas toujours ce qui nous fait tomber à la renverse ou braquer le volant, appuyer sur la pédale de frein ou sur l'accélérateur, mais la bifurcation est l'essence même de notre cheminement. Nous sommes des êtres bifurquants. Avec combien de personnes interagissons-nous dans une vie ? La question est vertigineuse dès lors qu'on imagine que chacun porte en lui un potentiel de changement. À raison de cinq cents étudiants par an pendant une quarantaine d'années, un prof m'a avoué avoir interagi avec vingt mille étudiants dans sa vie. « Heureusement qu'ils ne m'ont pas tous chamboulé ! » Oui, peu de personnes entraînent dans leur sillage l'effluve soufré du changement de vie, mais il suffit d'un regard, nous en avons tous l'intuition, pour que quelque chose de certain vole en éclats… ou s'éclate en plein vol, au choix. Regardez-moi, sur le trottoir, avec mes cartons.

L'avenir leur appartient

Si vous lisez ce livre, vous êtes déjà au courant : les jeunes ne veulent plus d'une vie de boomer avec métro-boulot-dodo, ni d'une vie de doomer[8] dans mon genre, à croire que tout va mal se passer. Les slogans des années 1970 ressurgissent dans les manifs : « Je ne veux pas perdre ma vie à la gagner. » Tout au long du road trip, j'ai croisé plus de jeunes (moins de 35 ans) que de quadragénaires aptes à renverser la table. Depuis septembre 2018, date à laquelle environ trente mille étudiants provenant de plus de quatre cents établissements d'enseignement supérieur signent le Manifeste étudiant pour un réveil écologique[9], la grande démission des milléniaux est largement documentée. Le discours plein de force et de bon sens des jeunes diplômés d'Agro Paris Tech totalise près

8. *Doom,* en anglais, signifie « ruine », « catastrophe », et fait référence à un jeu vidéo super violent des années 1990.
9. Les membres du collectif Pour un réveil écologique cherchent à accélérer la transition vers un modèle économique compatible avec les limites planétaires, et soutenable pour l'humanité. Pour ces étudiants et ces jeunes diplômés, formation et emploi constituent un levier d'action puissant (https://pour-un-reveil-ecologique.org).

d'un million de vues sur YouTube, suivi de près par celui de la promo 2022 des polytechniciens. La France connaît une hémorragie chez les jeunes diplômés qui vivent un syndrome génial : l'évitement de la crise de la quarantaine, ou plutôt la crise de la quarantaine à vingt ans. Anastasia, Phil, Emmanuelle, Valentine, Céline, Simon, Sébastien…, je ne compte même plus le nombre de jeunes, à peine trentenaires, désireux d'une autre vie que celle tracée par leurs études et les habitudes de leurs aînés. Ils sont mus par l'époque, par l'urgence à profiter du sel de l'existence et par l'envie de rectifier le tir à leur petit niveau. Des collectifs entiers se forment sous nos yeux, des colocs de jeunes adultes bien décidés à tout envoyer valdinguer, du genre au travail en passant par l'argent et les relations amoureuses ou affectives. Leur vie est une page presque blanche, et rares sont ceux qui tiennent à merder en faisant « les mauvais choix par mimétisme intergénérationnel ». Ils se désolent parfois d'avoir appris ce qui ne leur servira peut-être jamais. Dans les grandes écoles, on écoute et on tente de répondre à ces aspirations. Seulement 11 % des formations abordent les enjeux climat-énergie de manière obligatoire, une offre par ailleurs réservée aux futurs ingénieurs et aux étudiants de certains établissements pionniers. Les trois quarts des formations de l'enseignement supérieur ne proposent aucun cours abordant l'écologie, d'après le rapport[10] du Shift Project publié en 2019. Selon la dernière grande enquête menée par le Réseau français étudiant pour le développement durable (REFEDD), à laquelle ont répondu cinquante mille jeunes, 69 % des étudiants qui ne suivent pas une formation liée à l'environnement entendent très peu,

10. https://theshiftproject.org/lavenir-de-la-planete-dans-lenseignement-superieur/

voire pas du tout, parler de ces enjeux pendant leur parcours. Une hérésie pour 65 % des étudiants ayant répondu à la Consultation nationale étudiante 2020 : d'après les deux tiers des étudiants, tous les cursus devraient intégrer ces enjeux, qu'il s'agisse des langues, des arts plastiques, des sciences de gestion ou des soins médicaux, de la psycho (surtout en psycho, tant le monde de demain aura besoin de soignants de l'âme), de la littérature ou du droit, de la sociologie ou des thanatologues. Il ne s'agit pas de former uniquement aux métiers dits « verts » – bien qu'à des degrés divers, tous les métiers sont concernés –, mais d'acculturer la population à tous les niveaux. Pour cela, la compréhension des faits est vitale, y compris pour que l'on évite de sombrer dans des farandoles de faits alternatifs.

Les vieux

Les bifurcations au-delà des 50 ans sont rares, pour de multiples raisons – les ados encore à la maison, le salaire (trop) confortable, les crédits à rembourser… –, elles n'en sont pas pour autant négligeables. Elles se préparent différemment, peut-être dans un relatif stoïcisme. Au-delà d'un certain âge, on ne part plus le nez au vent sans savoir comment gagner sa croûte. Les plus chanceux disposent d'un petit pécule ou d'un bagage professionnel qui leur ouvre toutes les portes ou presque, comme Marc, dermato qui a ouvert son cabinet le 1er juillet dans le désert médical des monts d'Ardèche. On le salue comme s'il avait croisé la Vierge, alors qu'il n'a fait « que » quitter l'avenue de Breteuil à Paris, dans le septième arrondissement, pour rejoindre un très joli trou paumé de deux cent quarante-cinq habitants. L'horizon claque, ici. Des prairies à perte de vue, quelques éoliennes sur le mont d'en face. Sur les routes, des quatre-quatre de chasseurs, mais aussi des flopées de jeunes et de moins jeunes retraités sur leurs vélos de course dernier cri. Derrière, le célèbre mont Gerbier-de-Jonc, au pied duquel se trouvent les sources de la Loire. Marc a 62 ans. À cet âge-là, nombreux sont ceux qui préfèrent jouer au tiercé en sirotant des Suze avec les copains. Lui préfère être vu comme le « messie de Sainte-Eulalie », le dermato qui soigne petits et grands bobos cancéreux dans un désert médical de haute volée. Il retrouve goût et plaisir à son métier, car on a vraiment besoin de lui. « Mon premier patient est venu de Nyons, soit à 180 kilomètres de là, avec un carcinome qu'il avait lui-même diagnostiqué car il en avait déjà eu deux. » Il est à cinq ans de la retraite, il va donc finir sa carrière ici. « Mais après, on peut continuer à travailler si le cœur nous en dit. »

Sylvie aussi a tout plaqué. Cette sexagénaire pêchue a découvert le Périgord à la faveur d'un roman qu'elle écrivait et où elle situait l'histoire. À la fin, l'héroïne se réfugie avec un collectif qui veut révolutionner le monde. Étonnant, elle écrit en résidence à quelques encablures de la Commune imaginée du Bandiat ! Après quelques allers-retours qui confirment son coup de cœur pour la région, elle jette son dévolu sur une petite Sam Suffit, du nom parfois donné à une propriété modeste payée avec des économies ou un crédit. Pour moins de 40 000 euros, la voilà propriétaire d'une maison à retaper avec granges et micro-jardin. Ses liens avec les jeunes d'à-côté, c'est-à-dire ceux qui tricotent la Commune imaginée du Bandiat, lui permettent d'alléger ses chantiers participatifs. Elle apprend comment dégager la faïence de sa cuisine sans tout péter, à nettoyer, à poncer et à repeindre collectivement dans la bonne humeur. En retour, ou juste pour le plaisir, elle file des coups de main sur les terrains mutualisés du collectif.

Proche de la soixantaine, Éric évoluait dans un milieu culturel ultraconfidentiel. Il bidouillait au gré de ses envies dans le milieu de la chanson française « non crétinisante ». Il a commencé à réfléchir à un changement de vie « grâce à une vidéo de Pablo Servigne partagée par ma fille aînée, très perturbée par ce qu'elle venait de trouver ». S'ensuivent trois années de réflexions profondes durant lesquelles il rencontre une sphère collapsologue souhaitant s'éviter les bras ballants face au désastre. Il rencontre beaucoup de personnes, assiste à beaucoup de conférences, expérimente du jardinage partagé dans sa grande maison de Seine-et-Marne. « J'avais pourtant prévu de finir ma vie dans cette maison, qui avait appartenu à mon grand-père et où je venais de passer vingt-cinq ans de ma vie… mais c'était dans une campagne de Seine-et-Marne qui se faisait bouffer par les cultures intensives et l'urbanisation galopante. » Il se documente et visite énormément d'endroits et de communautés. Durant le premier confinement, il fantasme sur les photos d'un lieu en particulier. « Il cochait beaucoup de cases ! Dès que cela a été possible, je suis allé sur place en bravant la limite des 100 kilomètres ! Cette visite a tout confirmé. » Il achète son petit havre de paix creusois sans hésitation. Les sexagénaires en quête de projet collectif pour leurs très vieux jours sont de plus en plus nombreux. Ils ont des moyens qu'ils veulent mettre au service d'une vie radicalement simple, comme Sylvain, 59 ans, qui a quitté l'Agence de l'eau où il a fait carrière et investi l'héritage de sa mère dans son atterrissage. Marc, Sylvie, Éric, et tant d'autres, sont la preuve que les réalignements de trajectoire peuvent survenir à tout âge, d'autant qu'après 50 ans on peut mettre sa puissance, sa stature, toute sa personnalité et son expérience au service de la cause, qu'il s'agisse de soi, de la société malade ou du monde. « Le virage de carrière est plus difficile à négocier à 50 ans qu'à 35, estime Claire Desmares-Poirrier, autrice de *l'Exode urbain* aux éditions Terre vivante. J'ai déjà rencontré des personnes qui pensaient leur vie pliée à 50 ans ! "Je bosse dans le marketing, ce que je fais est pourri mais je n'ai plus l'âge de changer de carrière. C'est fini pour moi, il n'y a plus de plan B." C'est très violent de se vivre ainsi. Et donc très facile de ne rien faire… » Donc chapeau bas, les quinquas !

Le cas des (jeunes et moins jeunes) parents…

On peut vouloir changer de cadre à cause d'une responsabilité qui nous dépasse (ou grâce à elle) : celle de la vie que l'on a fait monter au monde, dans ce monde, justement. Plus la descendance est jeune, plus il est facile de l'emmailloter dans son nouveau projet de vie. Camille et Benjamin ont atterri dans l'Yonne avec leur petite Laurène, âgée de 3 ans. Elle grandit au milieu des champs, découvre les longues balades en forêt, plonge les mains dans l'argile pour monter « des murs en paille » dignes de la fable des petits cochons et raffole du pain au levain cuit à la cocotte de son père. Élever un enfant en plein air, au contact de la nature et des alternatives, loin du bruit, de la minéralité et de la pollution citadine est un super moteur. Quant à Françoise, elle a réussi à faire bouger sa petite famille, incrustée dans les rues parisiennes, en plein milieu de l'année scolaire ! Mila et Til ont dit au revoir à leurs copains à Noël, pour atterrir à Joigny en janvier 2022. Depuis, ils ont l'enfance rêvée dans un quartier très silencieux, avec peu de voitures alentour. Til ne quitte jamais ses rollers, Mila prend des cours d'équitation. Françoise et Mila ont planté tomates et courgettes l'été dernier, les premières de leur vie… La petite famille vient d'acheter une maison avec un jardin immense que personne n'a nettoyé depuis vingt ans. Personne ne regrette. En revanche, pas de bol pour les aspirants au départ affublés d'adolescents très citadins : souvent, l'enfant chéri se révèle être une terrible entrave. Comment bifurquer quand vos filles adolescentes raffolent de leur bande du quatorzième arrondissement ? La vie douce en province ? Un truc de boomer ! Sauf à avoir préparé l'ensemble de la portée à des modes de vie différents depuis leur premier biberon au lait de chèvre ! « Ils arrivent à un âge où vivre à la campagne, ben, c'est chiant ! Il faut une voiture pour aller voir les copains, faire du sport… difficile de leur imposer cela », m'explique Stéphanie. Emmanuelle attend simplement que « les filles grandissent » pour s'exiler dans une bicoque face à la mer. Daphné a attendu que son cadet passe le bac pour redonner un coup de fouet à sa vie. « Cela reste difficile, voire cruel, de proposer la campagne à des adolescents qui ont grandi en ville, proche des cinémas, des lieux de vie, du divertissement. » À l'inverse, Alexandra rêve de campagne, d'atelier XXL pour créer, voire de vivre dans sa caravane posée au fond d'un petit verger… mais elle a choisi Dijon pour que ses rejetons goûtent aux plaisirs de la ville pendant l'adolescence.

Avec ou sans moyens ?

Certains affirment que tout le monde peut bifurquer… Oui, ben, c'est comme le bonheur, c'est toujours plus facile avec un compte bancaire bien garni et un bon petit capital social et culturel. Quoi qu'on en dise, le désir de campagne n'est pas socialement accessible à tous[11]. Ceux qui sont dans le

11. Éric Charmes, *la Revanche des villages* (2019).

graphisme, le journalisme ou les arts peuvent sans problème se catapulter dans une grange à retaper, pourvu qu'elle ait la fibre. En revanche, la boulangère, l'infirmière à domicile, l'employé de banque et le secrétaire médical sont vissés à leur poste, c'est-à-dire à l'espace urbain. Et, comme par hasard, ils n'ont pas les moyens d'un voyage pendulaire quotidien, et encore moins d'un deuxième logement où il ferait bon se lover du jeudi soir au mardi matin. « Comme souvent, les réponses aux crises sociales sont plus aisément surmontées par ceux qui en ont les moyens », précise le géographe Samuel Depraz. Cela sonne comme un truisme. L'argent ouvre les horizons, il permet de visiter les maisons qui plaisent, pas celles qui vous feront plaindre, de rénover ou plutôt de faire rénover, de voir venir et de fomenter un projet professionnel aléatoire, comme la fabrication de savonnettes maison. C'est une situation de domination comme une autre : le CSP+ vient se mettre à l'abri, les autres n'ayant pas l'entier choix de leur vie. Dans le virage, il faut un capital pour la maison, puis pour les travaux (énergie, maçonnerie, remise aux normes, extension, réfection de la grange…), un salaire pour rembourser l'emprunt… Pour information, le coût des travaux a explosé (+ 25 % au moins), et plus encore avec la guerre en Ukraine : ils se répercutent sur des devis devenus ubuesques. En Puisaye, les dernières ruines disponibles ont bien été vendues à des foyers modestes, mais ceux-ci ne peuvent ni réparer la toiture, ni changer la chaudière, ni faire poser du double vitrage.

Toutefois, la bifurcation n'est pas réservée aux nantis : avec moins, on peut aisément bifurquer dans sa tête et réduire ses besoins. La question des coûts s'aménage : il suffit de s'associer avec d'autres, de mutualiser ses savoirs, d'offrir ses services, de mettre au pot commun. C'est ainsi que Pascale peut prétendre chercher un lieu magique. En s'associant avec des amis, cette graphiste d'une soixantaine d'années dispose d'un budget de 350 000 euros pour trouver une perle apte à accueillir les termes d'une vie radicalement et activement simplifiée. Elle n'a pas d'argent de côté, c'est sa disponibilité, ses compétences, sa pratique du zazen de plus de trente ans qu'elle met au service du projet. Le groupe souhaite un lieu idyllique (tant qu'à faire) comprenant une source, un hectare de bois au minimum sur 10 hectares de terrain, du silence à gogo, un bâtiment avec une cuisine de 40 mètres carrés, de la beauté, de la vie sociale à moins de 20 kilomètres. Soyons clairs : seule, Pascale ne pourrait rien. De même, Lise et Bruno, respectivement 24 et 27 ans, ont injecté 40 000 euros dans une maison de ville à pans de bois dont le chantier s'annonce dantesque, mais à 90 % participatif. Des copains de toute la France viennent péter des murs, désosser la structure, mettre à nu les poutres et les murs en torchis, au risque d'ébranler la structure même de la bicoque. Ils n'ont pas de voiture (plutôt par choix de vie que par manque de moyens), alors tous les déchets du chantier sont acheminés par vélo-cargo ou carriole à deux roues, bref sans carbone. Je dirais que leur bifurcation profonde se situe là, dans le refus de la facilité offerte par les moteurs thermiques. Le pire, c'est que ça marche : au moment où j'écris ces lignes, ils cumulent 167 allers-retours à la déchetterie. Un record de vitesse est d'ailleurs toujours à battre : onze minutes et vingt secondes pour la virée.

Les patrons sont des effondrés comme les autres !

Tous les patrons ne sont pas des êtres à sang froid obnubilés par l'optimisation de leurs profits. Certains comprennent que le climat et l'effondrement des écosystèmes constituent le plus grand problème que l'humanité ait à affronter. Les boss versent dans la schizophrénie : ils ouvrent de nouveaux marchés le jour et passent leurs soirées dans des cafés collapso ! Les témoignages, anonymes, fleurissent : « Nous ne savons pas comment faire, faut l'avouer… » ; « Il faut qu'on nous impose une planification écologique, car on ne sait optimiser que sous contrainte ! » ; « La décroissance est devenue le principal horizon d'optimisation financière. » En privé, certains politiques commencent à parler de décroissance nécessaire. À l'automne 2021, cent cinquante entrepreneurs commencent un parcours d'acculturation aux enjeux écologiques. Comme les cent cinquante citoyens tirés au sort pour la Convention citoyenne pour le climat, cent cinquante dirigeants, volontaires cette fois, viennent bouffer du rapport du GIEC un week-end par mois pendant huit mois. De la bière aux semi-remorques, de la petite enfance à l'éducation de cadres supérieurs en passant par la mode et le rugby professionnel, cette convention a rassemblé des secteurs qui emploient plus de deux cent cinquante mille collaborateurs et réalisent plus de 35 milliards d'euros de chiffre d'affaires. Ainsi, il existe ici ou là des patrons effondrés, les « pef », qui se questionnent sérieusement. Tous ont ainsi vécu la même baffe climatique que les citoyens, indispensable pour se mettre au diapason. De là à bifurquer, c'est une autre histoire… car ça blablate beaucoup dans ces sphères-là. La bonne volonté des uns est largement occultée par le foutage de gueule des autres : en 2021, la rémunération moyenne annuelle des patrons du CAC 40 a frôlé les 8 millions d'euros. Le champion toute catégorie s'appelle Carlos Tavares, directeur général du constructeur automobile Stellantis (ex-Peugeot, Fiat, Citroën…), qui a empoché 66,7 millions d'euros selon le cabinet Proxinvest.

Cela dit, quelques entreprises du CAC 40 financent l'association de Jean-Marc Jancovici, The Shift Project. Minoritaires au conseil d'administration, elles figurent cependant aux premières loges des constats implacables. « Ces dirigeants savent pertinemment qu'ils vont devoir évoluer dans un monde dégradé, c'est-à-dire à + 2,8 °C selon la trajectoire actuelle (voire plus) », confie Corentin Riet, responsable de l'emploi au sein du Shift. Ils doivent évoluer dans un cadre contraint : réduire le recours aux énergies fossiles, qui, de toute façon, vont manquer, mais aussi aux matériaux, le tout en respectant les sols qui nous nourrissent. Dans un « plan de transformation de l'économie française[12] », les Janco boys proposent des mesures concrètes, secteur par secteur, de l'emploi à l'agriculture en passant par l'industrie automobile, l'industrie lourde, le fret, la santé, la culture, la mobilité douce ou longue distance, pour réduire les émissions de CO_2 de 5 % par an. Leurs mesures ne reposent pas sur des technologies miracles, elles respectent les lois de la physique et des flux économiques. Les inerties du tissu industriel, du mix énergétique et de notre urbanisme sont phénoménales, et l'impact sur l'emploi des restructurations à mener promet d'être terrible si elles ne sont pas anticipées. « Nous savons que les voitures électriques réclament 40 à 60 % de main-d'œuvre en moins, et que cent mille emplois de l'industrie automobile sont directement menacés, prévient Riet. Idem dans l'aviation, il faut anticiper trente-cinq mille suppressions de postes. A contrario, l'agriculture attend cinq cent mille paires de bras supplémentaires, idem dans la rénovation ou le cycle… » Mais ce plan donne surtout des pistes en matière

12. *Climat, crises : le plan de transformation de l'économie française,* The Shift Project, Odile Jacob (2022).

d'usages : il va bien falloir rendre le vélo plus sexy que la voiture, nous habituer aux plats végétariens dès la maternelle, multiplier les combinaisons de marchandises et de voyageurs dans les trains, y compris sur les lignes désertées. En gros, ça va swinguer dans les années qui viennent, ça, c'est sûr que c'est certain !

Ouvrir grands les yeux !

Et si la vraie bifurcation nous menait simplement au cimetière ? Car, au cœur d'un projet bifurquant, peut-être que la première chose à faire serait d'arrêter de nuire ! C'est le cœur des travaux menés par Origens Media Lab[13], un collectif interdisciplinaire, entre laboratoire de recherche et think tank, où l'on pense la « redirection écologique », la « déstauration », le désinvestissement… Dans ce collectif, Diego Landivar, Emmanuel Bonnet et Alexandre Monnin planchent sur les différentes façons de faire atterrir les organisations dans les limites planétaires, c'est-à-dire de proposer des protocoles de soins pour endormir, fermer, éteindre définitivement des activités climaticides et destructrices de biodiversité. La redirection écologique est une piste fascinante : observer les activités humaines qui se déploient pour les faire tenir dans les limites planétaires, c'est-à-dire dans ce que la planète peut supporter sans se transformer (limites climatiques, limites géologiques, limites d'usage des sols, de l'eau disponible…). « L'anthropocène a changé les paramètres du scénario du pire. Nous faisons face à un hyper-risque inédit, auquel nous n'étions pas préparés. La redirection écologique repose sur l'idée qu'économie et écologie ne sont compatibles qu'après une phase d'adaptation

13. https://origensmedialab.org

et d'alignement des organisations vis-à-vis des limites planétaires. Une phase d'atterrissage à orchestrer, dans laquelle il va falloir renoncer à différentes choses. » Nous voilà dans le vif du sujet : le renoncement. Exit le développement durable et la croissance verte, aux oubliettes la RSE, la transition écologique ou énergétique. Bye-bye, les *chief happiness* ou *impact officers,* place aux redirectionnistes écologiques !

« C'est le secteur d'avenir le plus important », estime Landivar, et de donner l'exemple de la compagnie Air France, dont les activités sont en grande partie incompatibles avec les limites planétaires. Entre deux plans sociaux, le groupe Air France-KLM emploie plus de 82 000 salariés. À la sortie du premier confinement, la société a englouti 7 milliards d'euros, généreusement offerts par l'État français pour la sauver du crash. En réalité, Landivar et ses comparses auraient préféré que l'on planche sur une « bonne fermeture » de la compagnie aérienne. « Que fait-on des bagagistes, des pilotes, des élèves pilotes ? Tout un réseau de personnes dépendantes d'Air France est à sauver et à accompagner. » Autre exemple : à cause des pénuries d'eau, désormais récurrentes et qui empireront, une région leur demande concrètement si l'on doit maintenir le principe des piscines individuelles. « Elle souhaite que ses habitants y renoncent, sauf que cela mettrait fin à l'activité de centaines de plombiers, de piscinistes et d'importateurs, de fabricants, d'installateurs... », raconte Landivar à *l'Usine nouvelle*[14]. Poursuivons : le fait de maintenir les sports d'hiver est-il rationnel avec un réchauffement accéléré ? Tous les domaines skiables subissent l'impact du réchauffement – il n'y a qu'à regarder le nombre de stations

14. https://www.usinenouvelle.com/article/la-defuturation-c-est-renoncer-a-des-futurs-deja-obsoletes-explique-diego-landivar.N1009869

fantômes[15] –, or, ici, nulle réserve pour « refaire » de la croissance. « C'est ce contexte de "territoires catastrophiques" qui nous intéresse. » Doit-on forcer par l'innovation ? Investir dans la conception quand on fabrique des skis ou se lancer dans le streetwear ? Forcer la neige artificielle ? La faire venir par hélico ? Construire des stations en boîte comme à Dubaï ? « On sent bien que ça ne va pas durer, tout ça… Donc il faut repenser le rapport aux sports d'hiver, à la glisse, à l'industrie du tourisme de montagne… » Depuis plusieurs années, les fabricants de skis se demandent s'ils doivent investir dans de nouveaux profilages de spatules ou lâcher l'affaire et se spécialiser dans les chaussures de randonnée et la glisse sur bitume. Beaucoup des organisations actuelles fabriquent leurs propres ruines, et certaines le savent pertinemment. À l'occasion du CES 2018, le constructeur automobile Ford a imaginé une ville du futur où les voitures autonomes cèdent le pas aux piétons, reconnaissant même les effets délétères de la voiture sur la ville ! Total a un groupe de réflexion sur l'après-pétrole… mais ils doivent bien se bidonner le soir en palpant leurs 10 milliards d'euros de bénéfices. Lors des grèves dans les raffineries françaises, personne n'a osé demander la redirection de cet argent, qui mène à notre ruine (je rappelle qu'il vient couronner les plus grandes forces extractivistes de la planète), au profit d'un grand programme de bifurcation professionnelle dans les métiers de l'énergie. D'une certaine manière, peu d'organisations organisent leur fin et se dotent d'un support d'ingénierie de la fermeture, que ce soit pour changer ou pour adapter leurs activités. C'est ballot… Moi, j'aimerais bien organiser mes obsèques si j'ai le temps de les voir venir.

15. https://stationsfantomes.wordpress.com/

Désamiantage, démantèlement de centrales nucléaires ou de sites industriels, la « fermeture » existe déjà, mais trop peu. L'avenir promet une explosion des métiers de la déconstruction, de l'ingénierie de l'atterrissage, de la gestion de déconstructions, de la fermeture, du nettoyage, de la liquidation… « Voilà le portefeuille de nos services ! » Dans une vie antérieure, Emmanuel Bonnet a pris beaucoup de plaisir à organiser des lignes de production pour cachetons. En bon gestionnaire, le monde économique a une légitimité quand tout se passe bien, or le péril vient désormais de l'effondrement de la civilisation dans les trente, quarante, cinquante prochaines années. « Avant de se confronter à l'effondrement, peut-être peut-on se confronter au renoncement, renoncer à pas mal de clichés, le premier d'entre eux étant que le business et l'innovation vont nous sauver. Ensuite, quel type de relations pourrions-nous avoir avec les autres êtres qui composent le monde ?[16] », explique le professeur en innovation et en entrepreneuriat à l'ESC Clermont. Un redirectionniste est bourré des compétences d'avant, mais il peut auditer écologiquement la firme, c'est-à-dire diagnostiquer les segments de son activité incompatibles avec le système-terre et mettre en place des stratégies de désinvestissement. La firme, elle, peut instaurer des programmes de formation des actionnaires (ce qui existe déjà) pour les éclairer sur l'anthropocène. Elle peut transformer une entreprise high-tech en entreprise low-tech, implémenter et designer de nouveaux outils d'organisation industrielle qui ne visent pas l'optimisation de la chaîne de production à grande échelle, par exemple, mais plutôt

16. Dans « Les entretiens du bout du monde », Diego Landivar interroge Emmanuel Bonnet (https://origensmedialab.org/origens-media-lab/entretiens-podcast/).

l'annexion à la disponibilité des ressources locales. Les mousquetaires d'Origens Media Lab forment des designers, des ingénieurs et des managers à mettre en place des projets d'atterrissage, parce que « des entreprises sont prêtes à jouer le jeu jusqu'au bout », même si peu d'entre elles, en vérité, en acceptent toutes les conséquences.

Politiser la bifurcation

Au-delà des trajectoires personnelles, où se trouvent les espaces de recherche, de prospection, de mise en œuvre ? Comment travaille-t-on collectivement et politiquement aux deltas de manque à gagner des uns et des autres ? Comment opérer le virage en demandant à des gens d'aller vers des boulots nécessaires à la société (bûcheron, infirmière, charpentier, prof, mécanicien, ressourceur…) mais non attrayants en termes de salaire ? « Il faudra autant d'ingrédients, mais pas dans les mêmes quantités », me glisse mon ami Éric La Blanche. Lorsque Corentin Riet, du Shift Project, raconte comment les services de l'État ne peuvent mettre en œuvre la feuille de route du plan de transformation de l'économie française à cause des intérêts bien compris des uns et des autres, c'est l'écœurement et le dégoût qui prennent à la gorge. Blague à part, voilà le cœur d'un projet bifurquant qui irait au-delà des trajectoires individuelles. Cela s'organise en haut lieu avec l'entièreté de la fabrique d'État acculturée aux enjeux critiques. En gros, dans une foutue éternité.

Alors on bifurque comment ?

Je considère avoir bifurqué sans le savoir, c'est-à-dire sans métaboliser ce qui se passait. À l'instinct. Mais l'objet de ce livre consiste tout de même à livrer quelques trucs et astuces, et à pointer des questions insoupçonnées. D'abord, un gigantesque tri dans les priorités s'impose. Il implique de bien distinguer les différents niveaux de la bifurcation : intérieur, personnel, professionnel, collectif, et parfois géographique. Ainsi, si je devais bifurquer en 2023, je m'y prendrais avec plus de méthode en m'inspirant du principe du zonage en permaculture. Celui-ci permet de concevoir l'aménagement du terrain suivant l'intensité d'utilisation du site. Si la zone 0 est la maison, la zone 1, le jardin par exemple, réclame plusieurs visites quotidiennes, la 2 un peu moins, etc., jusqu'à une zone 5, plus rarement explorée, comme la forêt en bordure de propriété. Pour en revenir à nos bifurcations, en première partie, le périmètre zéro recouvre tout ce que l'on peut faire pour soi, au plus près de sa maison intérieure. L'époque invitant à l'essentiel, il s'agit d'aller extirper le sens de notre présence ici-bas, de retrouver nos aspirations profondes et de nous y connecter pour mieux les accomplir. Ce faisant, une place, votre place, prend forme sans que vous y preniez garde, ou presque. Souvenez-vous que la bifurcation peut être géographiquement immobile et très intérieure.

En zone 1 surgissent les questions liées à soi, comme une entité reliée aux autres. Qu'est-ce que je peux faire comme individu dans un corps social, une organisation, un habitat partagé ? Quels sont les lieux inspirants où nous avons croisé des personnes refusant de filer seules dans l'aventure ? Quelles sont les embûches que je vais rencontrer ? La zone 2 correspond aux écueils qui surgissent dès lors que l'on transitionne en soi ou dans des collectifs au moins aussi névrosés que nous. Il existe quelques voies pour se dépatouiller de situations critiques, aborder la question du facteur humain, retrouver la paix. En zone 3, quelques réflexions autour du lieu d'atterrissage, qu'il soit maison, propriété ressourçante ou petit bunker planqué dans un désert humain. Qu'on débarque à Cambrai ou dans les Causses, le projet ne sera pas le même. Ma réponse serait de clairement réinvestir les villes de la diagonale du vide, le compromis parfait entre les métropoles barbares et la grande ruralité. En dernière zone, je mettrais ce qui nous fait sortir de chez nous pour vivre : le travail auquel nous consacrons 80 000 heures de notre vie. Une réflexion profonde balaie ce sujet : le sens de nos missions, mais aussi le sens même de la notion de travail dans un monde où un paquet d'activités doivent clairement être condamnées, « éteintes » ou fermées. L'avantage, c'est que les zones communiquent, rien n'est figé.

La zone 0 : moi, moi-même et je

Durant les deux dernières années, notre capacité à souffrir, à supporter, à encaisser a rétréci au lavage. Nos vies sont contaminées par des doutes et, si rien ne nous tient aux tripes, l'abandon guette. Il nous faut du sens. Première étape incontournable, retrouver le goût et la raison d'être de nos projets, de notre place dans le monde, et, avant d'aller nous translater à l'autre bout du pays, dans une campagne verdoyante, revisiter nos besoins, notre rapport à l'argent, au bonheur… Les confinements ont montré à ceux qui l'avaient oublié combien le simple, l'essentiel, l'amour nous contiennent bien mieux que les appendices consuméristes dont on nous vante les bienfaits quotidiennement. N'avoir besoin de rien (de superficiel) et être saturé de joie est un combo de bifurcation immobile. Prendre le temps de dégonfler notre ego, puiser à la source de qui nous sommes, compter ce qui suffit et voir ce qui émoustille. Ensuite, nous irons nous outiller pour déployer notre puissance au service du vivant et de projets régénérateurs.

Retrouver du sens dans un monde déglingué

Alors que certains ont besoin de bons coups de pied aux fesses (des coronukraines à gogo) pour se mettre en mouvement, d'autres clament que le sens est la principale force motrice de l'être humain. « Celui qui a une raison de vivre peut supporter n'importe quoi. » La phrase n'est pas d'un vulgaire coach en développement personnel, mais d'un bonhomme qui a passé plusieurs années dans un camp de concentration, Viktor Frankl. Cette expérience a servi de jus principal à son œuvre, *Man's Search for Meaning* (« la quête humaine de sens »), vendue à près de 10 millions d'exemplaires dans le monde. Dans cet ouvrage,

Frankl raconte comment il a réchappé des camps en donnant, *a posteriori*, une signification personnelle à cette expérience. Car le sens est vital, d'après lui. En son absence, les gens remplissent le/leur vide de plaisirs hédonistes, de pouvoir, de possessions, de haine, d'ennui, d'obsessions et de compulsions névrotiques. L'absence de sens laisse la place au stress et à l'anxiété. Frankl a donc développé une école de thérapie existentielle, la logothérapie, pour aider les patients à trouver ce sens manquant, vu comme un facteur de motivation fondamental, même dans des circonstances atroces. Et si les principaux ressorts de la logothérapie étaient parfaitement adaptés à l'époque ?

D'après *Man's Search for Meaning*, nous pouvons ne pas être écrasés par une situation, aussi dramatique soit-elle, car nous pouvons choisir comment l'affronter : debout, anéanti ou fuyant. À chacun sa liberté (spirituelle, intellectuelle, et même orgueilleuse) pour adopter l'attitude qui lui convient. À propos de la vie quotidienne au camp, Frankl écrit : « Il y a toujours des choix à faire. Chaque jour, chaque heure donne l'occasion de prendre une décision, une décision qui détermine si vous vous soumettez ou non à ces pouvoirs qui menacent de vous priver de votre propre liberté intérieure ; ce qui détermine si vous deviendrez ou non un jouet des circonstances, renonçant à la liberté et à la dignité pour devenir le personnage typique du détenu résigné. » C'est intriguant de voir comme cette devise traverse les âges, les époques et les épreuves. Partout, des personnes se démènent pour braver le pire. Et pour ce qui nous concerne, à savoir l'invention contre vents et marées d'un monde meilleur, les occasions de prendre des décisions pour ne pas nous soumettre ne manquent pas. Éric Lenoir[1],

1. Auteur de *Petit traité du jardin punk* et du *Grand Traité du jardin punk,* éditions Terre vivante.

paysagiste-activiste, n'a de cesse de le rabâcher sur les réseaux sociaux : on fait ce qu'il y a à faire, point. Ça va être dur, nous ne sommes pas assurés de passer dans le chas de l'aiguille, mais la boussole indique que c'est juste après, là-bas, de l'autre côté d'une immense transition couleur feu et sang. Me vient en mémoire un de ses dessins en cascade, accompagné des légendes suivantes : ce qu'on ne changera pas, ce qu'on ne peut plus faire, ce que l'on devrait faire, ce que l'on peut faire, ce qui ne servira à rien, ce qui sera perdu, ce qui servira sans qu'on le sache, ce qui sera sauvé par nous, ce qui ne sera pas sauvé, ce qui se sauvera sans nous, ce qu'on ne verra pas, ce qu'on ne connaît pas, ce qu'on construira, ce qu'on habitera, ce dont on sera capables, ce qu'on ne saura jamais faire, ce qu'on ne sait pas, ce qui nous échappe… Bref, ne lâchons rien, l'immonde avenir peut être combattu par le sens que l'on met dans chacune de nos actions. C'est ce que Frankl appelle le « stoïcisme de la responsabilité » : notre capacité à affronter la vie, et en l'occurrence l'avenir, permet à elle seule de trouver un sens.

Frankl propose aussi de s'abreuver dans l'inépuisable énergie de l'amour. S'il a tenu, assure-t-il, c'est parce qu'il se remémorait autant que possible la voix de sa femme adorée, les traits de son visage, les fous rires cristallins, l'anodin du quotidien, un souffle, une posture… Mais l'amour revêt des aspects plus larges et ne s'arrête pas à une personne. Nous pouvons aimer des chats, nos voisins ou les commerçants du marché le samedi matin, et nous raccrocher à ces brindilles d'humanité. Au cours de son enfermement, il fut frappé par le fait que ses compagnons d'infortune étaient capables d'apprécier la majesté des montagnes, de la forêt ou du lever du soleil alors qu'ils marchaient transis de froid dans la neige. Imaginer la vie après l'emprisonnement, composer des discours de retour à la normale, etc., leur permettait de garder un esprit vif. Aujourd'hui encore, nourrir une vie intérieure riche fait partie des atouts pour se cogner le pire. Quand mon pote Grégory a rejoint sa maison encerclée par les cendres, l'été dernier, sa résilience était de cet ordre-là. « Si tu ne crois pas en la puissance folle de la vie qui repoussera l'année suivante, tu t'effondres. »

Enfin, Frankl propose de renverser la table ! Plutôt que d'attendre que la vie s'offre à nous sur un plateau, il serait bon de se demander ce qu'on peut lui offrir, nous, à la vie. Répondre à cette question, c'est déjà agir. Cela renverse notre anthropocentrisme, nos petites existences n'ayant qu'une infinitésimale importance dans le grand tout ! Aux personnes qui disent que la vie n'a pas de sens parce qu'elle est transitoire, Frankl répond que « seule la non-réalisation d'un potentiel n'a pas de sens », pas la vie elle-même. L'accomplissement de votre propre potentiel, aussi humble soit-il, marquera l'histoire du monde. La liberté n'est que la moitié de l'équation, l'autre moitié est la responsabilité d'agir sur elle. À chacun de découvrir le sens qui lui va. Pour Lise, « s'occuper d'ânes malades », pour Éric, lire, lire, lire, « apprendre des trucs, tous les jours », pour Alexandra, « créer, car créer, c'est respirer », pour François, « cuisiner, faire plaisir, rendre heureux... », pour Sybille, « faire au mieux, c'est-à-dire le moins possible »... Grâce à mes bulles de filtre social, je connais peu de personnes dont le sens consiste à extraire du pétrole, à écraser des vers luisants, à zigouiller des hectares de biodiversité, à prendre l'avion tous les jours... D'ailleurs, aucun de ces actes ne nourrit, intérieurement, celui qui les perpétue. « Essayez de faire votre devoir et vous découvrirez bientôt ce que vous êtes, assure Frankl, mais quel est votre devoir ? Les exigences de chaque jour. » Avec cette philosophie de vie, je vous laisse quoi penser des Jeff Bezos et autres Richard Branson, qui affrontent le vide intersidéral de la richesse en se catapultant quelques secondes dans l'espace. Chacun son truc.

Retrouver sa place dans un monde déglingué

L'époque nous écrase d'injonctions à trouver notre place. Mais laquelle ? Notre lieu de vie ? Notre périmètre d'action ? Notre identité de genre ? Notre médaillon dans l'arbre familial ? Notre statut social, de fille, de nullipare, de mère, de femme ? Notre rôle dans l'association de quartier ? Notre valeur ajoutée dans un couple ? « La vie prend soin de ceux qui sont à son service. » C'est le mantra de Stéphane Riot, fondateur de NoveTerra depuis 2005, un écosystème de chercheurs et d'experts sur la notion de changement. Stéphane se décrit comme un « activateur de réinvention » ; en gros, il accompagne le changement auprès des organisations comme des individus. Il en a vu passer, des personnes pétries de doutes et de questions. « Les gens sont paumés à tellement d'égards, explique Stéphane, qui les reçoit en séance individuelle ou en groupe. Ils perçoivent qu'ils doivent changer, mais ne savent pas se positionner. Comment anticiper les signaux faibles de la transformation extérieure ? » Chercher et trouver le nouvel espace d'expression de soi-même est une quête intense et bouleversante, mais, à la fin des fins, Stéphane avoue qu'il n'y a qu'une recette, un petit diapason personnel qui s'appelle la joie. « C'est le marqueur absolu, assure-t-il, quand on se lève le matin, qu'on a de l'énergie à revendre, qu'on sent qu'on a de l'impact, qu'on est joyeux, alors il n'y a plus aucun besoin de prouver quoi que ce soit. Les rencontres, les événements, les soutiens, les idées, tout cela déferle dans ta vie. » À l'inverse, le magma d'irritabilité et de frustrations qui bouillonne, les torsions qui nous rendent grognons, mal à l'aise, coincés ou tristes sans raison constituent une ribambelle de signes qui ne trompent pas : un truc (a minima !) cloche. Sans aller jusqu'au bouleversement total et absolu, la petite loupiote rouge s'allume.

Anne a fait deux bifurcations pour le prix d'une. Quand, en mars 2020, elle vient se confiner dans le petit village de Brion (Yonne), elle est aux anges. Sa maison de vacances est sens dessus dessous. La cour est transformée en atelier de permaculture, elle dessine un jardin potager surélevé, fabrique des oyas, plante des fraisiers et des salades. Le temps passe en douceur, ce printemps est particulièrement doux. Elle est aux anges et sent qu'elle ne retournera pas à la direction de la région Île-de-France. Par une étonnante coïncidence, un poste lui correspondant en tout point est publié. La communauté de communes de l'Aillantais cherche sa directrice générale des services, avec huit personnes à diriger. Anne se jette à l'eau. L'aventure promet d'être agitée, mais elle y croit. Ses filles partent vivre chez leur père, en Serbie, le temps d'une année scolaire « pour voir ». Il n'a pas fallu six mois pour qu'elle se rende compte qu'elle n'était pas à la hauteur de la tâche. Surtout, l'absence de ses filles la plonge dans des affres de solitude. Elles lui manquent, et vice versa. Seule dans sa maison, un peu entourée par de nouvelles connaissances mais pas tant que ça, elle se met dans un état infernal. La dépression guette, la dépression s'abat sur elle, la dépression la tenaille. Quelques mois plus tard, elle prend la décision de refaire le chemin en sens inverse, de récupérer son job mis en stand-by à la région francilienne, de récupérer ses filles et de divorcer une bonne fois pour toutes. Cerise sur le gâteau, un homme est entré dans sa vie, ça valse de bonheur retrouvé et d'équilibre joyeux. Ah oui, j'ai oublié de vous dire : on a le droit de se tromper dans une bifurcation, d'effacer le tableau et de repartir dans l'autre sens. L'essai-erreur est un principe de vie qui vaut d'autant plus par temps incertains !

Débusquer ses aspirations profondes

Il existe aussi des envies de changer de voie sans être forcément pressé par l'époque. Pour certains, le tableau global ne change rien à l'affaire, le monde tournerait rond qu'ils se sentiraient quand même désaxés. Leur malaise intérieur rampe, l'écart entre leur pulsion de vie et ce qu'ils expriment dans l'existence génère un conflit intérieur : ils « n'y sont pas », un peu comme s'ils passaient à côté de tous les champignons dans la forêt alors qu'ils les ont sous les yeux. Cela peut avoir des effets délétères sur leur santé et sur leur comportement (achats compulsifs, dépression, débordements émotifs, frustrations, impatience, honte, jalousie et sur-apéros...). Il est donc légitime pour eux de vouloir se « réaccorder », pour débusquer leurs aspirations profondes, enfouies sous des tonnes d'urgences.

Les démarches pullulent pour aller vers le mieux-être : développement personnel, chamanisme, inventaire de personnalité, ennéagrammes, questionnaires de valeurs, ikigai... tout ce petit attirail sera utile (ou pas), mais souvenez-vous qu'une simple feuille de papier, un crayon, une colonne de plus et une de colonne de moins suffisent parfois. En 1996, dans le bus qui me menait à la fac d'économie (si, si), j'ai rempli deux colonnes : ce que j'aime faire et ce que je n'aime pas faire. Cette introspection éclair – vingt minutes – a débouché sur une évidence : écrire, poser des questions, raconter des histoires, apprendre, lire, partir loin et faire la fête figuraient dans la première. C'était la définition de colporteuse, autrement dit de journaliste. Du coup, bye-bye l'économie. Au-delà, peut-être faut-il recommencer à chatouiller quotidiennement son enfant intérieur. Le psychologue américain John Bradshaw, auteur de *Retrouver l'enfant en soi,* explique que, quand on reprend contact avec son enfant intérieur, l'énergie créatrice de ce dernier émerge naturellement. C'est auprès de lui que l'on peut se régénérer à l'infini. Il est tapi dans l'ombre, étouffé par les injonctions sociétales, alors qu'en réalité il détient toutes les clés de notre puissance : la découverte, l'émerveillement, le jeu, la création et la joie d'être simplement là. J'aime bien me reconnecter à la petite fille espiègle qui grimpait aux arbres, jouait aux billes et chantait à tue-tête dans la voiture. Il y a du Mimi Cracra en chacun de nous.

Cela débouche directement sur la valeur que l'on s'accorde. Si vous ne vous aimez pas inconditionnellement – tout en ayant ce qu'il faut d'esprit critique –, alors qui le fera ? Le piège de l'époque, c'est bien le besoin de reconnaissance, phénomène exacerbé par les réseaux sociaux de surcroît puisque chaque like ou petit cœur est directement relié à la pompe à dopamine. Nous avons besoin d'être aimés, c'est certain, mais d'abord par nous-mêmes, parce que la course aux likes, aux diplômes, à l'excellence est un puits sans fond que personne ne remplira. Aller à la source permet de s'éviter l'insatisfaction permanente du regard des autres. Je vois l'estime de soi comme un légume du potager : je la nourris autant que je la soigne, je l'observe autant que je la cueille. Voilà peut-être pourquoi mon potager ressemble à Tchernobyl, lui qui est aussi foisonnant et bordélique qu'une terre délaissée… j'y laisse faire le vivant, et tant pis si les escargots ont décidé de tout boulotter cette année ou si l'absence de pluie a séché les framboisiers sur pied.

Qu'ils aient envie de contribuer ou pas, les bifurquants se demandent encore comment se positionner dans le monde. « Entre le féminisme, les causes environnementales, la justice sociale, les Gilets jaunes, la résurgence du racisme… il y a de quoi faire, s'amuse Stéphane Riot. Certains en prennent leur parti : c'est le bordel, je vais devoir m'adapter. D'autres regardent à l'intérieur d'eux, essaient d'identifier ce qui leur est propre par rapport aux problématiques exogènes. Ce type de questionnement surgit souvent lors de la crise de milieu de vie, chacun plonge pour se souvenir d'où il vient. » Si tu ne sais pas où tu vas, regarde d'où tu viens… le proverbe africain n'a jamais été aussi utile et, dans le rétroviseur, se posent toutes les questions : à quoi ai-je contribué ? Ai-je (eu) un impact ou pas ? Quelle était ma juste place ? « Il est toujours utile de revisiter sa ligne de vie, son histoire personnelle, la grande constellation de qui je suis, dans toutes les sphères d'identité, intime, familiale, amicale, associative… On célèbre alors ce que l'on fait ou a fait. A contrario, une crise de conscience va faire émerger un besoin de réparer, de contribuer pour rompre avec une lignée familiale par exemple. On peut célébrer ce que l'on a reçu et s'en détacher une bonne fois pour toutes. » Mais alors, comment sait-on qu'on est à sa place ? « Quand l'univers conspire à ta réalisation ! », assure sans hésiter Stéphane Riot en évoquant les petites synchronicités de la vie quand elle nous sert plein de (bonnes) surprises sur un plateau.

Écouter son pifomètre !

D'après l'école psychanalytique jungienne, la synchronicité (qu'on ne trouve dans aucun dictionnaire) est « l'occurrence simultanée dans l'esprit d'un individu d'au moins deux événements mentaux qui ne présentent pas de lien de causalité physique, mais dont l'association prend un sens pour la personne qui les perçoit », par exemple : trouver un journal abandonné dans le métro et y lire un article qui nous fait avancer ; penser très fort à un ami perdu de vue (ou pas), ami qui nous appelle dans la journée ou la semaine ; retrouver sa prof de piano lors d'un enterrement et découvrir que pendant trente ans, de Valenciennes (Nord) à Chatelperron (Allier), notre trajectoire et la sienne étaient entrelacées. On appelle cela le hasard, la résonance, la coïncidence… Cela ne s'appuie en rien sur une démonstration scientifique, mais ce sont des moments que nous avons tous déjà connus : ils résonnent très fort et à un moment précis, juste pour nous. Être réceptif à ces moments hasardeux est une occasion en or pour affiner notre intuition, et nous conforte (ou pas) dans les décisions-clés de notre vie. Jung a développé ce concept à la suite d'une séance au cours de laquelle une patiente lui avait parlé d'un rêve où elle recevait un bijou en forme de scarabée. À ce moment de la séance, une cétoine dorée a déboulé contre la vitre du cabinet. Jung avait récupéré l'insecte et l'avait tendu à la patiente : « Le voilà, votre scarabée ! » Cette femme était partie chamboulée de la séance, mais avait fait un bond dans son analyse. Il n'y a là pas de pensée magique ; les synchronicités, quand elles se présentent, s'accueillent. Elles peuvent n'avoir aucune signification, mais elles viennent parfois simplifier, éclaircir, ce qui nous semblait abscons. Selon le système de croyances, il y a ce petit truc en plus exprès pour nous guider, nous aider dans un ou plusieurs choix capitaux du moment.

Mon amie Alexandra, artiste-peintre, sculptrice, est persuadée depuis longtemps d'avoir un invisible au-dessus de son épaule qui guide ses pas au compte-gouttes des épreuves. Quand un incendie ravage sa maison en novembre 2020, peu importe d'où est partie la première étincelle, ce qui compte, c'est d'accueillir le coup de massue. « Je venais de finir mon atelier tout neuf en rez-de-chaussée, le vernissage avait lieu dix jours plus tard. J'avais passé des heures à coller les bandes du BA13, à poncer, à peindre. Les œuvres étaient prêtes, le four, bien installé… et patatras, en deux heures, c'était impraticable. Terminé. Je me suis effondrée. Cet incendie, je l'ai tout de suite vu comme un signe. » Avantage induit : la peine d'avoir perdu cette maison du bonheur, retapée au prix d'immenses sacrifices, est atténuée. « Je ne compte même plus le nombre d'heures, de jours, de semaines passées à aménager les combles, la grange…, toutes ces vacances que l'on n'a pas passées en famille… » Alexandra, Denis et leurs enfants ont déménagé à Dijon ; leur fille, Jade, a intégré un lycée mieux classé que celui de Joigny, et Milo se fait des copains… « Quelque part, j'attendais un coup de pied aux fesses pour que quelque chose change dans ma vie. Je me demande même si, à force de vouloir qu'il se passe un truc, ce n'est pas moi qui aie provoqué cela… » Sans forcément convoquer un univers qui conspirerait en sa faveur à la suite de demandes plus ou moins floues, Alexandra s'est remise de cette immense perte : « Cela n'a pas été facile, mais quelque part je sais que c'était juste. » Impalpable, purement personnelle, la « justesse » se définit par le manque de torsions, de malaise à l'évocation d'une situation. « Plus on accepte les synchronicités, plus elles se manifestent, et plus elles se manifestent, plus elles débrident notre intuition », assure Stéphane Riot, qui conseille aussi, selon les croyances de chacun, de remercier la synchronicité en tant que telle, mais aussi Dieu, Bouddha, l'univers, les forces de la nature, feu la grand-mère ou même soi… La gratitude arme favorablement ceux qui écoutent leur intuition, véritable trampoline pour enjamber le cheval d'arçons du moment, et voilà que l'on s'aligne avec ses planètes, que plus rien ne fait obstacle à l'action. Physiologiquement, on retrouve la pêche et la joie. C'est une sorte de fuselage que nous avons tous senti un jour. « Je suis persuadé que, quand on est à sa place, il y a une sorte d'harmonisation et de synchronisation. » Attention, rien n'est figé : chaque épreuve peut remettre les questions en selle, sans épargner quiconque.

Dans tout changement, brutal ou non, le plus petit dénominateur commun serait la sortie de sa zone de confort. Cet aller simple vers l'inconnu permet aux doutes d'assaillir le cerveau. « Avant d'être ravie de changer de vie, j'ai été assaillie de doutes », confirme Corinne, qui a œuvré à la direction RSE du Crédit Agricole durant des années. « Nous devons d'abord être en mesure de nous changer nous-mêmes, écrit-elle sur son compte LinkedIn après avoir annoncé son virage à quelques degrés. Or, individuellement, nous rechignons au changement, même lorsqu'une situation est inconfortable, voire franchement désagréable. On résiste : tout sauf l'inconnu ! Pourtant, le moment est venu de lâcher prise et de plonger dans ce qui nous fait si peur. Oser prendre des chemins de traverse, découvrir les possibles, explorer les contours d'un nouveau vivre ensemble. » Si l'objectif est de changer de mode de vie pour répondre et s'adapter au mieux aux risques majeurs (climatiques, alimentaires, énergétiques, sociaux…) qui déboulent, il devient impérieux de changer certaines choses en soi. « Combien d'entre nous subissent une situation personnelle ou professionnelle qu'ils ne supportent plus, mais dont ils n'arrivent pas à se défaire ? Combien se retrouvent en burn-out parce qu'ils n'ont pas su écouter l'appel à l'aide de leur corps et de leurs émotions ? » Convaincue que l'être humain peut se dépasser et que cela passe irrémédiablement par un travail sur soi, Corinne a consacré son année 2022 à explorer les possibles en embarquant dans le voyage de la trentième LabSession de l'Institut des futurs souhaitables (IFS), en se formant avec le Centre d'études de l'ennéagramme, en plongeant dans la gouvernance et l'intelligence collective, la facilitation, tout en animant des ateliers de la Fresque du Climat. Elle a sacrément chargé sa barque pour mettre toutes les chances de son côté.

Faire sauter les verrous de la peur !

Les peurs sont de toutes natures : perdre un lien social, s'isoler, être rejeté… Le plus grand danger loge dans la réaction des autres. « Lorsque j'ai décidé de quitter la grande entreprise pour me mettre à mon compte et que je l'ai annoncé autour de moi, le commentaire le plus fréquent a été “c'est courageux”, en référence à la prise de risque inhérente à l'abandon d'un CDI, se souvient Corinne. Mais bizarrement, cela ne me faisait pas peur. L'envie d'essayer un nouveau mode de vie dépassait la peur de manquer ou de ne pas réussir, seules peurs auxquelles je pensais être confrontée. » Puis les peurs arrivent. Pas la peur matérielle, car Corinne dispose d'un filet de sécurité de deux ans, via Pôle emploi, mais la peur d'être jugée, la peur de ne plus avoir l'entier contrôle de sa vie, la peur de ne pas savoir vraiment où aller, celle du regard des autres. « Je leur tends un miroir et je retrouve la liberté de parole de mes 20 ans en leur disant que notre façon de travailler n'est plus acceptable, que c'est idiot d'arriver épuisés en vacances, de ne pas assez voir nos enfants, de tout déléguer à des inconnus pour travailler… En y repensant, j'ai dans la tête une scène de *Star Wars,* dans laquelle le jeune Luke essaie de convaincre Yoda de le prendre en tant qu'apprenti en lui disant : “Je ne connais pas la peur.” Ce à quoi Yoda lui répond : “Oh… tu auras peur… tu auras peur !” » Début 2021, elle se ment légèrement en se convainquant qu'elle va faire du conseil en RSE. Cela la rassure, comme son entourage. Corinne en est là. « Aujourd'hui, plus je lâche mes peurs, plus je les regarde, plus j'arrive sur le bon chemin. Oser aller vers l'inconnu, oser prendre le temps, cela fluidifie mon quotidien. Mais je préviens que c'est un vrai travail sur soi ! » Dégonder la peur de se tromper, seul sabotage acceptable dans l'aventure.

Qu'on bifurque seul ou en collectif, avec ou sans projet pro, ça reste un vrai chambardement. Il y a parfois de la démission, du déménagement, du changement de cercle social dans la mise en œuvre d'un projet, il est donc essentiel de bien connaître ses aspirations profondes. C'est ce que m'avait glissé à l'oreille Anne-Laure Nicolas, en bonne routarde de l'habitat partagé puisqu'elle est cofondatrice du Bois du Barde : « Un premier conseil, que chacun connaisse bien son envie individuelle. Finalement, c'est ça, le projet ! » Dans tout changement, il convient de structurer son cheminement. « Une grille de discernement complète permet de clarifier les différentes étapes adaptées à chacun, en étant conscients des différents plans engagés dans le processus : le mental (imaginal et rationnel), l'émotionnel et le subtil. Elle permet de retrouver le chemin de ses "essentiels" (idéaux, aspirations, besoins et talents profonds), pour ensuite avoir l'énergie et la clarté de foncer tête levée », écrit Magali Audion de la coopérative Oasis[2], une mine pour déminer verrous, freins, conflits… et découvrir la réalité de dizaines de lieux d'invention en France. Le discernement représente un éventail de questions qu'on va explorer jusqu'à la lie et dans un temps donné. Magali conseille de le « cocooner », d'en prendre soin par le temps et le cadre qu'on se donne. Ensuite, elle suggère d'engager une valse à mille temps entre

2. https://cooperative-oasis.org

le mental et le sensible : d'une part, se documenter et passer son projet à la moulinette rationnelle (avantages et inconvénients, plan d'action, rétroplanning, besoins…) et, d'autre part, débusquer ce que le projet nous « fait » intérieurement. Pour cela, on peut s'appuyer sur des indicateurs qu'on reconnaît à la minute : la paix, la joie, la peur, la colère, etc. « La paix signifie que les renoncements que ce projet induit sont faits ou faisables. La joie est le signe que ce projet répond à des besoins d'accomplissement profond. Mais on peut aussi ressentir la peine d'un deuil (que faut-il faire alors, avant, pour s'aider ?), la colère de se sentir contraint (par exemple quand on doit quitter un collectif), et surtout beaucoup de peurs. Et là, il s'agit d'y aller les yeux grands ouverts : quelles sont mes peurs cachées dans ce projet ? Peur de l'inconnu ? d'échouer ? de décevoir ? de m'éloigner de mes proches ? de perdre un statut ? de l'insécurité matérielle ? » Pfiou, ça en fait un paquet ! N'est pas Nirmal Purja qui veut ! Dès qu'on attaque la face nord du changement, on pète de trouille. Un récent sondage sur la reconversion permet de mesurer les blocages pour une grande bifurcation généralisée. Nous savons en général ce que nous perdons, mais pas ce que nous trouverons. La peur de se tromper fige 79 % des jeunes de moins de 34 ans (et un tiers des personnes interrogées en général). Parmi ces personnes, la moitié des 18 à 24 ans est plutôt frileuse à l'idée de « prendre encore du temps » à se former à autre chose… Après trois à sept ans d'études, difficile d'accepter que les connaissances acquises risquent de ne jamais servir, et devoir réapprendre un métier fait peur. Mais il existe toute une cordée de trouilles : la perte de salaire, l'abaissement du niveau de vie, l'expérience manquante, les changements de rythme, le catapultage en zone affective inconnue et même l'âge, surtout pour les plus vieux ! Les trouilles, Aurélien, résident à la Bascule Argoat, les a avalées en une bouchée. « Les véritables verrous qui m'ont empêché de bouger plus tôt sont d'ordre psychologique : la peur de me tromper en suivant une voie alternative, la peur de ne pas avoir de retraite (on la retrouve même et souvent chez des trentenaires !)… C'est idiot, tout cela, car je n'ai ni enfant ni crédit ! » Il avoue cependant avoir travaillé sur son rapport à l'argent, sur la « peur du manque », et sur l'ensemble de ses peurs en général. D'abord, il faut les nommer, prendre le temps de les examiner, essayer de comprendre d'où elles viennent et ce qu'elles empêchent. « J'écoute ma peur, j'en prends soin et je la rassure pour éviter qu'elle me prive de l'action qui me plaît ! »

Au lieu d'avoir peur de changer, peut-être faut-il craindre de NE PAS changer, s'amuse Stéphane Riot en inversant la proposition de la trouille. « Essayez de vous engager dans un entonnoir en déclinant à l'infini la question suivante : quel est le risque ? Quel est le risque d'emprunter la voie du changement ? Se tromper, OK, et quel est le risque de se tromper ? Connaître un échec social, OK, quel est le risque de connaître un tel échec ? Être ostracisé ? OK, alors quel est le risque d'être ostracisé ? Et ainsi de suite. A contrario, quel est le risque de rester ainsi, comme tel, jusqu'à la fin de tes jours ? Chacun se rend bien compte que c'est un aller simple pour la dépression, le dépérissement, la frustration. » En dessinant une arborescence des risques pressentis, l'individu sort du fantasme et de la croyance, il regonfle ses petites voiles pour aller de l'avant. À mon humble avis, être ostracisé en 2023 pour avoir voulu changer de vie est un risque assez minime…

Réduire ses besoins

Comme dirait Jupiter, il suffit parfois de traverser la rue pour trouver de quoi bifurquer. En réalité, on peut très bien bifurquer dans son couloir, dans l'entrée ou dans le jardin. Beaucoup de monde change en restant sur place, car ni le déménagement ni la démission ne sont au programme, ce qui n'empêche pas de faire sa part pour éteindre l'incendie collectif.

Sobriété, c'est le mot de la rentrée 2022. Nom féminin désignant la tempérance dans le boire et le manger. Mot honni, désiré, repoussé et inatteignable des alcooliques pas anonymes. C'est le mot employé des décennies durant par les experts de la catastrophe en cours, les vieux écolos comme les énergéticiens stressés par le *peak oil* et tous ceux qui les ont précédés. C'est aussi le mot de l'époque, puisqu'il s'agit, un peu tardivement, de prôner la mesure, la modération, la discrétion. S'il y avait UNE chose à faire pour chacun des bifurquants en réflexion, ce serait un plan de descente énergétique personnel cohérent, une sorte de rétroplanning à fomenter en famille pour plus de sobriété. Nous savons que nous devons diviser nos émissions de CO_2 par cinq d'ici à 2050. On peut décider de sucrer 5 % de nos émissions chaque année jusqu'à ce que la neutralité s'ensuive. Pas si compliqué, en vérité, et ça permet de reprendre le pouvoir sur sa vie, de se désincarcérer d'une société qui se passe bien de nous pour prendre des décisions, en un mot, s'au-to-no-mi-ser.

Il existe des quantités de guides pour vivre avec moins. Un petit diagnostic personnel peut aider. On peut supprimer son superflu, vider sa penderie (pas pour la reremplir), déménager pour un lieu ayant une pièce en moins, abandonner le volant pour se rendre là où un train ou un vélo peuvent nous conduire… La fin de l'abondance concerne l'abondance des choses toxiques, comme la malbouffe, les fringues low-cost, les magasins de déco débile, de baskets, de bijoux, de vaisselle, etc. « Il n'y a d'abondance que frugale, c'est-à-dire une abondance qui sait s'autolimiter de manière consciente et autonome, conviviale et partageuse », poursuit Vincent Liégey, auteur de *Décroissance*[3]. L'autolimitation, degré ultime de la bifurc', devient un réflexe au fil de sa pratique, mais j'avoue qu'à force de naviguer dans les questions de sobriété je ne vois qu'une seule mesure d'envergure pour amorcer un vrai virage civilisationnel : la suppression, l'encadrement ou l'interdiction de la publicité. Parler de sobriété sans poser la question de la place de la publicité dans nos sociétés, c'est un peu comme « offrir des cocktails alcoolisés à une réunion d'alcooliques anonymes »… L'image de l'ami Vincent me parle à 4 000 %. « Le premier enjeu autour de la sobriété est de questionner la société de consommation, qui est une création culturelle au cœur de laquelle la publicité et ses déclinaisons sont centrales. Il s'agit d'un outil extrêmement puissant, subtil, voire pernicieux, présent partout. À travers une bonne connaissance du fonctionnement de nos cerveaux, la publicité s'approprie nos désirs, les oriente, nous manipule tout en jouant sur nos peurs et nos pulsions, et génère des frustrations. » D'après l'INSEE, rien qu'en France, les agences publicitaires réalisent 12 milliards d'euros de chiffre d'affaires et emploient 64 000 salariés. Quelle plaie que leurs savoir-faire soient mis au service d'une activité aussi peu écologique ! La publicité faisait déjà partie d'un bloc de mesures de restriction lors des discussions de la loi Grenelle II (nous étions en 2008), avant que ces mesures ne soient gentiment détricotées par les grandes agences de pub. Fermez les yeux deux minutes pour imaginer un monde sans publicité : pas d'écrans plats dans les couloirs du métro, plus de bagnoles géantes sur les façades des immeubles en réfection, abords des villes et

3. *Décroissance,* coll. Fake or Not, Tana, 2021.

des villages dénués de ces affreuses images idiotes où règne la normalité la plus crasse (une famille hétéronormée, une bagnole, un barbecue), des magazines bourrés exclusivement d'articles, du temps de cerveau à nouveau disponible pour se connecter à nos aspirations profondes, des émissions de radio paisibles, une télévision assainie…

L'argent qu'on ne dépense pas n'a aucun besoin d'être gagné. Alors, pour ceux qui le peuvent, réduire le superficiel devient un jeu et un premier pas vers le grand virage. L'abonnement à Canal+ est-il vital ? A-t-on besoin d'avoir trois pièces vides dans la maison que l'on habite ? La voiture est-elle nécessaire ? C'est après un ultime écœurement de choses et de blablas que Guilhem, cofondateur de la Ruche qui dit Oui, a revendu ses parts pour filer en Bretagne profonde, acheter une ferme, faire son pain et virer son frigo de la yourte. Coraline et Jocelyn ont changé de vie il y a plus de trois ans. À l'époque, il travaillait dans une fabrique de cercueils. Coraline, elle, donne des cours de maths-physique-chimie à domicile. Je les ai rencontrés pour la série *Carbonisés*[4], qui traite de l'éco-anxiété s'abattant sur un petit florilège de Joviniens. Ils ne sont pas spécialement écolos, mais leur passion commune, le rallye de côtes, leur coûte les yeux de la tête ; autrement dit, appuyer sur le champignon d'une vieille voiture thermique est leur hobby préféré. Comme ils n'ont pas de fiches de paie à cinq chiffres, leur bifurcation ne s'est pas faite sur l'autel de l'écologie, mais sur celui du bon sens et celui des économies. Ils ont troqué le pavillon pour l'achat d'un terrain sur lequel ils ont construit une tiny house de 17 mètres carrés, un chalet pour les cours de Coraline… Ils ont jeté leurs bibelots, viré leurs fringues en trop, dégagé les meubles superficiels pour

4. Dix épisodes de 15 minutes, disponibles sur francetv.fr jusqu'en 2024 !

ne conserver que les jouets des trois enfants, lesquels sont ravis de vivre les deux tiers de leur temps dehors et le reste dans une micro-maison réduite à l'essentiel de sa fonction. Petit à petit, ils se sont pris au jeu de l'autonomie. Ils ne sont pas raccordés à EDF, ni au réseau d'assainissement de la ville, ils ne paient donc ni eau ni énergie. Ils ont réduit leurs besoins et partagent leur expérience, de l'atelier-bois au potager, avec tous ceux qui seraient intéressés.

Fanny Hugues a conduit une thèse sur la débrouille à la campagne. « Ce ne sont pas des gens aisés, mais plutôt des classes populaires qui contrastent avec les néoruraux à la mode. » En Haute-Vienne ou dans la Sarthe, en Ariège ou dans la Drôme, dans le Tarn, elle prend contact avec des associations en milieu rural qui aident des personnes en difficulté. Au total, une cinquantaine d'individus passent sous son « observation ethnographique ». Ils proviennent tous de milieux populaires, n'ont ni patrimoine ni crédit immobilier à la clé. Ils désirent vivre à la campagne car ça leur paraît « plus souple qu'en ville » ; cela reste une bifurcation, mais qui n'est pas causée par des motifs civilisationnels ! Dans un village de Moselle, il y a bien un couple qui parle du covid comme d'un « déclic pour retrouver [son] autonomie énergétique et financière », mais la majorité ne subit aucun impact. « Ces modes de vie reposent sur l'économie informelle ou sur des échanges non marchands. On parle de laisser un pot de confiture sur le rebord de la fenêtre à l'attention du voisin, on récupère des choses dans la rue, on glane, on se file des coups de main… » Ils occupent aussi des petits boulots, bricolent, jardinent ou font le ménage, ils dépendent des chèques emploi-service universels et n'ont jamais arrêté de travailler, y compris pendant le confinement. Leur richesse commune est ailleurs : amitié, entraide, statut. À croire qu'un système de valeurs se renverse :

la table submergée de produits de la ferme d'à-côté, le potager généreux et les bocaux de victuailles pour l'hiver deviennent des signes extérieurs de richesse, tandis que le portefeuille blindé de sicav et d'assurances-vie ne résonne plus.

Changer son rapport au temps

Attention, paradoxe existentiel : d'un côté, nous devons ralentir pour apaiser notre folie, et, de l'autre, nous activer en urgence. « Dans "urgence écologique", c'est le mot urgence qui m'angoisse terriblement, m'avoue Françoise, artiste en pleine transition à Paris. J'ai l'impression que, quoi que je décide, qu'il s'agisse du déménagement de la famille ou de ma reconversion, c'est déjà trop tard ! » Le temps est un sacré filou ; la preuve, il fuit et nous n'en avons jamais assez. En plus, on ne le retrouve jamais quand on l'a perdu. Nous disons *tempus fugit*, « le temps fuit », il passe, il file, il s'écoule, même. Or, non, le temps ne passe pas. De la même façon qu'un paysage ne défile pas, à proprement parler, sous nos yeux depuis le compartiment d'un train, le temps ne file pas. Le temps est une circulation : il fait passer les choses, à la limite, mais lui ne passe pas ! En revanche, nous n'en avons plus à perdre du côté de l'agir. La prise de conscience générale exige du temps, puisqu'elle s'apparente à un long voyage allant de la sidération à l'acceptation en passant par le déni, la dissonance cognitive, les émotions basses que sont la colère, l'impuissance, la tristesse ou encore la peur, par le ressort brisé de la dépression et du sentiment d'immense vacuité… Changer, c'est long, et résister au changement, inévitable.

Le temps est le même pour tous, mais nous ne mettons pas la même intensité existentielle dans ce temps. Nous sautons d'une chose à une autre chose à faire, au point d'être asphyxiés par ce temps qui file dans nos sabliers. « Si j'ajoute de plus en plus de choses à faire dans la vie, inévitablement, il y a de moins en moins de vie dans les choses à faire », s'amuse Thomas d'Ansembourg, auteur et formateur en communication non violente, qui fut longtemps prisonnier de sa course contre le temps. « J'étais dans un rapport au temps perdu d'avance : "Ta course éperdue est perdue !", me répétais-je sans cesse. » Gagner du temps, ralentir, c'est une histoire de temps délié, de « temps libre ». Pour en faire quoi ? Du jardinage ou de la console de jeux ? De la cuisine ou du quad en forêt ? De l'entraide ou du shopping ? Le temps retrouvé fut le drame et la bénédiction des confinements. Tout le monde l'a senti dans sa chair : reprendre le temps de faire redonne le plaisir de travailler avec ses mains. Entre confinements et inflation, près de 50 % des Français fabriquent désormais des produits alimentaires ou d'hygiène selon une étude de l'Observatoire société et consommation (l'ObSoCo). À de très rares exceptions près, je ne connais pas de bifurquants qui restent le nez au vent et les bras ballants. Nous voulons ralentir, et nous chargeons nos mules de mille et une choses à faire : laver les couches, faire son pain, son déodorant et sa confiote, son potager, son étagère et son kéfir, réparer sa toiture, fabriquer sa terrasse, coudre ses vêtements, extraire ses jus, tailler ses arbres, stériliser les coulis de tomate, dénoyauter les cerises… L'injonction écolo du do it yourself se fracasse sur un obstacle majeur : le temps. Reprenons donc du pouvoir sur nos minutes en les vidant de tâches à accomplir. Respirons, allons chercher des champignons en forêt, mettons les mains dans la terre, offrons-nous une balade dans le parc d'à-côté. Rien n'est aussi régénérateur, c'est attesté par toute une littérature scientifique.

Pour reconquérir des grammes de minutes, rien de plus efficace que de disparaître des radars quelques heures par jour. S'il est un univers qui gruyérise temps et cerveaux, c'est bien celui des réseaux sociaux. Selon les ingénieurs de Google – qui ont pas mal contribué à la performance –, nous aurions désormais la capacité de concentration d'un poisson rouge ! C'est ce que développe Bruno Patino dans son essai de 2019, *la Civilisation du poisson rouge* : les ingénieurs de Google ont calculé que la durée maximale d'attention d'un poisson rouge était de 8 secondes, et ils ont évalué à 9 secondes la durée d'attention de la génération des milléniaux, celle qui a grandi avec les écrans connectés. Nous sommes perforés par des messages surgis à tout instant. Être en ligne, c'est offrir une cible aux voleurs de temps. Comme si eux + un autre + un autre + un autre passaient par la fenêtre pour siffler un ballon de rouge dans le salon sans préavis. Les boucles de discussion sur les messageries instantanées se démultiplient, chacune requérant un fragment de cerveau disponible. Par ailleurs, ce rapt de notre attention vient aussi empiéter sur celui du territoire intime : il n'y a plus d'heures correctes pour envoyer un message, et, avec l'avènement du télétravail, plus de lieux exclusifs pour recevoir les notifications, les messages personnels, les sextos ou les excuses du boss, indisponible à 16 heures mais tout à fait opérationnel là, maintenant, tout de suite, à 20 h 45. Dans les associations, les réunions avalent les soirées, les événements confisquent les week-ends... Les antres symboliques qui marquent bien la frontière entre le travail, la maison et les tiers-lieux (bar, musée, restaurant, théâtre, salle de concert ou de sport, local associatif, et même bord d'un lac...) se dissolvent.

Il faut longtemps pour aller loin !

Pour ceux qui veulent changer de vie et se sédentariser à la campagne, la question du temps va aller de pair avec les distances. Pour ralentir, autant vivre à proximité de nos lieux de passage, de vie, de travail. À une majorité écrasante, les Occidentaux souhaitent travailler à moins de trente minutes de chez eux : 30 % à domicile, 18 % dans leur quartier et 32 % en dehors de leur quartier mais à moins de trente minutes de chez eux. La question n'est donc pas de se déplacer plus vite, mais de se déplacer moins loin. Or, à la campagne, on enchaîne les déplacements pour faire les courses, pour accompagner les enfants au solfège, pour aller dîner chez les copains. À cela s'ajoute le besoin de mobilité réversible pour les néoruraux, c'est-à-dire la garantie que se déplacer vite, loin et souvent peut se faire dans les deux sens. Il faut une gare toute proche, une circulation fluide, aucun obstacle, ni grève, ni accident de voyageurs, aucun temps à perdre. L'air de rien, un nouveau régime de vitesse s'est établi : entre 4 et 40 kilomètres à l'heure en moyenne en ville, selon que l'on marche ou que l'on conduise ; entre 60 et 130 kilomètres à l'heure en dehors des villes en train ou en voiture ; entre 200 et 900 kilomètres à l'heure pour passer d'une métropole à une autre, en train à grande vitesse ou en avion. On parcourt aujourd'hui 60 kilomètres par jour contre 4 avant la révolution industrielle. Ainsi, le temps gagné à se déplacer permet d'aller plus loin, d'accéder à plus d'activités réparties sur un territoire plus large, ce qui débouche malheureusement sur une consommation d'espace (et d'énergie) plus extensive. En 2019, en moyenne, un Français se déplace dix heures par semaine et parcourt 400 kilomètres, soit l'équivalent d'une journée et demie de travail et d'un Paris-Nantes. « Chacun peut alors se jouer de l'espace et des marqueurs collectifs du temps pour inventer son propre espace-temps et l'individualiser à l'extrême s'il le désire », écrit Jean Viard, dans *le Triomphe d'une utopie.* Dans cet ouvrage passionnant qui explore la grande affaire de la fin du XXe siècle, à savoir le temps libre, il va creuser à l'os comment nos temps libres révolutionnent nos rapports aux autres, à la nature et aux territoires que nous foulons. L'utopie en question ? Nous ne parlons que du travail (et du chômage), alors qu'il occupe si peu nos vies ! Environ 10 à 16 % du temps d'une vie aujourd'hui, là où il comptait pour 40 % en 1936. « Il a fallu délier temps et religion, puis lier temps et travail avant de les délier à nouveau, lier travail et études, délier travail et durée de la lumière du jour, construire la journée de huit heures puis la semaine de cinq jours, inventer les congés payés puis la retraite rémunérée. Il a fallu aussi dévaloriser les rentiers et valoriser la femme salariée. Et découvrir la mer, la neige, la campagne et les festivals, penser des lieux de villégiature et des activités, inventer des régions de vacances puis les peupler, transformer les loisirs, construire des temples culturels et des maisons de retraite, mettre les villes en scène comme un spectacle, construire des parcs à thème, bâtir des maisons avec jardin en bordure des villes. » Jean Viard estime que nos sociétés sont désormais bâties sur deux piliers : le travail et le temps libre. L'un ne pèse que 12 % du temps social, mais il est d'évidence plus lourd en sens et en produit que l'autre, qui pèse 88 %… D'ailleurs, le temps consacré au travail est remis en cause, comme en Islande, où l'on expérimente la semaine de quatre jours, ou dans l'étude britannique Stop the Clock[5],

5. L'étude peut être consultée ici : https://6a142ff6-85bd-4a7b-bb3b-476b07b8f08d.usrfiles.com/ugd/6a142f_5061c06b240e4776bf31dfac2543746b.pdf.

sur l'impact qu'aurait une réduction du temps de travail sur les émissions de CO_2. Conclusion : moins vite = moins de morts !

Changer de regard

Ralentir au quotidien, c'est une chose, reprendre notre juste place dans le temps délié de la terre en est une autre. L'ami Jérôme Breton, de l'association poyaudine Transitions, organise régulièrement des marches du temps profond, des *deep time walks,* comme disent les Anglais, dans les forêts de Puisaye ou d'ailleurs. Cette pratique, créée il y a quinze ans par l'écologue Stephan Harding et le géologue Sergio Maraschin, est un must-do pour ceux qui cherchent à prendre un peu de recul. Le principe est simple : on marche sur une distance de 4,6 kilomètres en référence aux 4,6 milliards d'années de la terre. Chaque pas mesure 1 million d'années. Les kilomètres s'avalent en silence dans une forêt ou à la périphérie d'une ville, n'importe où en vérité. Et puis, au cours de vingt et une étapes, l'animateur raconte l'émergence de la vie sur notre planète, l'ultra-long chemin de l'évolution. Soyez assuré qu'avec cinq extinctions massives, de la bactérie sous-marine et du 2 000 ppm de CO_2 durant ces milliards d'années d'évolution, du recul, on en a. Au fil des pas s'affermit la conscience de notre insignifiance dans le magma puissant de la vie. Sur le chemin, j'ai beau me régaler de mûres, la grande oxydation vient à peine de se terminer, il y a 2,4 milliards d'années. Quelques mètres plus loin, je caresse de la mousse et, tiens, il fait 80 °C à la surface de la terre. Sur la terre argileuse, j'enjambe en deux mètres une extinction d'espèces dont la vie, en toute logique, n'aurait pas dû se remettre. Nous avons beau vendre les dinosaures dans les magasins de jouets, nous ne sommes pas foutus de tenir aussi longtemps qu'eux, qui ont peuplé la surface de la terre durant cent soixante pas. Oui, ils ont « tenu » 160 millions d'années, eux, au moins… Quant aux araignées, comment est-il possible d'écraser des êtres qui ont traversé 425 millions d'années ? La plongée dans le temps profond fait bouillonner le cerveau. Comment trouve-t-elle son chemin, cette foutue vie ? De quelles conditions extrêmes parvient-elle toujours à s'extraire, triomphante et néanmoins éphémère ? Quelle tronche pouvaient bien avoir les espèces englouties du pléistocène ? Les cartes sont rebattues à chaque fois, telle est la certitude majeure qui monte au fil des étapes. Et moi, dans tout ça, pourquoi ai-je tant peur de ne pas aimer assez et de ce temps qui file entre mes doigts (ou à chaque pas) ? À 7 mètres de l'arrivée, Toumaï se met debout, l'Homme se sépare du Singe. À 10 centimètres de la fin, l'homme de Neandertal enterre ses congénères dans les premières sépultures. Le dernier centimètre correspond à la sédentarisation de l'espèce humaine et au développement de l'agriculture, il y a dix mille ans. À 6 millimètres de l'arrivée, les Égyptiens érigent des pyramides. À 2 millimètres, Jésus change l'eau en vin. À 0,2 millimètre, *Homo sapiens* invente le moteur à explosion. Et nous voilà. Psscchhiiiit ! Poussières d'étoiles et poussières de vie dans le temps profond. Cette balade pas comme les autres permet de révéler, s'il en était besoin, l'inconsistance de l'espèce humaine sur le temps long de la création de l'univers, mais aussi son extrême habileté à la colonisation du territoire des autres espèces. Ce que nous traversons actuellement est sans commune mesure avec ce que la terre a vécu, dans sa dimension ou dans sa temporalité.

La *deep time walk* met à distance notre funeste destin, mais elle fournit aussi une perspective radicale : d'abord, nous entrons dans le temps ample de la terre, et quoi de mieux pour relativiser nos problèmes d'Occidentaux du XXIe siècle.

Des origines de la vie à notre insignifiance, nous nous relions au grand tout afin de bien comprendre que notre passage sur terre, y compris en tant qu'espèce, est des plus fugaces. Votre existence, la mienne et celle des êtres que nous chérissons ne sont rien, et pourtant elles valent tout. Les modes de vie actuels nous gonflent d'importance, plus encore lorsque nous courrons partout, persuadés d'avoir des choses essentielles à faire, comme répondre à nos mails, payer la cantine, donner un cours, organiser une exposition ou un chantier participatif, et même écrire un livre sur les bifurcations de vie… Notre agitation est d'autant plus stupide que le temps est un allié, que dis-je, un ingrédient de la vie même. Il donne de la saveur aux fruits qui poussent et aux légumes qui grossissent. Sans temps, pas de fleurs qui éclosent, pas de cerises qui rougissent, pas de vin ayant maturé dans l'ombre des barriques. Le temps est l'ingrédient invisible (et un peu déconsidéré) de toutes les actions que l'on entreprend. Il nous donne de la consistance, nous minéralise. Sans le temps, le changement n'existe pas. Et il semblerait qu'on en a à l'infini, comme le serine Satish Kumar à longueur de conférence : le manque de temps, cela n'existe pas. « Quand Dieu a créé le temps, il (ou elle) en a créé énormément. Le temps est votre allié. Le temps n'est pas votre ennemi. Le temps vient toujours, il ne s'épuise pas. Il y a un temps pour marcher, un temps pour méditer, un temps pour aimer, il y a un temps pour tout. Oubliez l'idée que l'on manque de temps. N'essayons pas de gagner du temps. L'univers nous a donné l'éternité. Profitez de votre temps, il n'y a pas de raison de se dépêcher. Ralentissez et vous irez plus loin. »

Cette expérience interpelle non seulement sur la manière dont nous imaginons le futur, mais aussi sur la manière dont le futur nous imaginera. Elle renvoie à la question saisissante de

Jonas Salk : « Quels ancêtres aurons-nous été ? » Cette marche m'a personnellement mise face à un vide total de représentation : si je fais un pas de plus après l'arrivée, si je franchis 1 million d'années supplémentaires, je suis incapable de me représenter les formes de vie qui peupleront la terre. Je ne suis même pas sûre qu'il restera des *sapiens.* Vertige. Du coup, je savoure mon insignifiance à chaque putain de seconde !

S'ouvrir à des liens invisibles

En changeant simplement de regard sur nos lieux de vie, nous changeons aussi un peu de trajectoire, sans pour autant tout chambouler. Pascal, Émilie et leurs deux rejetons, Jeanne et Camille, vivent quelque part entre Tours et Berthenay, dans un tiers-paysage étonnant, bucolique à souhait, assez préservé de l'étalement urbain et que l'on rejoint *via* la digue érigée pour éviter les montées de la Loire. Pascal Ferren est urbaniste, chargé de projets au Polau, le pôle arts & urbanisme de Tours, une structure à la confluence de la création artistique et de l'aménagement des territoires. Émilie est infirmière fraîchement convertie à la naturopathie. Les deux sont jeunes, beaux et très amoureux… de leur maison, une ancienne ferme au verger gavé d'arbres fruitiers et au terrain travaillé par deux moutons pleurnichards, qu'ils ont achetée à la mort de son propriétaire, Alain, vieux rustre tourangeau, blagueur et renfrogné mais pas méchant. Fin mai 2021, dans le cadre d'une expérience intitulée « le laboratoire des attachements », ils ont convié une trentaine de personnes à explorer les lieux de manière sensible. « Nous proposons un cadre pour faire une expérience ou, plutôt, des expériences. Nous proposons de réduire l'échelle du monde, de définir arbitrairement et temporairement un monde. Un monde, en petit, à l'image du monde. » En gros, Pascal et Émilie nous invitaient à nous accroupir dans 3 000 mètres carrés de verdure pour une découverte intuitive et non rationnelle des lieux. Ainsi, avec Philippe, naturopathe fraîchement diplômé de l'école Hildegarde de Bingen, mais aussi et surtout sourcier, nous avons arpenté le jardin à la recherche de veines d'eau. Lui diffusait la technique en répétant que ce n'était pas un don que d'écouter vibrer la baguette. Ensuite, il y a eu Lara et ses baguettes de médecin symbolique. Elle a débusqué une énergie spectaculaire, probablement celle du proprio bougon, qui a fait savoir qu'il aimerait bien qu'on lui foute la paix. Avec Serge, ingénieur et guide en sylvothérapie, nous avons tenu dans le jardin un conseil de tous les êtres, une pratique issue du travail qui relie, un moment ludique où chacun se déguise en goutte de rosée ou en crotte de mouton, en racine ou en oiseau, selon son humeur, pour se mettre « à la place » de ces non-humains qui peuplent nos arrière-cours et pour parler en leur nom. Oui, que dirait une crotte de mouton dans une telle assemblée ? « J'en ai ras le bol qu'on me piétine, je ne suis pas une merde mais un agrégat de microéléments et de nutriments indispensables au sol. Sans moi, il n'y a pas de vie ! » Ce week-end avait été conçu comme une exploration de mini-réels convoquant tous les savoirs vernaculaires possibles, y compris les plus oubliés : chamanisme, sorcellerie de village, druidisme. Je me rappelle avoir passé un temps fou à regarder les fourmis, comme quand j'étais gosse, mais aussi à me demander ce que j'allais bien pouvoir faire de cette expérience… « Comment entendre le vivant non humain ? Comment interpréter et traduire dans un langage humain les souffrances, les désirs, les rêves qui émergent de la biosphère ? Comment renouveler nos constructions collectives, politiques, juridiques, urbanistiques en particulier, depuis une communication entre espèces ? » Je suis sortie de là encore plus amoureuse de ma maison et de mon jardin, de chaque araignée qui y tisse sa toile et de chaque escargot qui trimballe sa bave sur la terrasse (en s'enfilant la plupart de mes semis de printemps). Le laboratoire des attachements m'a fait percevoir par d'autres voies (et voix) que nous n'étions pas uniquement attachés à un lieu : parfois, c'est lui, dans tout ce qu'il est, qui vient nous attraper. Le starissime agent immobilier Stéphane Plaza prétend qu'il s'agit avant tout d'une question d'emplacement – eu égard à l'école des enfants –, mais aussi de prix, d'environnement, de commerces à proximité, d'architecture, d'ensoleillement, de voisinage, etc., bref de tout un tas de facteurs rationnels et conscients. En réalité, une forme d'attachement nous échappe et nous dépasse. De la fourmi aux micro-organismes du sol et aux crottes en passant par les petits rongeurs, les oiseaux, les insectes, les arbres, les fleurs et les mousses, les mammifères, domestiques ou non, les poules, pondeuses ou non, les gouttes de rosée, etc., des dizaines de milliers de non-humains vivent, se reproduisent, se battent et meurent dans ce qu'on appelle notre « chez-nous ». En réalité, l'habitant humain n'est qu'un parmi une multitude, il se retrousse souvent les manches pour passer la tondeuse, sortir son transat, couper ce qui l'arrange et tuer ce qui bourdonne d'un peu trop près. Dans nos jardins adorés, nos appartements briqués, notre rapport au sensible autre qu'humain est rouillé, et méprisable. Et si, en réalité, nous étions attachés *par* le lieu et non *au* lieu, happés par lui, engloutis dans ses méandres et ses multiples dimensions telles de frêles embarcations tourbillonnant dans un maelstrom de liens ? Ainsi, depuis chez soi, on peut embrasser toute l'altérité non humaine et changer son rapport à la tondeuse !

Faire sa liste de Perec !

L'arrêt brutal de la machine a mis de nombreuses personnes face à des questions qu'elles ne se posaient jamais. Ces coups d'arrêt salutaires font de la place dans le cerveau. Lorsque nous sommes sous le choc, une nouvelle information peut apparaître, qui ventile les pensées ronronnant sous un crâne bien tranquille, mais chacun s'accorde à le dire : « Personne ne veut repartir comme en quarante », m'assène Stéphane Riot. Qu'il s'agisse de profiter de la vie tant qu'il y en a encore (de l'énergie, du pétrole, de la viande, des voyages…) ou de faire ce que l'on avait remis à plus tard, le temps est compté. On le sent, la fête est bientôt finie, il va bientôt être l'heure de ranger les tables, de vider les cendriers, de laver les verres à moitié vides et de rentrer chez soi, avec une semi-gueule de bois. Demain est un autre jour… plein d'inconnus et de rétrécissements. Dès lors, cela laisse une place infinie à l'imagination. Dans l'émission *Mi-fugue, mi-raisin* de novembre 1981, l'auteur Georges Perec participe à un exercice qui consiste à faire l'inventaire des « cinquante choses qu'il ne faudrait tout de même pas oublier de faire avant de mourir », et il en propose trente-sept. Cet exercice a ceci d'étrange qu'il révèle où l'on se trouve de nos rêves, de notre espace, de nos désirs dans le temps… La liste de Perec a ce petit côté suranné qui vient de mon enfance : vivre à l'hôtel, faire une promenade sur les bateaux-mouches, aller au Festival de Bayreuth, ranger la bibliothèque une fois pour toutes, faire l'acquisition de divers appareils électroménagers, apprendre à jouer de la batterie, s'habiller d'une façon tout à fait différente (mettre une cravate ou s'offrir un costume trois-pièces), écrire un scénario de film d'aventures dans lequel on verrait cinq mille Kirghiz cavaler dans la steppe… En 2023, quels désirs ni polluants ni idiots peuvent bien surgir dans ma liste ? Vinifier ma propre consommation, retourner au Japon par la terre et la mer, voyager en train durant des semaines interminables, dormir sous les aurores boréales, reproduire une recette d'Escoffier, prendre le large sur un voilier pendant cinq ans… et aussi prendre une cuite avec Hannah Arendt, Frida Kahlo, Marguerite Duras et Jeanne Moreau ! Mais là, il va falloir attendre un peu.

Zone 1 : moi, seul ou à plusieurs

C'est bien joli de vouloir aborder son virage de vie, mais avec qui cheminer au milieu des glissières de sécurité ? Le « qui » détermine le « où », lequel peut déterminer le « comment », et vice versa. Le barycentre de l'équilibre joyeux et nourricier n'est pas situé au même endroit selon qu'on est seul, en couple ou en famille, en cluster amical ou de voisinage. Heureusement, 2020 est passé par là. La jeunesse rejoint plus facilement les habitats partagés, quoique minoritaires, qui inventent d'autres façons de vivre. Les personnes bien installées dans leur vie (famille, boulot, couple) lèvent la tête pour s'acoquiner avec d'autres. La famille devient une tribu, et les voisins des potes avec qui fomenter le foutur. Votre petite embarcation quittera plus facilement le port si l'un tient la barre pendant que l'autre équipier règle les voiles. S'allier à d'autres met du souffle dans les voiles.

Seul ou à deux

Tenir sa barre tout seul est grisant. La moindre décision se prend dans le conclave de soi-même, c'est donc là qu'on peut chouchouter son discernement et prendre des décisions qui n'engagent, a priori, que soi-même ! Choisir le lieu de l'installation, quitter son boulot et faire ses comptes, rejoindre un collectif parce qu'une énergie nous y appelle, faire ses colonnes de « plus » et de « moins », tout cela est plus léger à un. N'avoir de comptes à rendre à personne, à part peut-être un chat, est un luxe dont les solitaires devraient jouir sans compter. La solitude enivre les possibles, car ils sont encore plus nombreux, et les décisions se prennent à son propre et unique rythme. Lorsque j'ai fui Paris, le lundi j'avisais une petite annonce pour louer une maison, le jeudi je signais le bail et, la semaine suivante, mes cartons étaient dans un camion de location. Jamais je ne serais partie aussi vite si j'avais été deux. Mince, quand j'y pense, je crois bien qu'on était deux… mais il a suffi que W. avise la ville, la maison et le jardin pour fuir. Pour s'éviter la pendaison avec une corde de chanvre, il est parti vivre sa vie. J'étais (très) triste mais libre de m'occuper de moi, à ma façon. Cette liberté totale n'existe plus pour les parents ou les amoureux. À l'inverse, beaucoup de possibles peuvent se révéler écrasants pour une seule existence. Lorsqu'on se cherche, l'infinité de ce qui s'offre donne le vertige. L'introspection devra être méthodique pour réduire le périmètre de l'action : identifier et dégager ce qui encombre. Un peu comme un ménage de printemps dans une armoire débordante, il faut se souvenir de garder l'essentiel, ce qui compte vraiment, il faut faire le tri, changer de décor, de rythme, d'énergie…

Cependant, la solitude peut peser. Regardez Pierre ou Grégory : ils aimeraient bien partager leur projet (en plus de leurs légumes), leur vision, leur rétroplanning. Régulièrement, depuis son Périgord vert et son exploitation visant l'autonomie, Pierre alerte sur la charge mentale écrasante de son projet. Il vit là, au milieu des animaux, dans une solitude qui commence à peser lourd. La dernière fois qu'il a posté son profil sur un groupe de rencontres pour collapsos, deux réponses l'ont retourné : « Deux femmes m'ont clairement dit qu'elles souhaitaient se mettre “en sécurité”... J'y vois un marqueur de l'époque hallucinant... Les situations à venir sont inédites, c'est anxiogène de ne plus avoir de certitudes. » Pierre ressent le manque amoureux et affectif, mais il n'est pas esseulé pour autant car, au pays de la bifurcation, l'autonomie n'existe pas sans l'entraide. « Je me sens autonome, mais je ne me refuse aucun lien avec les autres », savoure Éléonore, qui a plaqué son appartement à Paris pour rejoindre le Lot de son enfance. Elle y a débarqué seule, mais s'est très vite trouvé une famille de cœur via l'AMAP : « Je vais plus vers les autres quand je suis seule, car j'ai besoin d'un regard sur moi, de discussions à bâtons rompus, d'empathie aussi. » Il faut oser demander, réclamer de l'aide, provoquer des rencontres.

On reconnaît les gens heureux au sourire qu'ils affichent quand on leur demande de raconter leur vie d'avant... Claire, Gwendal et leur fils, Aurèle, ne dérogent pas à la règle. Jusqu'à l'été dernier, ils cochaient toutes les cases de la vie pépère : job plaisant de techniciens, dans l'aéronautique pour elle et dans le bâtiment pour lui, bébé accidentel en route, pavillon acheté sur plans et qui sortait de terre non loin de Toulouse. Mais c'était sans compter le covid, les questions écologiques et la notion de limites qu'elles imposent. « Pfff... ce qu'on avait ne nous faisait plus rêver. » Alors, tout doucement, ils ont organisé leur départ sur les routes de France, ont vendu le pavillon et acheté une petite Cahute d'occasion pour 32 000 euros. Elle doit flirter avec les 8 mètres carrés et dispose de tous les codes de la maison proprette. Ils l'ont entreposée quelques semaines sur le terrain du Bois du Barde. Claire se donne le temps, elle qui souhaiterait créer un lieu de soins où l'on pratiquerait le yoga à gogo. La revente du pavillon (environ 200 000 euros) leur laisse de quoi voir venir. L'objectif ? « Être heureux et voir notre bonhomme de 18 mois pousser. » Difficile de faire plus simple… Les temps changent : avant, les aventuriers partaient avec leur maison sur le dos ; aujourd'hui, ils la branchent littéralement au cul d'une Dacia remplie à ras bord. Sans un petit virus de 15 nanomètres, Claire et Gwendal seraient peut-être en train de rembourser leur emprunt tout en tondant sagement leur pelouse. Le covid a secoué des centaines de milliers de personnes dans leur relative stabilité. Certains pensaient changer de vie depuis longtemps, et 2020 leur a mis un gros coup de pied au derrière. *Pschiittt !* ont fait les certitudes du lendemain. *Pschiittt !* les peurs. Et ils se sont jetés à l'eau dans l'année. Ce fut également le cas pour Camille et Benjamin, bientôt quadragénaires et parents d'une petite Laurène à croquer. Ils ont quitté Saint-Ouen pour atterrir à Joigny. Là, ils découvrent un écosystème humain sacrément tricoté, des personnes avec les mêmes préoccupations et des moments de rencontre qui permettent de tisser des liens authentiques. Camille s'acclimate. « Si j'avais directement débarqué à la campagne, je crois que j'aurais flippé. » Ils ont passé quelques mois dans un appartement cossu de la vieille ville avant de se rapprocher de la ferme en ruine du XIXe qu'ils ont achetée avec leurs économies. Avec 9 hectares de prairies, un cours d'eau, quelques bois et aucune habitation praticable en l'état, le projet est pharaonique. On navigue ici entre des cascades de végétation colonisant les murs et du bâti perforé par des arbres en quête de lumière. L'immensité des possibles pourrait paraître écrasante, mais il n'en est rien. « Cela prendra le temps qu'il faudra, mais je suis confiante. Nous sommes au bon endroit, à la bonne place. » En attendant les futurs chantiers, le couple loue une petite maison coquette dans un village d'à peine mille huit cents âmes. Benjamin fait le meilleur pain du monde tout en profitant du télétravail pour remplir des missions informatiques, tandis que Camille anime des ateliers sur les couches lavables et met toute son énergie bouillonnante sur les questions de parentalité ou de violences éducatives ordinaires. Elle a aussi « perma-dessiné » leur rêve de jardin nourricier : un verger en contrebas, un mandala dans le potager de 200 mètres carrés, une petite plage « pour avoir le cul dans le Ravillon », des espaces partagés ou professionnalisés, une salle de jeu géante ou un théâtre sous la grange monumentale, un jardin méditerranéen avec des figuiers, un atelier pour les outils, un gîte pour les chantiers participatifs, qui menacent d'être nombreux, etc.

Bifurquer à deux n'est pas une navigation par temps calme, quelles que soient l'endurance et la force de l'amour qui unit les deux protagonistes. Cela signifie additionner les efforts introspectifs en solo, chacun de son côté, pour les mettre ensuite au pot commun de l'aventure à deux. Lise et Bruno, Claire et Adrien, Matthieu et Emmanuelle ou Coraline et Jocelyn, le couple bifurque en chœur, à condition que chacun trouve sa voie, à son rythme, sans ombrager l'autre. À deux, il faut sans cesse régler ses voiles. Parlons-nous la même langue ? Avons-nous pris conscience des mêmes choses ? Comment chacun d'entre nous y répond ? Saurons-nous résister aux tempêtes (retard dans les travaux, fatigue, échecs…) ? « Trop souvent, une décision de couple [pour rejoindre un collectif ou acheter un lieu] est en fait guidée par l'aspiration forte de l'un à laquelle l'autre essaiera inconsciemment de s'adapter, parfois trop pour que la décision soit durable », prévient Magali Audion dans des textes étayés sur le site de la coopérative Oasis, qui soutient ceux qui vivent ou souhaitent vivre dans des lieux écologiques et collectifs. Et si Thomas, avec son ascèse en germination, n'était pas en train de faire grandement flipper Stéphanie ? Lui désire une vie minimaliste dans une tiny house, elle en est encore à rêver d'acheter un appartement pour accueillir une famille. « C'est au restau que je lui ai avoué que je n'en pouvais plus. Que ça bloquait au fond de moi, me raconte-t-elle, au bord des larmes. Il est tombé des nues, et pour cause : je ne disais rien depuis des mois, je ne savais pas où me mettre dans son projet. » La femme de Jean-Christophe, elle, ne s'est pas laissé embarquer dans sa collapsologie. Il est parti seul, assuré de la justesse de sa voie, dans le Périgord, soit à quelque 800 kilomètres de sa petite famille. Même si l'amour transpire de toutes parts, la famille a explosé en vol. À l'inverse, Flora a totalement adhéré au projet de Mathieu, formateur en permaculture, qu'elle a rejoint après un coup de foudre via Adopte un collapso. Autant dire que les deux étaient câblés un peu identiquement vis-à-vis du futur. Par amour, mais aussi par conviction – et parce qu'une ferme dans le Cantal ne se déplace pas comme ça –, elle l'a rejoint avec son ordinateur et ses cartons, son envie d'écrire et ses missions de communication à impact. Ils nous reçoivent avec un gâteau au chocolat en forme de cœur dans une bâtisse austère, au milieu d'un paysage à couper le souffle. Flora a bifurqué par amour dans l'innombrable somme de ses bifurcations antérieures. Elle a bien galéré l'hiver lors des nuits glacées de la ferme, mais aussi s'est enthousiasmée pendant les stages Prise de Terre organisés par son amoureux. Le jardin est une promesse d'avenir, un sacerdoce, parsemé de déconvenues rageuses quand les rats musqués viennent déboîter les cultures. Les deux dirigeaient un attelage a priori tranquille et assuré, alliant l'utile des mains dans la terre de Matthieu avec le cœur et le cerveau des mots posés par Flora pour explorer *Nos voies de résilience* (paru chez Massot en 2021), mais la vie a bouleversé leurs plans et Flora a re-re-rebifurqué : elle est partie pour la Bretagne, où elle a rencontré un nouveau chéri avec qui elle découvre le rôle de jeune maman, mais c'est une autre histoire.

Les familles élargies : le Bois du Barde et Etika Mondo

Dans le triangle des Bermudes breton, à Mellionnec, Jérômine et moi faisons une halte au Bois du Barde. Niché au cœur de la Bretagne, dans une zone blanche, entre prairies constellées de pissenlits et hameaux en granit, le Bois accueille les amoureux de nature et d'écologie, de calme et de beauté. Dans la yourte non isolée du camping, les nuits sont glaciales (nous sommes en avril et il gèle). Je découvre que j'aime mon confort et que ça m'énerve un peu de me rouler en boule sous une couette givrée à près de 50 balais. Mamy a ses habitudes, son train-train ; elle veut bien bifurquer, mais à 25 °C seulement ! Qu'importe, la chaleur humaine régnant ici réchauffe tout. Il y a quelque chose de l'ordre du bonheur et de la joie, ici diffusés en intraveineuse par la patronne, Anne-Laure. Certains lieux sont indissociables de celles et de ceux qui les ont imaginés et mis sur pied, des leaders (ou des dealers) d'idées et d'énergie, dotés d'une vision et qui embarquent avec eux des queues de comètes humaines toutes plus utiles et compétentes les unes que les autres. Il arrive qu'un projet de couple se transforme en habitat partagé au fil des aléas, des rencontres et des passants égarés venus étoffer l'aventure. En juillet 2021, plus de deux cents personnes sont venues fêter les dix ans du Bois du Barde sous le gigantesque hangar transformé en fest-noz. Entourés de leurs trois enfants et de tous ceux qui, de près ou de loin, ont participé à l'aventure de cet éco-domaine, entre camping et ferme, lieu de vie et de transmission, Anne-Laure et Gilles étaient fiers comme Artaban d'être arrivés jusque-là.

Mettre dix bougies sur le gâteau d'anniversaire d'un lieu partagé est un sacré cap. Cela signifie que nombre d'obstacles ont été levés et qu'un équilibre plus ou moins stable a été trouvé. Le Bois du Barde n'était aucunement collectif au départ. Installés sur un bout de ferme familiale, Anne-Laure et Gilles ont commencé ensemble, elle, issue de l'éducation populaire, et lui, fils de paysans. « Nous souhaitions un lieu d'accueil sur une ferme ; j'aurais été agricultrice et j'aurais permis à des personnes de découvrir le lien à la terre. C'était tout simple. » À deux, ils dessinent un truc qui leur ressemble. « Les pommiers à cidre et les bouleaux étaient déjà plantés, mais tout le reste, nous l'avons fait. On a été seuls pendant cinq ans à créer les 15 kilomètres de clôture, à dessiner les espaces, à agrandir la maison… » Une saloperie de rupture d'anévrisme frappe Gilles à plusieurs reprises, ce qui transfère le poids de la gestion du projet (et des trois enfants) à Anne-Laure. S'ensuivent un burn-out maous et une maxi-charge mentale qui ont raison de leur individualisme : « À un moment, j'ai dit à Gilles : "Je ne peux plus !" On a accueilli des woofers en 2015, puis on a ouvert un habitat participatif, et c'est comme ça qu'on a cheminé vers le collectif. » Passé un temps, par fatigue, par dépassement ou par simple désir, le lieu s'ouvre à d'autres aventuriers. S'engage alors une réflexion autour de la gouvernance, afin que chacun trouve sa place. « Une fois que c'était un habitat partagé, on a cherché notre raison d'être avec des techniques comme le rêve du dragon[6], se souvient Anne-Laure. Il a fallu des espaces où partager nos visions respectives de l'individu

6. Voir en annexe, page 249.

dans le collectif. Depuis, on a la raison d'être et elle ne bouge pas. » Mais la « non-boss » a mangé son chapeau plusieurs fois avant d'arriver à cette sérénité. « Nous sommes passés de sept à douze en très peu de temps, il a fallu se rééquilibrer, apprendre la patience, éviter de surréagir à chaque problème. J'en ai passé des nuits à pleurer car je ne trouvais plus ma juste place… » Anne-Laure s'appuie sur la notion de permaculture humaine, ce qui implique pour chacun de bien se connaître. En effet, il est capital de savoir pourquoi nous réagissons de telle manière, de reconnaître et d'accueillir telle ou telle émotion, d'être capables de les apaiser et de comprendre quels besoins ou quelles blessures profondes se nichent derrière. « Cette auto-analyse n'est pas chose facile à mettre en œuvre, elle demande du temps, de la sincérité, de l'humilité pour pouvoir prendre du recul sur soi. Il est important de parvenir à vaincre sa peur de découvrir la part obscure de soi-même, d'apprendre à se pardonner au besoin et à s'aimer pour accéder à la paix intérieure, au bien-être et à la sérénité. » L'authenticité avec soi-même, ne pas jouer un rôle face à soi, est une étape essentielle. Il a bien fallu dix années pour trouver un équilibre humain. Depuis, douze habitants vivent sur place, dont trois ados, avec chacun un rôle défini par des compétences innées et/ou acquises : Nicolas et Anne-Laure sont coordinateurs et concepteurs, Arnaud s'occupe du maraîchage, Françoise embellit tout ce qu'elle touche, Théo est l'ingénieux, c'est-à-dire celui qui a des mains en or, qui peut réparer, fabriquer, remettre à neuf et même cuisiner à peu près n'importe quoi, Laura est la clown administratrice, et Gilles et Matthieu s'occupent des animaux et de la ferme. En effet, le lieu produit des pommes à cidre et du jus de bouleau, soit 50 % du chiffre d'affaires. « Les lieux que je vois perdurer sont partis de projets individuels ayant résonné chez d'autres, comme la maison autonome de Patrick Baronet, au nord de Nantes. »

Émilie, Boris et leurs cinq enfants, à l'origine de l'association Etika Mondo, installée dans une grande maison cévenole qui surplombe Le Vigan, font partie des familles les plus marquantes chez qui nous sommes passées, en 2021. Nous y avons aussi rencontré trois jeunes passionnés, Duduche, Guilhem et Tothor, l'un finissant ses études d'ingénieur à l'école des Mines d'Alès, l'autre ayant démissionné de son poste de contrôleur de gestion chez Deloitte et le dernier essayant un BTS à distance de gestion et de protection de l'environnement. Ici, la terre est dure, l'isolement, propice, et le travail à abattre, infernal. D'abord, il y a cette bâtisse, noyée dans 7 hectares de châtaigniers et de chênes répartis en espalier sur des traversiers, bâtisse qu'il faut réaménager de fond en comble pour la doter de salles communes et d'espaces intimes. Etika Mondo a besoin de place pour accueillir les flots de stagiaires (jusqu'à quatre-vingts d'un coup) qui viennent se décrotter le temps d'une visite, d'un coup de main ou d'un chantier d'envergure. Ici, on se retrousse les manches sévère. Si vous pensez que l'écologie est une balade méditative perpétuelle, passez votre chemin ! Etika Mondo ne fera qu'une bouchée de votre nunucherie, car Boris revendique une organisation quasi militaire : lever à 7 h 30, démarrage à 8, fin des travaux herculéens à 12. Crudités. Puis retour au chantier à 13, goûter et retour au boulot et/ou préparation du repas du soir à 17. Les enfants sont scolarisés à la maison, et tous les adultes s'y collent. Pas de place pour le yoga, les salutations au soleil, les bisous aux arbres ou même la lecture. D'ailleurs, quel livre lire quand on pratique à ce point le monde ? Évidemment, les trois gars ne voient aucun problème à donner de leur temps, de leur vie, de leur énergie au projet de Boris et d'Émilie. Ils ont intériorisé l'essentiel : « C'est nous le projet. » On peut s'enraciner chez Etika et, selon son temps de présence sur place, devenir un « pionnier », un « engagé » ou un « aspirant ». Des premiers volontaires, venus fabriquer douches et toilettes en 2018, à aujourd'hui, Boris et Émilie ont créé une famille élargie de « guerriers du vivant » sur lesquels ils peuvent compter en toutes circonstances.

Tout tourne autour de l'engagement et de la personnalité du couple, écorché de moins en moins vif, frappé il y a plus de vingt ans par la crise écologique, notamment par la tempête de 1999 et le naufrage de l'*Erika.* À cette époque, Boris fait le serment de servir le vivant. Au fil des années, le couple en tire une substantifique moelle : il ne suffit plus de stopper la dégradation de l'environnement, l'heure est venue d'agrader celui-ci en restaurant ce qui peut l'être. Partout. Tout le temps. Sous des atours plus doux et plus réservés, sa compagne Émilie dissimule une détermination d'Amazone. Elle a donné naissance à ses cinq enfants seule, à la maison, elle s'occupe de l'intendance et du potager, cuisine, accueille les stagiaires, gère une logistique sans faille. Leur écolieu est un terrain de jeu et d'apprentissage, mais surtout un lieu de transmission, « un pôle expérimental de recherche et d'enseignement en écologie appliquée, une première aire de ce que pourrait être demain le nouveau rapport humain-nature ». Un peu comme des chevaliers templiers, ces « bâtisseurs du vivant » honorent cinq valeurs cardinales : détermination, efficacité, rigueur, famille, service.

La logique Etika peut paraître dure, mais elle est implacable en ces temps qui réclament de savoir faire pousser sa nourriture, être dans l'autonomie autodémerdante. Or, le site a la beauté et l'âpreté des terrains difficiles, et il est question de remettre en culture ces terrasses colonisées par des arbres (parfois atteints du chancre) afin qu'Émilie développe une activité de maraîchage. Ces surfaces planes sont la mémoire nourricière des Cévennes. Remplies de terre retenue par des murets en pierre sèche, elles incluent les systèmes d'écoulement des eaux, dont on sait qu'ici elles peuvent tout balayer en quelques secondes. Les remettre en état est un travail de forçat. Il y a deux ans, Etika a donc organisé un chantier écologique massif, le CEM, un concept un peu barré et complètement réservé à celles et ceux qui en veulent. Objectif : passer de 300 à 1 300 mètres carrés de cultures en une semaine grâce à la participation de cent personnes, vivant et campant sur le site. Qu'il pleuve ou qu'il canicule, les stages[7] se développent et s'enchaînent sur place ou sur d'autres écolieux. Il y a de l'immersion en pleine nature (douches à l'eau de pluie, marches de nuit sans lampe et « bains » d'argile), et Etika a même développé un stage baptisé « L'amour est dans l'écolieu », car « créer des temps de rencontres pour que des couples inspirés par l'élan des écolieux se forment devenait une mission finalement aussi importante que répondre aux besoins de biodiversité des écosystèmes. Sans couples, est-ce que les écolieux sauront se projeter sur le long terme ? Ce n'est pas certain. » Entre deux baignades à la rivière et trois arrachages de mauvaises herbes, open bar sur les rencontres, les confidences, les rêves en grand. Chez Etika Mondo, nous sommes devant la seule et réelle forme de mise en action radicale : la preuve par l'exemple où l'on incarne, progresse et sert (le vivant). Etika est, à ce jour, l'écolieu le plus énervé de l'affaire. Une sorte de camp « militerre » qui ne veut plus transiger, ce qui n'est pas donné à tout le monde. J'ai

7. Le prochain CEM aura lieu en septembre 2023.

récemment retrouvé une photo de notre passage là-bas : il s'agit des trois garçons, Duduche, Tothor et Guilhem, saisis de dos en train d'embrasser le paysage. Je me souviens qu'ils disent qu'il n'y a rien de plus vrai, ni de plus beau, que d'être ici, face à ce panorama, sous les piaillements et dans les rires des enfants. Je me dis qu'il y a là un courage que beaucoup d'entre nous n'auront jamais. Vu la tronche du présent, des Etika, il en faudrait des dizaines, éparpillés sur le territoire. Jérômine et moi nous posons mille questions : serions-nous capables de tout donner à un lieu à ce point ? De nous dissoudre dans un groupe ? En aurions-nous seulement envie si nous avions vingt ans de moins ?

À plusieurs… inconnu(e)s

Exit soi-même, le couple ou la famille, place aux inconnus et à toutes les inconnues que cela implique. Tout l'art réside dans la constitution d'un collectif, cette expérimentation sociale qui réunit des personnes ayant des valeurs proches pour composer de nouveaux assemblages, inenvisagés jusqu'à présent. Alors, on commence avec qui ? Des amis ? Des inconnus ? Des volontaires ? Des personnes qui en ont ras l'individualisme ? Des nouveaux arrivants ? Des bifurquants prêts à engager leurs économies, leur colère ou leur flip du futur dans un collectif ? Tout cela à la fois ? Aucune règle d'assemblage ne prévaut ; ce qui comptera, c'est le degré d'engagement, les réunionites aiguës pour tisser les premiers liens, faire émerger les premières projections un peu folles, les « et si ? », les « chiche ! » et autres « pas cap' ? ». Aucune règle, mais soyez assuré qu'il y aura de la friction, des engueulades, des torsions, des déconvenues à la pelle et même énormément de colère.

Un coup de cœur humain entre Nelly, Lionel et Monica constitue l'étincelle de l'aventure 0.6 Planet. Concept : plusieurs personnes mettent leurs économies en commun pour acheter un domaine, s'y installent et développent un mode de vie à l'empreinte écologique allégée (0,6 planète en lieu et place des 3 planètes actuelles requises par le mode de vie occidental). Tous les cours de sobriété le disent : pour baisser son empreinte personnelle, rien de tel que la mutualisation des moyens et des outils, rien de tel que des espaces communs… L'autre coup de cœur fut le lieu-dit La Bruyère, en Dordogne, un ancien centre équestre de 50 hectares, avec prairies verdoyantes, étangs (plus de 2 hectares !) et un millier de mètres carrés de bâtis. Cela ressemble à un petit paradis aussi beau que bon, et l'effet waouh en arrivant par le chemin caillouteux est garanti. Nuance de taille, on ne vit pas en communauté : ici, les repas ne se prennent pas forcément ensemble, chacun vit chez soi. La vie circule, comme dans un hameau, avec des moments en commun pour les habitants (récoltes, transformation des légumes…). La visée n'est pas d'être dans l'autonomie pure et dure, mais de recréer une ambiance de village en conditions de sobriété, une sobriété désirable, pas sacrificielle. « Nous pourrions facilement revenir à 0,6 planète en vivant comme au Moyen Âge, mais ce n'est pas du tout notre souhait, car nous voulons convaincre un maximum de gens d'adopter ce mode de vie », précise Lionel Montiolu, à l'origine de cette petite folie douce. Et ledit mode de vie est plutôt confortable, puisqu'on ne renonce pas à grand-chose. Non, l'idée est de conserver son confort en développant un incubateur low-tech qui fournirait services et produits aptes à réduire l'empreinte écologique du groupe : écomaisons autonomes, permaculture, innovation frugale, usage modéré des ressources non renouvelables… Le terrain se prête avec grâce aux expérimentations potagères de Philippe, ancien ingénieur chez Canon qui a viré maraîcher après un licenciement économique. « C'était un vieux rêve, de faire pousser des trucs », confiait-il en 2021, pétri d'angoisse à l'idée de se lancer. Car il a démarré à nu, si j'ose dire. Lors de notre passage, il dessinait encore les cinquante-six planches qu'il souhaitait mettre en culture. Une photo de Jérômine l'a capté en train d'épandre de la cendre sur la butte. J'adore cette photo : toute sa concentration, son intention, son désir sont pris au vol dans ce geste amoureux. Aujourd'hui, l'angoisse a laissé la place à une fierté non dissimulée pour ce bonhomme posant, chapeau de paille sur la tête, au milieu de courgettes tchernobyliennes (comprendre, très grosses). Aidé par des experts locaux, Philippe teste un maximum de bidouilles par temps critique, comme ces serres pour plants de tomates résistants à l'humidité et à la canicule. Et ça paie : les légumes de 0.6 Planet (tomates, radis, concombres, pommes de terre, haricots verts, betteraves, poireaux, blettes, courgettes, oignons rouges et jaunes, pourpier…) se vendent sur les marchés de la région ou dans les cantines des écoles du coin. Les résidents se retrouvent autour d'ateliers jouissifs de conservation pour les mois d'hiver. En arrière-fond, l'idée est d'accueillir « un maximum de monde quand ça dévissera », selon les mots de Lionel.

Lors de notre passage, en avril 2021, le moral de l'équipe était chafouin, un petit problème de facteur humain étant alors en train de pourrir l'ambiance. Je me souviens avoir pensé que tout cela était mal emmanché, que les ambitions de sobriété étaient surfaites puisque personne ne semblait vouloir renoncer à son confort matériel « pour rendre l'aventure désirable ». J'étais chafouine moi aussi, probablement partagée entre l'envie de découvrir des lieux parfaits, c'est-à-dire déjà revenus à une empreinte minimaliste, et énervée par le marketing ambitieux du projet, confinant parfois au greenwashing. Aujourd'hui, le chemin parcouru est tel et l'ardeur à bien faire si contagieuse que je me garderais bien de juger quoi que ce soit ! D'ailleurs, ça tombe bien : quoi que j'en pense, le projet s'étoffe. Un deuxième site a été acquis dans l'Yonne, l'écodomaine des Gilats, un site de référence qui organisa des rencontres écolos réputées dans les années 2000. Là aussi, le lieu en impose, mais dans le genre château de la Belle au bois dormant posé sur un plateau verdoyant et qui a déjà essuyé plusieurs années de rénovations écologiques. Marylou, Françoise, Adeline, Sophie, Loïc, Jean-Baptiste, Michel, Emmanuelle, Guy, Nelly, au total dix noms figurent sur le compromis de vente signé en janvier 2022. L'équipe aspire à diviser le château et ses dépendances en « une douzaine d'appartements allant de 40 à 150 mètres carrés, en laissant la part belle aux communs » : cuisine, salle à manger, buanderie, salle de jeux, bibliothèque… Dans le parc de 25 hectares, deux zones peuvent accueillir des habitations légères (tiny houses, yourtes, roulottes ou écomaisons) de moins de 40 mètres carrés. Les intéressés prennent des actions dans la coopérative (c'est elle qui achète) et versent de l'argent au compte courant d'associés. Deux formules : 40 000 euros le ticket d'entrée pour avoir accès aux communs et au parc (il faudra mettre ensuite le reliquat pour construire son habitat autonome et léger) ou 80 000 euros pour la vie de château.

L'expérience du Bois du Barde, celle d'Etika, de 0.6 Planet et de bien d'autres poussent à s'interroger sur ce besoin maladif de se rapprocher de ses congénères. Pourquoi ? Pour affronter les emmerdes à plusieurs ? Pour mutualiser la cafetière ? Réduire le risque financier ? S'offrir plus grand, plus beau, plus ambitieux ? Avec d'autres, on ose enfin quelque chose. « C'est dur, un changement de vie, une transition, analyse Anne-Laure, la cofondatrice du Bois du Barde. Pour quelqu'un qui a toujours vécu en ville, avec un enfant, des moyens limités, difficile de se lancer seul pour se retrouver en milieu rural, sans réseau ni amis. » Autant s'agréger à autrui pour appréhender cette peur-là, d'autant que « vivre et décider en collectif est un engagement du quotidien » et qu'on ne l'apprend malheureusement guère à l'école, ni en famille, pas toujours avec ses amis et assez mal dans le monde du travail. Pour Adeline, vivre « toute seule dans un appartement n'a plus de sens ». Elle a quitté son boulot chez Alstom à Belfort en 2015 : « Participer à la construction de centrales énergétiques ne correspondait plus à mes valeurs. » Elle devient alors traductrice anglais-français, puis le film *En quête d'autonomie* achève sa mutation. Loïc, charmant ex-directeur financier versé dans la transition, a été transformé par les vidéos en ligne de Thinkerview avec Jancovici ou Servigne, et il se voit bien sauter le pas. Pour Michel, le cheminement est tout autre : une fois qu'il a posé le pied aux Gilats, tous les souvenirs de son enfance en foyer sont remontés à la surface : « Comme une évidence, je me devais d'embarquer dans l'aventure. » À 62 ans, Marylou vit seule. Sans homme ni enfant (son fils s'est suicidé), cette ancienne employée de la fonction publique territoriale a déjà considérablement réduit ses besoins. Elle n'utilise plus de papier, et milite pour le zéro déchet à tous les étages (y compris aux toilettes). « Tout s'est enchaîné très vite : il y a tant de savoirs à reconquérir, c'est cela qui m'intéresse. » Le collectif avec sensibilité écolo va lui permettre de respirer, de ne plus être prise pour une timbrée avec ses systèmes de récupération d'eau, qu'elle disséminait partout chez elle. Ingénieur télécom de formation, Jean-Baptiste a créé différentes entreprises, dont la dernière en date concevait des podcasts et donnait aux autres les moyens de créer leur propre radio. « J'avais envie d'abandonner la vie parisienne. L'aspect expérimental m'intéresse au niveau personnel et collectif. » Grâce à une subvention de l'ADEME, il est salarié pour 0.6 Planet au niveau national, car l'aventure est très énergivore : il faut trouver un modèle économique pour pérenniser l'association, accueillir les nouvelles personnes, enchaîner les zooms, traiter les deux cents candidatures, chercher de nouveaux sites, gérer les outils de communication, organiser des rencontres en présentiel. Après avoir passé quelques mois dans le Périgord, Nelly s'est rapprochée du projet bourguignon pour « sa proximité avec Paris ». Ici, elle investit 80 000 euros pour un appartement d'une cinquantaine de mètres carrés découpé dans les 1 000 mètres carrés du château. Depuis, virage dans le virage, elle voudrait atterrir dans le sud-est pour se rapprocher de sa famille. Face aux demandes incessantes de personnes, seules, en couple ou en famille, désireuses de « faire un grand saut à plusieurs », l'équipe cœur prospecte dans le Massif central, le Sud-Est ou la Bretagne à la recherche de propriétés d'envergure afin d'inaugurer « trente à cinquante écovillages durables, résilients, solidaires et enviables, et y expérimenter ce mode de vie ». Avis aux amateurs, qu'ils soient vendeurs de lieux idylliques, porteurs d'un projet ou simples acquéreurs !

La colocation qui s'attarde

À 700 mètres de chez moi, il existe un lieu assez intriguant pour les vieux machins dans mon genre : une colocation d'adultes qui prend parfois des airs de colonie de vacances. On parle beaucoup, ces derniers temps, de ces jeunes diplômés, à peine trentenaires, qui font un gros doigt à la société en bifurquant. Une poignée d'entre eux a atterri à Joigny grâce à un alignement de planètes dont seule la vie a le secret. En 2018, Maxime de Rostolan crée la Bascule, une piste d'atterrissage pour jeunes diplômés déconfits, issus de familles normalisées, terminant leurs études avec un horizon en forme de mur ensanglanté. Je ne vous ressors pas la litanie de ce qui ne va pas, mais disons qu'ils ont du mal à s'inscrire dans la vie pépère de leurs parents et à se projeter dans un futur garanti, riant et croissanciste (euphémisme). À l'époque, une quarantaine de personnes font le choix radical de vivre dans un squat officieux, une clinique désaffectée de Pontivy (Morbihan). Durant une année de rêve, ces jeunes vivent et grandissent ensemble. Ils savent deux choses : le monde tourne carré et ils veulent faire leur part, aider les territoires à opérer leur transition. Bardés de diplômes (ingénierie, commerce, journalisme, sociologie…), ils ne veulent pas contribuer à un monde mortifère, mais dessiner les contours du foutur. Ainsi, ils se forment à tout un tas d'outils d'intelligence collective, pratiquent la communication non violente, utilisent les chapeaux de Bono ou les décisions par consentement (on y reviendra)… Bref, ils renversent la pyramide de l'organisation sociale et tentent de devenir de meilleures personnes pour faire aboutir de meilleurs projets. En 2020, il fait tellement froid dans ce bâtiment à l'abandon que la petite communauté cherche alors un lieu de repli. Grâce à mon amie Isabelle Delannoy, ils entendent parler de Joigny et, grâce à l'action que j'y mène, de son groupe géographique des armées déserté par les militaires, sommés de déménager dans le Haut-Rhin. Les trois gigantesques bâtiments vides du square Al Idrisi pèsent sur les bras de la ville. Je m'emploie à faire l'entremise, et Nicolas Soret, alors adjoint au maire, reçoit une délégation qui vient visiter le B6, l'un des trois géants abandonnés à leur triste sort. Tout le monde tope là. Un an de confinements et 200 000 euros de travaux de conformité plus tard naît la Caserne Bascule, autrement appelée la CasBa. En juin 2022, nous avons fêté son premier anniversaire autour d'un magnifique banquet de cornicroûtes, l'avatar artistique et végétarien du pâté en croûte. Après un an d'existence, la CasBa a fait pousser sa raison d'être en l'arrosant avec ce qui venait à elle. Elle est d'abord un lieu de soutien à l'intention des transitionneurs individuels, désireux de faire une halte et de découvrir la vie autogérée. Elle accueille aussi les collectifs nationaux souhaitant se réunir à 1 h 30 de Paris dans un espace de 1 500 mètres carrés mêlant chambres et communs (salles de réunions, de mouvement, de calme, réfectoire, jardin...). La primaire populaire, la Fresque du Climat, Makesense, Printemps écologique, Dernière Rénovation, Terre de Liens ou l'école itinérante Fertîles y sont tous passés. Pour finir, la CasBa s'offre au territoire, tel un couteau suisse aux multiples fonctions : les bras aident les maraîchers bio alentour et contribuent sans compter à des chantiers de construction, de nettoyage, d'installation, de ramassage de déchets ; les locaux du B6 servent de lieu de ralliement aux associations locales ; les cerveaux proposent des ateliers de facilitation graphique, des animations de la Fresque du Climat ou de Renaissance écologique, des événements festifs, des disco-soupes... Bref, du joyeux et du vivant ! Quelques « géographes » (dénomination choisie en hommage au lieu) vivent sur place et endossent les rôles de référents, de porte-parole et de guides de la CasBa. Parmi eux, Sébastien, Louis, Fanny, Louise ou Marine se tiennent toujours prêts pour des visites.

Ce bâtiment austère, le B6, n'est pas un prix d'architecture ou de design droit sorti d'un *Elle Déco*. Les jeunes appelés y découvraient l'art de manier des cartes destinées à l'état-major, nous sommes donc à bord d'un bâtiment neutre et fonctionnel. Cependant, à force de recevoir des dons de toutes parts, les basculeurs en ont fait un nid douillet, propre à défier le sens de l'esthétique, bourré de vieux canapés, de bureaux périmés et de chaises de tout type. Ils ont retiré le carrelage fendu par le gel, repeint le sol du réfectoire (spéciale dédicace au génie pollockien de Sylve !), confectionné leur cuisine à partir de vieilles palettes, mais surtout, surtout, constellé les murs d'un mode d'emploi intuitif et compréhensible par tous les visiteurs. Ce qui éblouit toujours, ce sont ces posters colorés punaisés dans les couloirs, la cuisine, les douches, le garde-manger… En quelques traits, ils permettent de s'approprier les lieux, de s'y sentir comme chez soi et de fonctionner en autogestion, le maître-mot de beaucoup d'habitats partagés, qu'on pourrait résumer à : « Tu as envie de ? Fais ! » En un mot, l'autogestion est la démocratie par émancipation. Chacun participe aux affaires qui le concernent, de la plus petite prise de décision à l'ensemble de ce qui régit la vie à plusieurs. Le planning invite à s'inscrire aux tâches récurrentes : popote, ménage, rangement, courses… Des étiquettes indiquent où se trouvent les ustensiles ou les outils. Les modes d'emploi et les processus (pour le repas, la gouvernance ou la douche) sont reformulés et affichés partout. Une petite salle fait office de « donnerie », c'est-à-dire de lieu où chacun vient déposer et prendre ce qui lui plaît, de la breloque à la doudoune jaune en passant par des portefeuilles ou une bombe de laque pour cheveux. Au dernier étage, une « déguiserie » à faire blêmir un magasin de farces et attrapes voit débarquer des basculeurs en furie les soirs de célébration. Il y a de l'enfance non éteinte et de la joie en barre dans cet endroit. Il ne s'agit pas de vivre niaisement, mais d'employer cette émotion comme premier ferment de résistance. Les basculeurs ne le savent probablement pas, mais ils sont les dignes héritiers de Spinoza et de Deleuze lorsqu'ils nous invitent à nous « affecter de joie » : « Nous vivons dans un monde plutôt désagréable, où non seulement les gens, mais les pouvoirs établis, ont intérêt à nous communiquer des affects tristes. Les affects tristes sont tous ceux qui diminuent notre puissance d'agir. Les pouvoirs établis ont besoin de nos tristesses pour faire de nous des esclaves.[8] » A contrario, la joie permet de « remplir une puissance », confie Deleuze à Claire Parnet quand ils abordent la lettre *J* de son *Abécédaire*[9]. La joie n'abandonne pas, car « se réjouir, c'est se réjouir d'être ce qu'on est ». Les basculeurs vivent comme des peintres partant à la conquête de la couleur, ils exercent une puissance à nulle autre pareille et incarnent à merveille cette résistance. On peut discuter de l'intérêt de leur présence à Joigny : qu'apportent-ils au territoire ? À qui s'adressent-ils ? Pour quoi font-ils tout ce qu'ils font ? Aujourd'hui, cependant, je dirais que leur seule présence est justement une leçon de choses. Pendant très longtemps, je ne comprenais pas quand on me vantait la Joie avec un *J* majuscule comme antidote à la désespérance ou à l'impuissance. Aujourd'hui, je sais qu'il suffisait de les regarder.

L'autogestion et l'autonomie animent aussi l'autre colocation de jeunes adultes que nous avons traversées avec Jérômine. Après tout, l'intérêt de vivre à plusieurs, c'est que chacun soit autonome dans son rapport au lieu et en autogestion,

8. Extrait de *Dialogues,* Gilles Deleuze et Claire Parnet, éditions Flammarion, Paris, 1977.
9. https://collectifmalgretout.net/2020/10/19/gilles-deleuze-labecedaire-j-comme-joie : extrait de *l'Abécédaire de Gilles Deleuze* (qui, malheureusement, consacre un temps certain aux prêtres !).

c'est-à-dire responsable de l'ensemble des communs. Personne n'est le larbin des autres, tous participent à la vie collective. Le Moulin Bleu est un petit bijou (rares sont les lieux vraiment moches… comme si le beau était un impératif) gardé par un chêne multicentenaire faisant office de portail ombragé. Ici, le Loir coule à bouillons réguliers, le bruit de l'eau berce un cadre enchanteur et semi-industriel de 13 hectares de terres, de prairies, grand et petit pré, avec une forêt gourmande en gestation et de jolies haies plessées, mais aussi 3 000 mètres carrés de dépendances, d'habitations et de bâti industriel. Ici, le projet a longuement mûri, notamment parce que les personnes se sont fréquentées durant des années à La Maison Bleue, une éco-colocation créée en 2015 en région parisienne. À raison d'un week-end par mois, elles ont eu tout le loisir de plancher sur un projet d'écolieu. Lors du premier confinement, Camille, Margaux, Montsérat et les autres vivent un rêve, entre stupéfaction et ravissement d'avoir fait le bon choix (ils avaient signé chez le notaire le 11 mars 2020, soit neuf jours avant le grand enfermement). « C'était assez inouï, se souvient Montsérat, un confinement ultra-privilégié… » Après cinq années de vie commune, les colocs avaient largement intégré les réflexes de la vie à plusieurs et eu le temps de déconstruire les affreux tabous que sont l'argent et la propriété. Au Moulin Bleu, les repas sont pris ensemble et, là aussi, la logistique est facilitée par des tableaux accrochés dans la salle commune. Le « semeunier » répertorie l'ensemble des tâches : nourrir les animaux, préparer les repas, nettoyer ici ou là, faire les courses… Les chantiers participatifs, où se bousculent de trente à quarante personnes en moyenne, accélèrent les travaux. Ils n'échappent pas à quelques poussées de « réunionite aiguë », mais comment les éviter quand une dizaine de groupes de travail (« agrimentation », bricolage, organisation collective, atelier vélo, énergie, administration…) actionnent le mastodonte ? Reste à s'intriquer dans le territoire, à développer un modèle économique et humain stable, à améliorer l'habitabilité du lieu… Cal, Édouard, Marion, Jean-Baptiste, POC, Floors, Margaux, Montsérat, Manon, Marie, Laure ou Matthieu, en tout, ils sont dix-neuf à avoir fait le grand saut ensemble. Ce n'est pas commun, c'est même la plus grande coloc que nous avons traversée. Il n'existe pas véritablement de taille critique, c'est avant tout le lieu qui détermine si l'ensemble des candidats va pouvoir se déployer au même endroit. Plusieurs chiffres circulent, douze, quinze, vingt-cinq, sans que l'on sache exactement d'où ils sortent. En revanche, selon le manitou de la transition, Pablo Servigne, « si vous avez trop peu de monde, vous implosez car vous manquez d'impulsions, mais, au-delà de vingt-cinq, créer de vraies connexions entre personnes et conserver des liens intimes devient très compliqué. » Le Moulin Bleu a ceci d'organique qu'on y croise des couples bien cimentés, des salariés qui travaillent loin, des reconvertis à la boulange, des « sans travail fixe », bref une biodiversité humaine aussi constructive que crispante par moments. Récemment, Édouard a préféré louer une petite maison à quelques kilomètres pour « respirer ». « Ce n'est pas un échec, je ne quitte pas le projet, j'ai besoin d'être seul à plein de moments de la journée. Rentrer chez soi le soir, ne croiser personne, c'est un bonheur retrouvé absolu ! » Voici la preuve de la flexibilité des lieux d'expérimentation. Les entrées et les sorties ne se vivent pas toujours comme des tragédies grecques, il s'agit simplement du caractère organique, pour ne pas dire foutraque, des organisations humaines. À noter qu'aucune de ces colocations n'est traversée par des petits bouts en couche lavable. Ce n'est pas un principe régalien, c'est plutôt dû à l'âge des résidents.

L'autogestion est aussi le mot-clé dans des lieux achetés en commun mais totalement éclatés, comme des maisons, des champs, des forêts… C'est ce que l'on a pu constater à Piégut-Pluviers (Dordogne) en nous arrêtant quelques jours dans l'une des auberges de la Suite du Monde. Les deux petites maisons se font face dans ce village gentiment endormi qui s'éveille les jours de marché, quand se côtoient artisans du cuir, vendeuses d'escargots et fromagers aux mains calleuses. Nous avions envoyé un message sur un groupe Telegram pour annoncer notre arrivée, et une chambre nous attendait dans sa plus grande simplicité. Des serviettes et des draps à disposition ont avantageusement remplacé nos duvets. La cuisine a permis de faire comme chez soi, mais chez tout le monde. « Si on salit une tasse, on la lave. Si on finit un paquet de café, on le remplace », prévient Valérie pendant la visite. Cette quinquagénaire déterminée a littéralement pété un câble en plein confinement et s'est enfuie de Paris en mode *escape game* avant d'atterrir ici et de prendre « le temps de vivre » avec trois francs six sous. Avec ses économies, elle a acheté un petit terrain pour y poser une caravane. En attendant, elle occupe une des auberges et laisse sa place quand il y a trop d'affluence. Les nuitées s'acquittent en « participation consciente », une savante (mais propre à chacun) règle de trois mêlant services rendus, moyens et besoins du bénéficiaire. Ce qui compte, c'est de trouver le montant juste. La Suite du Monde met trois terrains et deux auberges à la disposition de transitionneurs plus ou moins jeunes, plus ou moins fauchés, plus ou moins à résidence, plus ou moins anarchistes. Depuis le début, les auberges ne désemplissent pas d'une faune éclectique et passionnante. On y a croisé Antoine, ancien inspecteur des matériaux chez Air Liquide, Florent, ingénieur spécialisé dans les renouvelables, de retour d'Amérique du Sud, Sylvie et Odile, sexagénaires galvanisées par le projet, mais aussi Léa, à peine trentenaire, détentrice d'un diplôme de pharmacie et en pleine expérimentation de plantation de mélisse, de calendula, de millepertuis, de valériane, de coriandre, de basilic… « Je reste ici parce que je peux partir quand je veux », m'a-t-elle confié sans rire, me renvoyant sans le savoir à une introspection abyssale. Comme le potager, l'énergie et l'eau figurent au top trois des angoisses dans les discussions, car, en plus des auberges, la Commune imaginée du Bandiat dispose de trois terrains, cultivés avec plus ou moins d'adresse. À Marval, l'eau provient d'un puits creusé à quelques mètres de profondeur. Cette ressource sans prix affleure dans ces coins, et c'est tant mieux car la terre est encore abordable, au point que nombre de personnes s'y installent avec leur habitat léger et s'engagent dans la voie de l'autonomie. Deux ânes braient à en fendre les tympans humains. Corollaire de la vie autogérée, les semis sont à la bourre, la serre est pleine de bordel, la saison avance et la troupe a pris du retard. Il n'est pas rare qu'on se mette en cuisine une fois la nuit tombée et que les tables du petit déjeuner soient jonchées de sachets de chips vides et de cadavres de bouteilles. Ce n'est pas tant le bordel que le temps de vivre qui gît là. *Qui va piano va sano…* et le ventre plein de chips ! La production est vendue à prix libre sur le marché de Piégut. Ici, on ne s'emmerde pas avec les grands discours politiques, on fait, tranquillou, dans son coin, avec le peu qu'on a et qui est mis en commun. « On a beau vouloir du collectif, nous ne sommes pas très bien formés… car l'humain est une clé dont on ne connaît pas la serrure », philosophait Christelle au coin du poêle, l'air complètement allumé.

La Suite du Monde investit ailleurs en France. « Nous voulons permettre l'autogestion de grappes de terrains de vie et de production. Nous voulons expérimenter une organisation communaliste afin de faire communs et communes. Nous voulons multiplier les pratiques coopératives locales et connectées entre elles. » Du coup, il existe aujourd'hui une dizaine d'expériences réparties sur le territoire. L'une des plus actives est probablement le terrain de La Brantille, un interstice sauvage de 6 hectares entre Toulouse et le Tarn, dont 5 hectares totalement vierges. Il suffit de prendre le TER pour débarquer quinze minutes plus tard sur ce havre de vie. On y trouve un petit ruisseau, la Brante, un petit ponton, un puits avec une pompe. Le réseau humain est composé de jardiniers, de permaculteurs, de bricoleurs en manque d'espace et de partenaires festifs qui assaisonnent les salades et les apéros en cas de guinguette improvisée. Ils ont mis en place quelques règles d'usage en délimitant cinq espaces : le premier pour expérimenter, le deuxième où tout se décide en commun, le troisième pour les plantes aromatiques et médicinales, le quatrième où se développe la forêt, si possible comestible. Sur le cinquième, peut-être, un jour, un maraîcher professionnel. Personne ne vit ici, le commun est le jardin qui permet de mettre la main à la terre.

À plusieurs, chacun chez soi !

Le mode de vie à plusieurs ne recueille pas tous les suffrages, loin de là. Au mieux, les oasis, écolieux et autres hameaux partagés regroupent quelques milliers d'heureux élus en France. Même s'ils incarnent au mieux la rencontre entre l'esprit et la matière du changement de mode de vie, tout le monde n'est pas obligé de finir dans un écolieu pour bifurquer à plusieurs. Créer ou rejoindre un collectif tout en vivant chacun chez soi reste l'option abordable au plus grand nombre, et elle est fortement recommandée aux grincheux, solitaires et autres Benita Mussolini qui sommeillent. Personnellement, j'ai mis suffisamment de temps à aimer vivre avec mes névroses pour ne pas les imposer aux autres, ni me taper celles d'autres éco-anxieux dans un bâtiment récalcitrant à mes goûts. Donc, quand nous créons l'association Renaissance Joigny (RJ) en 2019, nous sommes bien déterminés à conserver nos espaces intimes, nos maisons, nos petites habitudes. Nous avions plusieurs idées en tête : au choix, nourrir les élus, constituer un groupe de citoyens acculturés à la fin du monde, rendre Joigny désirable, se tricoter un petit filet humain pour s'éviter une chute trop solitaire, apprendre, échanger, créer des liens… tout cela à la fois, et aussi tout le reste ! Après quatre années d'existence, l'objectif d'origine a été largement dépassé ! Les jeunes de la Bascule occupent le fameux bâtiment B6 ; Armonia, Céline, Louis, Anaïs, Alix, Maxence et Nadège, Thomas, Sébastien, Patrick, Lise et Bruno, entre autres, ont fini par passer devant le notaire. Un rendez-vous mensuel, chaque premier mercredi du mois, permet de compter les troupes et de lister les événements du mois. Il y en a pour tous les goûts : enduire des bottes de paille ou dénuder une maison de fond en comble, aménager un potager, ramasser et presser des pommes ou animer une fresque de la renaissance, réparer des vélos ou potasser un éventuel rachat de local pour y installer une ressourcerie et une boutique de producteurs.

Est-ce que l'existence de RJ change la face du monde jovinien ? Non. Il reste toujours autant d'autochtones rétifs à tout changement, une catégorie de gens aisés imperméables aux problématiques (ou qui ne voient pas d'issue gravissime à l'affaire), des gens du cru soupçonneux de nos apéros… mais il y a aussi, comme un signe des temps, une explosion du nombre de vélos sur de timides pistes cyclables, des rencontres tisserandes, des hybridations de collectifs, des désirs croisés… Si, à mon goût, l'association ne propose pas grand-chose de l'ordre de la transformation sociale et territoriale, elle a permis à tous d'atterrir et de se mettre directement en attache avec des semblables. Elle comble la solitude que j'ai ressentie en arrivant (mais dont j'avais besoin) et joue le rôle d'entremetteuse autour d'apéros de reliance réguliers. Humainement, le cœur de Renaissance Joigny ressemble à un champ de mines avec ego blessés et union sacrée dissoute dans l'acide. Les membres de sa collégiale ne se voient plus régulièrement, chacun avance dans son coin en prenant soin d'éviter les conflits, mais aussi le partage de réflexions et d'informations. D'aucuns rechignent à écouter les atermoiements des autres, le « dire » serait un frein au « faire », les relations se sont distendues au fil des poussées de fièvre, mais une affection inqualifiable nous lie encore. Nous n'osons plus trop nous voir, encore moins aller dans le concret de notre gouvernance : comment se prennent les décisions ? Qui décide ? Qui participe ? Qui fait quoi, tout simplement ? Entre la *do*-cratie (fais ce dont tu as envie) et la prise de décision par consentement (si un membre « ne peut vivre » avec telle décision, l'impasse guette), c'est un bordel qui ne dit pas son nom. Difficile dans ces conditions de partager une vision. Nous manquons tous de temps pour prendre soin de nous. Alors oui, RJ est une piste d'atterrissage, mais une piste d'atterrissage sans tour de contrôle, ni technicien de piste, ni manche à air pour savoir d'où vient le vent. Je me demande même si nous ne manquons pas d'avions dans le ciel, parfois ! « Tout seul, on va plus vite ; ensemble, on va plus loin », dit le proverbe africain, qui omet de préciser qu'on peut aller plus loin, peut-être, mais pas tous dans la même direction, et qu'il y a des vents contraires de temps à autre ! Décrit ainsi, cela semble moyennement enviable, mais c'est une réalité universelle pour n'importe qui souhaitant changer des bidules avec d'autres humains.

Zone 2 : moi et mon grand tout dans un collectif

« Quoi que vous puissiez faire ou rêver, commencez-le. L'audace a du génie, de la puissance et de la magie. » Elle est belle cette phrase imputée à Goethe, n'est-ce pas ? Elle omet simplement de dire que l'audace en question implique pas mal d'embûches et d'emmerdements. Manger son chapeau et avaler des couleuvres fait déjà partie du quotidien, et voilà qu'en masochistes nous allons nous cogner cela dans un cadre collectif, bénévole de surcroît. Pour la beauté du geste !

Un projet, sinon rien !

Seul ou à plusieurs, l'aventure bifurquante nécessite un projet, une vision, une projection dans un horizon pas tout à fait bouché. En gros, si vous bifurquez, c'est qu'une partie de vous sent une forme d'espérance. Il y a une pulsion derrière, une lueur au bout d'un tunnel irrespirable. Le projet se définit tout seul autant qu'il est nourri par des rencontres. Il émerge dès lors qu'on se met autour d'une table avec des envies individuelles pour soi et pour un collectif. La définition du projet est fondamentale, et elle dépend de nombreux facteurs : moyens d'agir, capacité psychique à agir, personnes et lieux déclencheurs d'actions… En effet, quels sont les moyens financiers, fonciers, matériels à notre disposition ? Quel est l'état de maturité des troupes ? Ce n'est pas la même chose de bosser avec mère Teresa ou avec le docteur Jekyll ! Comment le lieu peut-il déterminer un projet ? De la même façon qu'on ne sait pas toujours qui, de l'œuf ou de la poule, est arrivé en premier, difficile de dire qui, du lieu, du projet ou de ceux qui le composent, provoque le ralliement. Les trois sont indissociables, tels des courants dans un tourbillon, les uns dessinant les contours des autres et inversement. Participer à des événements réguliers (festival, conférences…), partager un lieu de vie et de transition, avoir une activité économique pérenne, ouvrir un tiers-lieu, une ressourcerie, une boutique de bio local et végétarien, sauvegarder un écosystème ou, tout simplement, se ranger peinard dans son écolieu en faisant pousser ses patates, peu importe. Un projet se nourrit de tous les univers qui le composent. La définition du site des Colibris est impeccable : il « émane de la rencontre entre des acteurs partageant des valeurs proches, des compétences et savoir-faire différents qu'ils sont prêts à mobiliser, à faire évoluer pour coproduire des prestations réalisées dans un souci écologique qui rendent "service" à la société, comme l'habitat écologique ». Cette expérimentation sociale renvoie à une finalité sociale (logement, lutte contre la précarité, emploi, insertion…) ou sociétale (empreinte écologique, espace public, bien-être santé…), elle dépend « de la production d'une alternative (faire autrement en associant les compétences ou les ressources du territoire de façon participative…) ». Sur le terrain, cela implique souvent que l'économie locale accompagne des changements dans les modes de vie (se déplacer, manger, habiter…) en mettant en lien producteurs et consommateurs, aménageurs et usagers, voire en les invitant à définir ensemble les prestations en question. « La profitabilité n'est pas le moteur premier d'un projet de transition, le moteur premier est une économie moins préemptive de ressources, en favorisant l'usage des ressources locales (échanges locaux de matières, d'énergies, de savoirs), et sans reporter les coûts écologiques et sociaux sur des populations et des territoires déjà fragilisés, le tout en ménageant les milieux. » Personne ne parle comme cela dans une réunion associative alors, concrètement, cela donne quoi ?

Le projet d'Etika Mondo est d'agrader son lieu en faisant profiter de son expérience celles et ceux qui y passent, de déclencher des envies de réplication sur tout le territoire ; celui de 0.6 Planet s'appuie sur une somme de bifurcations individuelles, puis la mutualisation des communs de vie pour proposer du maraîchage et quelques cours d'agroécologie ; le Bois du Barde est un lieu d'accueil sobre et nature doublé d'une petite exploitation agricole et d'un lieu de vie partagé ; la Bascule est également un lieu d'accueil, mais réservé à des collectifs aidant à la transition. S'y ajoute une approche intérieure : on se change soi, avant d'aller changer les autres sur le territoire via des outils d'intelligence collective. Au Moulin Bleu, il s'agit d'une colocation maousse qui tente de faire sa place sur le territoire. Pour Claire et Adrien, le projet s'articulait autour d'une petite maison et d'un grand terrain accueillant des plantes aromatiques, et ils ont développé le concept de SCI coopérative agricole, c'est-à-dire une société civile immobilière (SCI) forte de cent vingt-cinq copropriétaires et détentrice du foncier agricole (terres, hangar…) ainsi que du café-librairie de l'Amante Verte. Pour Pierre ou Grégory, l'autonomie est la visée ultime. Coraline et Jocelyn voulaient d'abord faire des économies pour vivre leur passion automobile à toute blinde ; résultat, ils ont bifurqué dans leur bifurcation pour finir à la tête d'un écolieu, les Cocos Lieux, où Jocelyn prodigue savoir-faire et compétences pour fabriquer des tiny houses (son carnet de commandes est plein) ! Où que l'on aille, un projet commence par relier des acteurs locaux qui permettront de créer de nouveaux assemblages de compétences et d'apporter de modestes réponses aux enjeux territoriaux. C'est comme si on allait chercher un architecte, un charpentier, un maçon, un menuisier, un couvreur… pour construire une maison. Mais ensuite (ou avant) se posent quelques questions : quelle structure pour la maison ? Quel lieu d'implantation ? Pour accueillir quoi ou qui ? Chaque partie prenante peut avoir son mot à dire, c'est l'un des nœuds au cerveau de l'affaire !

Bien poser ses intentions…

Pourquoi créer ou intégrer un collectif ? Chacun l'exprime à sa manière, mais plus le « pourquoi » est sûr et précis, moins les doutes pourront s'immiscer. C'est avec une clarification personnelle que tout commence : une vision claire et sûre de sa place, de son rôle à jouer, de sa « valeur ajoutée », de son envie, de ce qu'on apporte dans la corbeille. « Plus on y répond avec certitude et précision, plus cela donne une vision claire de son intention. Cela représente 99 % de la réussite », me confie un des membres de Sainte-Camelle, un écovillage qui s'est fendu de sept incontournables[10] pour réussir une vie collective. Parmi les défis récurrents qu'affrontent les collectifs, le tout premier concerne l'intention du projet. Attention, j'ai bien écrit « intention du projet ». D'un côté, le groupe désigne une intention ; de l'autre, chacun se fait son propre film. Il y a donc une intention de projet et une multitude d'intentions personnelles. Un peu comme au poker, ces

10. À télécharger pour 5 euros : https://ecovillagestecamelle.fr/produit/7-incontournables-pour-reussir-une-vie-collective-harmonieuse/

intentions personnelles (votre main) ne sont connues que de vous. Elles sont parfois identiques à celles des copains, souvent elles ne le sont pas, mais dans les deux cas elles ne se devinent pas. Par exemple, quand Armonia propose un week-end de navigation à la voile, elle énonce clairement son intention : poursuivre son initiation avec des personnes chères, le tout à bord du bateau d'un copain (donc abordable). Pour elle, il est totalement naturel de demander à tous les intéressés de faire de même. Cela permet d'éviter les sables mouvants et les engueulades en cas de frustration du type : « Moi, quand j'ai dit oui, je pensais plutôt à un week-end pépouze genre dorage de pilule sur le pont avant… pas à tirer des bords par force 8 ! » À la création de leur écodomaine breton, le Bois du Barde, Anne-Laure et Gilles avaient une idée précise du devenir de leur lieu : l'accueil. Au fil des arrivées successives des autres partenaires, il a fallu revisiter tout cela. Ils ont utilisé la technique du rêve du dragon[11]. Ce fut long, chacun a apporté sa pierre, mais l'intention du projet a fini par se clarifier. Lorsque Cassandre rejoint l'équipe de la primaire populaire, fin 2021, elle connaît l'intention principale : faire aboutir une candidature de gauche à la présidentielle de 2022. Ses intentions cachées sont autres : « Chasser mon éco-anxiété en me réfugiant dans l'action ? Peut-être rencontrer une famille de cœur, ou tout simplement trouver une place et un endroit où faire rayonner l'école Fertîles ? » Quand la jeune femme se retrouve à twitter toute la journée derrière un écran, ses intentions personnelles sont insatisfaites. Le projet, lui, est nourri ! Chez 0.6 Planet, Nelly est particulièrement claire sur ce qui l'amène là : « Je fais tout ça pour mes enfants et mes petits-enfants. » Comme si intégrer un groupe allait

11. Voir en annexe, page 249.

faire office de matelas quand les choses se corseront. « Vivre dans un écolieu est un travail à part entière, nous ne sommes pas là pour nous dorer la pilule. Or, je ne me collerais pas tout cela [les inconvénients de la vie en collectif, la somme de choses à faire, le bénévolat pour 0.6 Planet] sur le râble si ce n'était pas pour l'avenir des miens. » L'ambition de 0.6 Planet, elle, veut faire la preuve d'une vie sobre mais confortable. Savoir distinguer intentions personnelles et visées globales est capital, c'est presque une condition sine qua non pour intégrer paisiblement un collectif.

Or la confusion peut être totale ; pour autant, je ne regrette pas que mes intentions personnelles aient présidé à la création de Renaissance Joigny : créer un réseau d'éco-anxieux, jouer à *Qu'est-ce qu'on attend,* le film de Marie-Monique Robin sur la transition d'une petite ville alsacienne, me sentir moins seule, balancer des shoots de lucidité autour de moi… Au-delà, la feuille de route était complètement vierge. Nous avions simplement un livre et un outil, la fresque de la renaissance écologique, pour commencer. C'est l'ami Julien Dossier qui l'a mise en œuvre en s'inspirant d'une fresque de la Renaissance qui figure sur les murs du Palazzo Pubblico, à Sienne (Italie). Peinte par Lorenzetti en 1338, elle allégorise les effets du bon gouvernement. En la remettant au goût du XXIe siècle, Julien l'a transformée en imagier de 4 mètres de long sur 1 mètre de hauteur qu'on peut colorier à loisir. Elle représente une ville, bordée de champs et de cultures, reliée à l'ailleurs par des voies de transport et même des tankers pleins de marchandises. Elle abrite vingt-quatre chantiers (de la spiritualité à l'industrie en passant par la famille, la transmission, l'agroécologie…) où concentrer nos efforts pour atteindre zéro émission de CO_2 en 2050. Dans ma tête, la fresque est l'outil-support idéal de tout projet. Nous nous appelons

Renaissance Joigny en référence à elle, parce qu'il y a là du petit qui peut grand, du modeste bon. Et puis, surtout, elle a l'art de porter l'apéro et la fête aux nues. Dans les premiers petits pas à faire durant la première année, l'évidence est de réunir les gens autour d'un bon verre de jus (fermenté ou pas). Je crois que nous pourrions allègrement nous rebaptiser Renaissance Apéro ou Apéros Joigny (si l'on veut éviter d'être apparentés à la majorité présidentielle), parce que nous avons respecté les consignes au doigt, à l'œil et au verre. Cependant, je n'avais pas anticipé qu'il faudrait intégrer les intentions des autres, ni même que le projet en tant que tel pouvait en avoir, jusqu'à ce que Jocelyn me dise, droit dans les yeux : « Ton projet, c'est du pollen, Laure. Il essaime, laisse faire… » Oui, il convient de lâcher la bride, quelles que soient ses protubérances, et le projet vivra vite sa vie tout seul. Quoi qu'il en soit, il ne faut pas hésiter à creuser ses besoins profonds, personnels et collectifs, afin de vérifier si ce qui est envisagé est réaliste, juste et adapté. Pour scanner cela, on peut s'amuser avec l'exercice des cinq pourquoi[12]. Ensuite, il y a le silence et la solitude, des espaces où peuvent surgir synchronicités et évidences. Cela réclame d'être assez réceptif, mais la déprime est bien faite : souvent, les personnes les plus « à terre », épuisées, en proie au burn-out, sont dans un état de totale réceptivité ! « Dans ces moments de lâcher-prise, l'évidence apparaît de la décision non pas à prendre, mais à recevoir, comme un fruit mûr. Une rencontre, une parole lue, un rêve… » Certains parleront de signes, d'appel ou de déclic. Et puis, l'intuition devient intention. « Ce qui en

12. On commence avec « Pourquoi est-ce que je veux faire cela ? » puis, à partir de la réponse, on redemande « Et pourquoi… ? », et ainsi de suite, cinq fois.

résulte, c'est un état de soulagement et de joie d'être arrivé au bout d'un processus et à l'orée d'une nouvelle étape de vie », poursuit Magali sur le site d'Oasis. C'est le moment où l'on sabre le pet'nat' !

À l'instar de l'intention, les valeurs gagnent à être décortiquées dès le début d'un projet. Pardon d'enfoncer une porte ouverte, mais adhérer aux valeurs d'un projet est plus facile lorsque celles-ci sont clairement énoncées ! Si jamais elles vont à l'encontre de ce qui nous tient à cœur, on passe son chemin sans regret. Or, cela demande un temps commun pour les faire émerger. J'imagine les débats sur le système de valeurs au sein de l'association de la Fresque du Climat, par exemple, dont le jeu de cartes permet d'appréhender les relations de cause à effet des changements climatiques. Il a connu un succès fulgurant, au point que le chiffre d'affaires flirte avec les 2 millions d'euros (en 2021). J'imagine les tiraillements entre deux courants, d'un côté celles et ceux qui souhaitaient déployer la fresque dans les quartiers populaires pour acculturer les gamins des banlieues, les populations défavorisées, donc très éloignées des questions environnementales, et de l'autre ceux qui ont préféré faire masse, ouvrir leurs carnets d'adresses de consultants bas carbone et déployer la fresque dans les entreprises, permettant au passage de monnayer les animations auprès de plusieurs comités directeurs ou de dizaines de milliers de salariés en France. Au final, les torsions entre fibre sociale et fibre économique en ont découragé plus d'un, tandis que le chiffre d'affaires conséquent de l'association a conforté les autres. Au final, les deux cohabitent…

La Chimère

Je parle d'autant plus librement de la question des intentions que j'ai les mains dans le cambouis d'un projet capillotracté à domicile... Tout a commencé dans mon salon, en février 2021. J'avais fait comme d'habitude, c'est-à-dire invité tous azimuts pour voir ce qui ressortirait du shaker. Une vingtaine de personnes ont répondu à l'appel avec tire-bouchons et houmous à la betterave. Objet de la « convocation » : va-t-on répondre à l'appel à manifestation d'intérêt (AMI) permettant, d'ici à 2022, d'identifier 300 fabriques de territoire, existantes ou en projet (150 implantées dans les quartiers prioritaires de la politique de la Ville et 150 dans les territoires ruraux) ? Via l'Agence nationale de la cohésion des territoires (ANCT), l'État soutient ces fabriques à hauteur de 75 000 à 150 000 euros sur trois ans, le temps qu'elles confortent leur équilibre économique. Cet argent provient en partie du plan de relance, dans lequel l'État injecte 45 millions d'euros. Pour des associations qui carburent à la bonne volonté, au temps bénévole et à l'instinct, ces 150 000 euros représentent la martingale. Six collectifs se lancent, un peu mariés de force par le maire *himself* : Scani, le fournisseur d'accès à Internet local et indépendant ; le Maillet de Joigny, le fablab doté de ses imprimantes 3D ; la Caserne Bascule (CasBa), toute en jeunesse et en intelligence collective ; le château du Feÿ, lieu hybride entre cadre idyllique pour mariages friqués et résidence de création pour élite cosmopolite agissante ; l'association C3V, une des pionnières de l'Yonne sur les questions de justice sociale, d'éducation populaire et d'opposition aux projets climaticides ; Renaissance Joigny. L'attelage est désarçonnant, car ce qui nous lie est d'abord et avant tout notre présence sur le territoire. Dans les faits, nous ne nous croisons que rarement puisque nous évoluons dans des sphères différentes. Pire, nous nous méfions les uns des autres, les derniers arrivés n'ayant pas forcément fait allégeance aux premiers ! Qu'importe, nous décidons de répondre à l'AMI, qui est vu comme le coup de pied aux fesses qui nous jetterait dans les bras les uns des autres. Au vu de l'attelage, je nous aurais volontiers baptisés la Chimère, mais ce sera la Convergence des possibles, ou CDP, un nom insipide à souhait (désolée, les copains !). Le dossier que nous remplissons avec ardeur promet : « Jusqu'à l'été 2020, chacun des six collectifs a pris l'habitude de travailler avec un ou deux autres, aboutissant à un mycélium coopératif. Le besoin de se rassembler s'est fait sentir à la faveur de la crise sanitaire : que faisons-nous ? Où allons-nous ? Que pouvons-nous mettre en commun pour le territoire ? Chaque collectif étant solide dans son expertise et ses spécificités, le temps est venu de nous hybrider pour devenir plus que la somme de nos parties. C'est tout l'enjeu de cette fabrique de territoire : construire un socle commun pour être plus impactant à plusieurs que chacun dans son coin. » Des mots-clés font office de lubrifiant : résilience, mycélium, territoire, impact, reliance, transition… Des phrases alambiquées et vides de sens masquent une certaine vacuité mais, sachez-le, la novlangue administrative sert de clé pour le coffre-fort de l'argent public ! Sur son site, l'ANCT précise que la fabrique est « le lieu des transformations du travail, de la transition écologique, de l'apprentissage de pair à pair, de la créativité ». En résumé, dans les tiers-lieux, on crée, on forme, on apprend, on fait ensemble, on fabrique, on participe, etc. Par ailleurs, les fabriques de territoire sont des tiers-lieux structurants, c'est-à-dire capables d'augmenter la capacité d'action des autres tiers-lieux du coin. En théorie, une fabrique facilite donc l'émergence d'autres tiers-lieux de moindre envergure. Cela semble à notre portée… Au cœur de l'été 2021, le couperet tombe : nous sommes lauréats. Joie ? Non, stupeur… et angoisse ! Certes, nous allons toucher 50 000 euros par an sur trois ans pour embaucher, mais pour quoi faire, exactement ? Une vieille culpabilité républicaine m'étreint : comment l'utiliser l'argent public à bon escient ? Plus d'un an après l'obtention du label, le flou règne encore : nous avons embauché deux personnes à mi-temps, nous convergeons bien un mardi sur deux de 18 à 21 heures pour nous réunir, et après ? Nous sommes encore à la recherche d'une programmation qui aurait du sens pour les Joviniens en général, pour nos appétences et nos compétences respectives. Je raconte cet épisode avec d'autant plus d'acuité que je figure au conseil d'administration de la Chimère (j'insiste ☺) et que mes impressions changent parfois au gré de mes humeurs. Une chose est sûre : nous avons sextuplé la difficulté. Comme des poupées russes, nos intentions individuelles (nous sommes douze au CA) s'imbriquent dans celles de nos collectifs respectifs avant de faire émerger une intention globale, celle de la Convergence des possibles, qui se doit d'être tout sauf chimérique ! Nous avons envie d'un festival, de disco-soupes, d'ateliers sur le gaspillage alimentaire ou sur les *fake news,* d'acculturation numérique, de projeter des documentaires énervés. Nous sommes pleins d'idées, mais je me demande chaque jour si elles correspondent à un besoin réel des personnes que nous ne voyons jamais… En décembre, nous avons suivi une formation sur les postures apprenantes de coopération avec l'école Fertîles. En immersion quatre jours dans une superbe métairie enveloppée par les températures négatives, nous avons expérimenté différents outils pour mieux bosser ensemble. Nous avons petit-déjeuné, déjeuné, dîné ensemble, dormi près du feu pour les uns, dans des chambres à plusieurs pour les autres. Surtout, nous sommes passés par des ateliers sensoriels (devenir une glaise sous les mains d'un artiste, se penser roseau sous des souffles imaginaires...), des jeux de coopération, un peu de théorie relationnelle, quelques petits coachings minute..., et, au milieu de tout cela, une centrifugation émotionnelle dont je me demande si elle était nécessaire. Au final, nous avons peut-être rendu visibles des désaccords féconds, mais aucun miracle n'est à attendre, nos postures-réflexes étant bien ancrées en chacun d'entre nous. Certains exercices ont dérouillé nos corps et nos cœurs, reste à pratiquer, à muscler nos ardeurs, à prendre soin de nos êtres bénévoles et de bonne volonté. Personnellement, en descendant dans les « cinq pourquoi » de mon engagement dans cette convergence, j'ai trouvé de fort mauvaises raisons d'être là, dont la rancœur enkystée dans mon bide comme l'ambre gris dans les intestins des cachalots (sauf que ça n'a pas servi à élaborer de belles senteurs). Effet secondaire de l'introspection : deux jours après la formation, j'avais clarifié ce qui me chiffonnait et j'annonçais mon désir de me mettre en retrait. D'ici à ce que ce livre soit publié, les choses auront bougé. Courage, amour et paillettes sur nous !

Le temps, levain naturel du collectif

Il faut du temps pour aller loin, dit le dicton populaire. Quel que soit l'attelage, le temps est le meilleur allié des collectifs solides et équilibrés, voire rentables. Or, 2020 en a précipité plus d'un dans l'accélération de désirs toujours remis à plus tard. Les nouveaux entrants sur le marché de l'écolieu doivent donc, en un temps record, réunir un groupe d'humains qui ne se connaissent pas, rassembler des fonds, se mettre d'accord sur un projet, et le tout dans un cadre idéal ! « Ils ont l'impression d'avoir une vie ensemble. Ils se voient pour des réunions et pour prendre des décisions. Après, être dans le concret du lieu s'avère très différent, » prévient Anne-Laure, qui a mis un certain temps à trouver l'équilibre au Bois du Barde. C'est un peu la confrontation au réel qui a fait déguerpir Jean-Christophe du projet périgourdin de 0.6 Planet. Après sa plongée en collapsologie, Jean-Christophe a vrillé tout seul, au fil de lectures et de constats accablants. Quand sa trajectoire croise celle de Lionel, qui vient d'acquérir le premier des écovillages en Dordogne, Jean-Christophe injecte ses économies (80 000 euros, tout de même) et fait venir sa tiny toute neuve. Mais, très vite, le réel frappe à la porte ! Réduire son mode de vie pour viser le 0,6 planète, ça veut dire se serrer la ceinture, ni plus ni moins. Pour Jean-Christophe, c'est une affaire sérieuse qui mérite qu'on « remette radicalement en question son petit confort ». Sur place, tout le monde ne partage pas cette approche, peu désirable ; pire, on l'accuse d'une radicalité feinte. « Sa tiny n'est même pas autonome en eau et en énergie, il est bien content de prendre des douches dans les bâtiments des autres », s'énerve Nelly. S'ajoutent à cela des projections sur la psyché de l'autre : « Moins les personnes ont réglé leur bagage psychologique, plus elles posent leurs valises en plein milieu du couloir du groupe, ce qui représente autant d'embûches à dépasser », me confiait Nelly. Après des semaines d'impasse et d'engueulades à peine feutrées, Jean-Christophe reprend ses billes et rembarque sa maisonnette sur roulettes. L'erreur de 0.6 est un classique : le casting pressé, sous l'effet de rencontres « lunes de miel », sans période d'essai et sans cadre humain, les cadres juridique et financier ayant occupé l'essentiel des réunions. « J'ai perdu beaucoup de plumes psychiques dans l'aventure, explique

Jean-Christophe, qui depuis a installé sa tiny sur les terres de Désobéissance Fertile, où radicalité rime avec joie et sobriété. « Une personne est partie pour incompatibilité de vision et problème de personnalité, ce qui est somme toute banal dans tous les écolieux, surtout au début. » Désormais, il y a trois mois d'essai, et un gros travail de permaculture humaine a été fait sur les autres sites du groupe 0.6 Planet. « Un collectif jeune est très fragile par rapport à une personne ayant envie d'imposer sa vision, me confie Jean-Baptiste Penent, installé sur l'écodomaine des Gilats (Yonne), c'est un gros point de vigilance. Les personnes qui nous rejoignent ne viennent pas avec un schéma prédéterminé dans la tête. Moi-même, je n'ai évidemment aucune idée de ce que notre site va devenir. Je suis prêt à bouger par rapport à ce que j'imaginais et à ce qui va se passer. » On peut s'agréger vite avec de parfaits inconnus et découvrir sur le tard qu'il y a incompatibilité, c'est assez banal, ça me rappelle des dizaines de rapprochements faussement amoureux ! Morale de l'histoire : 0.6 pète le feu et, de son côté, Jean-Christophe, après un autre échec humain, s'apprête à intégrer un lieu plus en phase avec ses aspirations.

Quand les groupes se constituent dans une forme d'urgence, ils empilent les obstacles : la confiance entre les individus va devoir se construire. Dans notre CDP, on sent que le temps agit comme l'eau et le soleil sur un plant de tomates : nous faisons pousser une culture commune. Nous nous « reniflons », nous apprenons à repérer les blocages des uns, à apprivoiser la psyché borderline des autres, ainsi que nos propres émotions dans tout ce fatras d'informations, de modes de fonctionnement, de désirs… Le temps permet d'apprendre un vocabulaire commun, de mieux nous écouter et de comprendre d'où l'on parle. Claude, grand militant devant l'Éternel, préfère qu'on parle d'infolettre plutôt que de newsletter ; Sébastien pratique la communication non violente et l'écoute active, il ne coupe jamais la parole mais se la fait couper une fois sur deux ; Karine ramène toujours les problématiques des populations les plus éloignées de notre spectre au centre de l'échiquier ; Jessica rêve tout haut que l'on incarne son concept préféré, l'extitution ; Lise, Judith, Louis, Louise sont outillés pour faciliter les discussions et saupoudrer nos échanges d'intelligence collective ; Bruno aimerait bien qu'on « dégafame » nos outils de communication avant d'aller transitionner au-dehors ; moi, je porte en permanence le chapeau noir de la méthode des six chapeaux de Bono, un outil d'intelligence collective invitant à chausser des lunettes différentes. Le noir, je vous le donne en mille, c'est celui du « pas assez » : pas assez bien, pas assez efficace, pas assez rentable, pas assez pertinent… Ce n'est pas en tirant sur l'herbe qu'on la fera pousser plus vite… Les temps d'échanges, parfois interminables, les réunions d'ajustement, les soirées à s'écouter et les week-ends dans le faire permettent de dégager une ou des visions partagées. Ce temps-là n'a pas d'âge, il n'est jamais perdu, il économise plutôt des mois de frictions ou d'errements. Tout cela s'apprend, se teste, se rate, s'ajuste et se refait ! Et puis, souvenez-vous, on se balade tous dans une souricière, donc rien n'est grave !

Gare au burn-out « militemps » !

On le sait, l'action est un bon anxiolytique et nous vivons tous des injonctions à faire, ces temps-ci. Mais l'action à tout va est aussi chronophage que n'importe quelle autre activité. Dans le bénévolat, on donne de son temps (un Français sur trois est engagé dans une association), et pas n'importe lequel, celui qui ne se marchande pas au taux horaire, le temps des loisirs, le temps du plaisir, de la contemplation… En moyenne, un bénévole consacre deux heures et demie par semaine à une association ou à un collectif. Une heure par mois ou six heures par semaine, le temps donné est très variable selon les bonnes volontés ou l'actualité du collectif. Hors de question, en plus, de se faire engueuler, de sadiser les autres, de ronchonner parce que « ça ne va pas assez vite »… Quoi qu'il en soit, l'engagement est une énorme charge temporelle que l'on sous-estime à tous les coups. D'abord les réunions, puis leur ordre du jour, pas toujours suivi ou qui déborde un peu, ensuite le compte rendu à rédiger ou la décision à prendre, qui requiert parfois un temps monstrueux eu égard à l'enjeu ! Toujours aussi, garder un œil sur Telegram ou Signal, car les échanges ne s'arrêtent jamais. Ben oui, entre le groupe pour les voitures partagées, celui où l'on trouve un coloc dans « les nids de Joigny », celui pour le prêt ou le don d'outils, celui pour la collégiale, celui pour le comité de pilotage, celui, plus général, pour l'écosystème, celui pour la coordination, celui pour les projections et le dernier-né, consacré à la prochaine disco-soupe, le gruyère dans le cerveau guette. Car l'ardeur que l'on met dans l'engagement est déçue à 400 % dès lors qu'on a des objectifs inatteignables, des projets type usine à gaz, des interlocuteurs politiques contre nous, une mauvaise ambiance, des to-do listes longues comme le bras, de l'impatience et des attentes qui dépassent le fait de simplement faire. Un collectif phagocyte énormément d'énergie. Comme dans une maison, il y a toujours quelque chose à faire dans un lieu partagé : les repas, le bricolage, le ménage, les réunions, le pain, les courses, le découpage des chantiers participatifs, la logistique, la com', l'accueil, l'animation du réseau social, la bamboche… Chaque individu a une capacité d'engagement limitée. Savoir poser des limites, évaluer le temps consacré à telle ou telle tâche et anticiper si cela entre ou pas dans l'agenda entre vie personnelle, vie professionnelle et vie contemplative est un sacré défi. Une journée compte vingt-quatre heures, dont huit consacrées aux rêves. « Il est important de faire un pas de côté et de prendre un TPMG », m'explique Fanny, une géographe de la Bascule, épuisée après quatre jours de logistique festivalière ininterrompue. Elle était là, affalée sur la pelouse, à se faire papouiller en quadrille. Cette semaine qui s'ouvrait serait celle du repos bien mérité. Le TPMG est tout simplement un « temps pour ma gueule » : lire seul dans sa chambre, filer courir en forêt, débrancher son téléphone, stopper toute sociabilité, disparaître de la surface de la terre... Collectif ou pas, projet d'envergure ou pas, avec le temps, il n'y a ni réciprocité ni aller-retour ; sa flèche est un aller simple vers plus vieux et plus tard. Mieux vaut alors ne pas gâcher son temps.

L'enfer, c'est les autres

Dans la bifurc' à plusieurs plane une épée de Damoclès, à la fois invisible et omniprésente, une sorte de mammouth sous caillou, une épreuve fatale, au sens d'inévitable, mais dont on se passerait pourtant bien : le PFH, ou putain de facteur humain. Un collectif (association, écolieu, habitat partagé...) est une alchimie impossible à mettre en recette dans un grimoire. C'est bien normal, chacun est un univers entier, voire infini, avec ses galaxies de pensées, ses lois de l'attraction, sa quantique personnelle, son histoire, ses satellites culturels, référentiels, ses trous noirs, ses nébuleuses et son propre big bang. Débarquer dans un collectif, c'est trimballer son grand tout avec soi, et bien malins les petits Einstein qui pensent percer les lois de la relativité humaine en deux temps, trois mouvements. Ce qui est sûr, c'est que tous les collectifs doivent faire face au fameux PFH, de petite ou de grande intensité. Les trous noirs font le sel d'un univers en constant apprentissage de lui-même.

En créant Renaissance Joigny, je ne pensais pas souffrir autant. À sa naissance, nous étions pleins d'allant autour du berceau avec notre petite baguette « maillage du territoire » ! Nous allions fabriquer notre petite transition et elle emporterait les suffrages, cela allait de soi ! Ce que je ne savais pas moi-même à l'époque, c'est qu'inconsciemment je réunissais une armée de petits soldats, que j'imaginais toutes et tous connectés à mon cerveau sans qu'il soit besoin de formuler quoi que ce soit de mes désirs, de mes connaissances, de mes envies et tout simplement de la raison d'être dudit projet ! Or, dès le premier jour, j'étais face à des personnes, des personnalités, que dis-je, des univers entiers. J'aurais dû me méfier quand nous avons passé deux heures sur la pertinence du mot « effondrement » dans la raison d'être de l'asso… Surtout, je n'imaginais pas à quel point je n'étais pas prête à travailler avec l'altérité. Je ne soupçonnais pas qu'il allait falloir composer avec des façons de faire et un rapport au monde différent, une lenteur, de l'illogisme parfois. Je me souviens d'un projet qui, a priori, emportait l'adhésion : la création d'une ceinture et mosaïque verte (CMV), soit le rachat de parcelles et de vergers abandonnés autour de la ville, puis la création d'une charte d'adhésion pour harmoniser nos pratiques (zéro phyto, en somme). Rien de bien compliqué, du modeste plaisant. Après moult péripéties, la disparité des façons de faire et d'agir a atomisé le groupe. Pas d'écoute profonde, des silences aptes à vexer même le plus zen de tous les moines bouddhistes zen, des points d'achoppement sur le vocabulaire employé, des inimitiés non déclarées, des psychés neuro-atypiques, des pathologies non définies… Tout cela a eu raison d'une certaine paix. « Nous sommes dans des réalités différentes qui ne sont pas des touts », m'assène l'un des protagonistes comme on donne des cours de savoir-être. En période calme, les choses humaines sont déjà compliquées, qu'en sera-t-il quand les choses deviendront critiques ? Mystère… En tout cas, la fatigue inhérente aux affaires humaines d'une association (communication, gestion des vexations, lecture de mails péremptoires longs comme le bras, ultimatums, rabibochages…) est réelle, et elle peut facilement avoir raison des meilleures volontés. Je ne me permettrais pas d'intervenir en prof ès assos heureuses, car j'ai été parfois très malheureuse dans la mienne. J'ai passé des nuits blanches à retourner des phrases dans ma tête en utilisant toute la grammaire que la communication non violente m'avait apportée. J'ai entamé des mails longs comme le bras que je n'ai jamais envoyés. J'ai cauchemardé les torsions, vu les solutions en rêve, pensé à déguerpir au point d'embarquer sur un voilier direction la Polynésie. Bref, cette asso m'a coûté des kilowattheures de sérénité. Elle m'en aurait peut-être fourni si nous étions partis nous former collectivement très tôt à de nouveaux modes décisionnels (gouvernance partagée) ou si nous avions pratiqué une forme d'hygiène émotionnelle commune (communication non violente). Dès lors, le plomb qu'on avait dans nos Veja se serait transformé en « précieux facteur humain » ! Quoi qu'il en soit, on a tôt fait d'accuser l'autre d'avoir mal rangé ses dossiers psychologiques, surtout quand le conflit des intentions et des valeurs creuse une béance indépassable. De toute façon, un jour, il faut se résigner (ou pas !) et composer avec les autres, avec ce qu'ils sont et avec la réalité de chacun. Il y a autant de visions que de personnes, et cela pose d'innombrables questions :

excuse-t-on mieux ceux que l'on aime ? Que faire quand le lien se délite ? N'avons-nous pas surévalué nos affects ? Voici (encore) une vraie question à creuser : dois-je forcément œuvrer avec des gens que j'aime ?

L'enfer, c'est les autres… en soi !

Vous n'en réchapperez pas : le collectif, c'est la teuf de l'introspection ! Qu'est-ce que je peux amener à un groupe ? Que peut-il m'apporter ? Quelle est ma capacité à me jauger ? sont des questions incontournables. Une association ou un collectif, c'est un agrégat d'individus tous dotés d'un ego plus ou moins fort, d'un investissement spécifique, d'une intention connue d'eux seuls. On a beau tenter l'intelligence collective, la répartition des tâches selon des cercles ou groupes de travail, rien ne garantit que la confiance accordée a eu raison de l'être, car les voies de l'autre, ses ressorts, son mode de fonctionnement, sa résistance au stress, entre autres, sont impénétrables. Bien que je sois au moins trois à l'intérieur, je vis, je travaille et je pense seule. Jamais je n'ai été formée à la coopération, sauf lors d'une course de relais. Dans les salles de rédaction, je propose des sujets que je mène en solo : quand, comment, avec qui, où, etc., sont des questions auxquelles je réponds, plutôt vite, en ne consultant que *me, myself and I.* Pour un film, toute une équipe, du chef op' au monteur en passant par le producteur, se met au service du projet, donc, ici, de mon désir en quelque sorte. En gros, c'est moi la patronne. On peut bien me recadrer, m'aider, m'envoyer balader, à la fin on m'écoute toujours un peu. Dans une association, la mélodie n'est pas la même, à moins de s'autoproclamer Benita Mussolini ! Les nombreux clashs, échecs et autres engueulades permettent de grandir et d'apprendre sur soi-même, dit-on. Même si dix années de psychanalyse ont pas mal déblayé le terrain, voici en conclusion les ressorts intimes qui m'ont été confirmés par la vie associative.

1. Je suis d'une impatience crasse (nous n'avons plus le temps d'ergoter, bordel !).
2. Je pense que tout le monde pense comme moi (encore heureux que non !).
3. J'ai une trouille féroce, antédiluvienne, de ne pas être comprise (sois plus claire, banane !).
4. Je pense souvent avoir raison (en vrai, j'ai *parfois* tort).
5. Mon cerveau déroule des séquences à une vitesse folle (mes to-do listes sont prêtes).
6. Je vois la finalité d'un projet (comment ça, tout le monde ne voit pas la même chose ? !).
7. Je déteste les réunions où l'on se répète (tellement de livres à lire…).
8. Je ressens beaucoup de désamour en cas de désaccord (typique du tyran).
9. Je n'aime pas toujours les autres (typique du tyran, bis).
10. Je suis exigeante envers les autres, parce que je le suis envers moi-même (typique du tyran, ter).
11. Je vois majoritairement ce qui va mal (déformation professionnelle et masochisme assumé).
    Corollaire : j'ai du mal à me contenter de ce que l'on a (on peut toujours faire mieux…).
12. Je manque de diplomatie, de douceur (si les humains étaient des chatons, je serais vraiment plus sympa).
    Corollaire : je descends en flèche ce qui ne me va pas (zéro empathie, typique du serial killer).
    Corollaire : j'utilise l'humour comme arme de destruction massive (zéro empathie, typique du serial killer, bis !).

13. Je me fais penser à ma mère, à mon père, aux deux à la fois (peut-on me rembourser mon analyse ? !).

Regarder à l'intérieur de soi est aussi destructeur que de la terre de diatomée pour une punaise de lit. Oui, je suis détestable ! Mais comme chaque défaut a sa qualité, paraît-il, je me console avec le portrait négatif que je viens de dresser : je suis rapide, je sais reconnaître mes torts, m'excuser parfois, j'aime relier personnes et projets, je vois grand, je suis généreuse et j'offre volontiers informations, contacts et temps. Pour être plus claire, Benita Mussolini partage sa vie avec Huggy les Bons Tuyaux !

S'équiper de deux ou trois outils

Il existe une kyrielle d'outils magiques pour mettre sa gouvernance en musique ou créer de l'intelligence collective. Elles permettent de décider à plusieurs, de déplier une vision, une raison d'être, d'agir étape par étape, de communiquer avec les autres sans trop de frottements, sans violence, dans une écoute respectueuse. Ces techniques méritent à elles seules un livre, et ça tombe bien parce qu'il en existe des kilotonnes. De même, Internet regorge de fiches téléchargeables, de sites, de vidéos, de forums où l'on peut se former, pratiquer dans tous les cercles de sa vie, avec ses enfants, ses amis, ses amoureux ou ses collègues de travail. Sauf que, voilà, on peut avoir de beaux outils et s'en servir comme des manches, car au bout de ces pratiques il y a soi, individu unique à parcours unique, perclus de failles et dopé par ses forces. « Si l'on a besoin de reconnaissance, s'il y a des crispations [...], même avec les meilleurs outils du monde, le blocage sera inévitable. Il y a donc tout intérêt à travailler sur nos postures, c'est-à-dire nos façons de réagir ou d'agir… La coopération ne fonctionne que si les personnes sont prêtes à faire un travail sur elles-mêmes, me confie Cassandre Bachellier, cofondatrice de l'école itinérante Fertîles. Il n'existe pas d'outil magique si l'on ne sait pas gérer sa posture. » Qu'entend-on par « posture » ? Pour faire simple, deux postures vivent en symbiose : la posture basse est une posture d'humilité, très « apprenante », peu jugeante, ouverte, tandis que la haute, dans les grandes lignes, définit ceux qui exercent le pouvoir, donnent des ordres, cherchent à persuader. Certains iront se faire analyser une petite dizaine d'années pour mieux apprivoiser leurs ressorts intimes, d'autres préféreront une formation sur les postures apprenantes. Les deux invitent à décortiquer nos modes de fonctionnement, un peu comme si l'on tournait un périscope vers soi pour explorer ses couches les plus intimes. Dans ce type de stage, les personnes sont prêtes à se confronter à leurs postures-réflexes et à se rencontrer.

La communication non violente

Avant, pendant et après une bifurcation, de nouveaux besoins émergent, comme se connaître mieux et savoir fonctionner en réseau. Il ne s'agit pas que de développement personnel (ça m'emmerde, a priori, je vois cela comme le réductionnisme de ma capacité à lutter), mais plutôt d'apprendre à utiliser de nouveaux outils pour agrandir notre périmètre d'action. À l'automne 2020, j'ai découvert par hasard la communication non violente, ou CNV, un petit bijou transformateur qui relève de l'hygiène citoyenne. Cette méthodologie est assimilable à une langue étrangère dont l'objet serait de communiquer sans violence (et non pas sans colère). J'ai eu la chance, et les moyens, de participer à un stage chez Thomas d'Ansembourg, le pape francophone de cet outil venu des États-Unis, et plus particulièrement de Marshall Rosenberg[13]. Durant six jours, le stagiaire est plongé en immersion dans le château d'Assenois (Belgique), un lieu somptueux doté d'un parc très romantique et d'une forêt protectrice. Il dort, dîne et pratique toute la journée la grammaire de cette nouvelle langue. Pour faire très court, celle-ci repose sur quatre fondamentaux : ORBS, O pour observation ou objectivation, R pour ressenti, B pour besoin et S pour stratégie. Cela demande une discipline d'enfer, c'est-à-dire qu'on va se sonder régulièrement et apprendre à mettre des mots sur des émotions. De même, cela implique une écoute active vis-à-vis de l'autre, sans projections ni jugement. Une fois que l'on a objectivé les faits, il s'agit d'aller explorer quels ressentis, positifs ou négatifs, émergent. Exalté, enthousiaste, paisible, plein d'ennui, dérangé, gêné, épouvanté, soulagé, sûr de moi, épaté, fluide, impatient, etc., des dizaines d'adjectifs permettent de les exprimer au mieux. Un ressenti positif exprime un besoin nourri : besoin d'écoute, de reconnaissance, d'empathie... A contrario, un ressenti négatif correspond à un besoin non nourri... Enfin, la stratégie permet de plancher sur la meilleure façon de maintenir le bien-être du besoin nourri, ou a contrario d'échafauder un plan pour nourrir le besoin qui ne l'est pas. Ces quatre piliers constituent le fondement de la CNV et sont directement reliés à l'empathie, à l'écoute profonde et à l'empathie pour soi-même. Prenons un exemple à deux balles : « Nous avions rendez-vous à 18 heures et il est 18 h 15, tu arrives avec quinze minutes de retard. » Point de jugement, ni de reproches, l'objectivation des faits permet

13. Auteur du best-seller *Les mots sont des fenêtres (ou bien ce sont des murs)*, paru aux éditions La Découverte et vendu à plus d'un million d'exemplaires.

de savoir à quoi s'en tenir, de poser le constat. Ensuite seulement vient le moment du ressenti : qu'est-ce que ce retard me fait ? Au choix, « Je me sens mal à l'aise (ou déconsidérée, ou furieuse…) ou, a contrario, « Je suis ravie (ou détendue, ou prête, ou disponible) »… Toute la palette des émotions peut y passer. Avec le besoin, nous allons connecter notre ressenti à quelque chose de plus profond : « Si je me sens déconsidérée, c'est que mon besoin d'être prise au sérieux n'est pas rempli » ou, a contrario « Si je suis ravie, c'est que je devais finir quelque chose, ton retard m'arrange. » Vient enfin le temps de la stratégie : « Que faire pour que tu nous prennes, moi et la réunion, au sérieux ? Peut-être changer l'horaire afin que tu sois plus disponible ? Prévenir de ton retard s'il est incompressible ? » ou, a contrario, « Si nous avons besoin d'un quart d'heure supplémentaire, peut-être devrions-nous décaler cet horaire ? » Bref, vous avez saisi l'idée : au lieu de s'engueuler, les protagonistes avancent pas à pas, méthodiquement, vers une meilleure qualité d'échange. Nous sommes d'accord : le quart d'heure de retard est le niveau zéro du conflit.

La CNV permet surtout de découvrir la notion d'écoute active. « La plupart des écueils collectifs proviennent d'un manque d'écoute, d'une écoute profonde et entière », m'assure Cassandre, inconditionnelle de cette pratique. Le plus souvent, nous n'écoutons pas, nous réagissons : réactions mentales, émotionnelles, physiques… Pourtant, c'est dans l'écoute active que réside une forme de bifurcation. Quand un ami confie son désarroi, on adore se mettre à sa place, lui conseiller ce qui nous vient en tête… Quand un copain fait part de son malaise, nous voulons le rassurer, le couper, remettre les pendules à l'heure. Mais l'écoute-t-on vraiment ? Savoir écouter s'apprend, et cela s'apprend longtemps ! Thomas d'Ansembourg ne compte plus les anecdotes où chacun s'ignore dans un groupe, ou les parents n'écoutent pas leur adolescent. « Écouter, c'est laisser l'autre arriver au bout de sa phrase, reformuler sans projeter, refléter ce que l'autre ressent. L'écouter, c'est lui montrer qu'on reconnaît que cet être humain est là et qu'il a le droit d'exister et de penser ou ressentir ce qu'il pense ou ressent. Ce n'est pas être d'accord avec lui, mais cela pose un cadre auquel il aura du mal à échapper car, si vous l'écoutez, ô miracle, vous verrez, il fera de même pour vous, c'est un échange. Dans un dialogue, 80 % du temps d'échange sont des affirmations de ce que je veux… pour à peine 20 % d'écoute de l'autre. Ce qui est à l'origine de beaucoup de "mal-entendus", puisqu'il y a beaucoup de mal écoutés… ! » Inverser cette proportion débouche sur une communication heureuse, féconde et fluide. « Quand l'autre se sent bien compris, il va m'écouter et maintenir ce climat. C'est donc de bonne écologie et de bonne économie que de consacrer du temps à l'écoute. » La plupart des gens pensent qu'ils n'ont pas le temps d'écouter, d'écouter vraiment, un peu comme dans les familles. « Le temps consacré à bien écouter fait que le résultat s'ajuste. Il y a des solutions gagnant-gagnant à s'écouter et non plus une relation soumission-domination ou agression-démission. » Eh oui, on gagne un temps fou à s'éviter des engueulades !

En réalité, l'apprentissage de la grammaire non violente va plus loin dès lors qu'elle sert à développer ce que Thomas d'Ansembourg appelle « l'intériorité citoyenne ». La citoyenneté, tout le monde voit ce que c'est : notre appartenance responsable aux groupes dont nous faisons partie, du plus petit (couple, famille, quartier, village…) au plus grand (l'humanité, le monde vivant, la planète…). L'intériorité, même les plus cartésiens la fréquentent : c'est cet espace de ressourcement que l'on peut ouvrir et nourrir tout au long d'une vie, d'abord en apprenant à regarder autrement, car ce que l'on connaît n'est qu'un aspect de la réalité, ensuite en remettant automatismes et systèmes de pensée en question, car ils peuvent devenir des "enfer-mements", et pour finir en puisant dans cette ressource dont parlent toutes les philosophies et traditions, qu'on l'appelle inspiration, élan de vie, souffle, grâce, esprit… Au final, en combinant les deux, surgit un être capable de se connaître et de s'ancrer dans ses valeurs profondes, mais aussi apte à s'appuyer sur l'inspiration et la créativité, la bienveillance et la capacité d'empathie, la recherche de sens et le goût de la responsabilité au service de la vie commune.

Le stage de communication non violente est transformateur en cela que vous repartez avec un outil supplémentaire pour interagir avec les autres. Formateur dans l'école Fertîles, Matthieu a ressenti une puissante transformation intérieure qui lui permet de porter le costume du changement qu'il veut voir advenir. Dans la plupart des projets collectifs, beaucoup de choses échappent à notre contrôle ; Matthieu, lui, reprend le pouvoir sur d'autres niveaux d'action. « Si je ressens le besoin de davantage de joie, je peux choisir de sourire en premier, de mettre de la musique, d'ambiancer un groupe. Avec la CNV, j'explore mon pouvoir d'agir et je l'exerce pleinement avant de critiquer ceux qui ne l'exerceraient pas. Si je veux que ça se massifie, je n'ai rien d'autre à faire que de travailler ma posture pour en inspirer d'autres. C'est d'utilité publique pour n'importe quel militant que de muscler son intériorité citoyenne. » Little Bouddha, sors de ce corps ! Adil, acteur et danseur, a vécu une année 2020 très douloureuse. « Je me définissais beaucoup à partir de mes projets. Or, pendant cette pandémie, ils ont tous été mis à l'arrêt, je ne pouvais plus faire la promotion de moi-même. Je n'avais plus de plaisir à être là. » Avec le stage d'approfondissement, Adil assure être « descendu au plus profond » de lui, au point d'y débusquer des ressorts basés sur un manque d'estime de soi. « En les détricotant, j'ai découvert que mon premier élan est d'accepter des projets sans être en retour sur moi-même : as-tu un bon feeling ? Vas-tu te faire plaisir ? Le projet t'intéresse-t-il ? » Avec la CNV appliquée à lui-même, le comédien affirme être plus réflexif, plus patient, plus mesuré dans ses prises de décision. Il a pu refuser des projets dans lesquels il aurait été maltraité par le metteur en scène ou le réalisateur. La douceur est devenue sa boussole. « Et j'attire beaucoup plus de projets ou de personnes en lien avec ce nouveau moi. » Parmi mes autres copains de promo figure Clément, qui a milité au sein de la Fresque du Climat et qui s'est mobilisé pour la primaire populaire. Lors d'un débat où il s'est senti agressé, il a exprimé ses blessures. « Comme j'étais plus apaisé, j'ai emporté le morceau. Ma conviction est qu'il est fondamental de trouver un lien de sincérité avec l'autre, y compris dans un débat politique. » Cette écoute empathique lui a permis de « faire face à la violence sous-jacente » ; il en est persuadé, c'est un « outil politique ». Avant que nos élus ne s'en emparent, à nous d'injecter un peu d'écoute sans jugement, pour des prises de décision plus fluides et des désaccords surmontables. On abîmerait un peu moins nos liens avec les autres. Après la douceur du château d'Assenois, où tout le monde pratique cette langue avec son corpus grammatical, son vocabulaire, ses idiomes, le retour à la vie quotidienne fut… déphasé. Comme si on revenait du pays des sourds avec trois paires d'oreilles. À noter : la CNV, c'est comme le javanais, les apprentissages s'estompent rapidement si la langue n'est pas pratiquée…

Aimer inconditionnellement, sans attentes injustifiées, le naturiste de la bande ou le fêtard, le gonflé qui ne lave pas sa vaisselle (y compris psychique...), l'amateur de steaks ou la gourgandine allumée, aimer et progresser ensemble alors qu'on ne se connaissait pas il y a deux ou trois mois, voilà bien le défi. Aimer et apprécier les défauts de l'autre sans vouloir le faire entrer dans sa propre représentation du collectif idéal, voilà un noble objectif. Même pour les groupes déjà soudés par un passé commun, la vie ou l'action à plusieurs place l'individu en équilibre instable. Et que fait l'individu en équilibre instable ? Il cherche à se raccrocher aux branches de ses vieux réflexes. Nombre de collectifs insistent sur le fait de prendre soin du « précieux » facteur humain. Cela passe par des « points presse » réguliers où se mêlent météo intérieure[14] et écoute active, un peu comme si l'hygiène émotionnelle était aussi importante que l'hygiène tout court. Cela peut prendre la forme d'une prise de hauteur, de moments réflexifs : après un échange houleux, qu'est-ce qui a fonctionné pour moi ? Qu'est-ce qui, au contraire, a bloqué, créé une tension ? Cassandre préconise d'employer le triple C : continuer, cesser, créer. Dans une équipe, prendre le temps de revenir sur les événements, qu'il s'agisse d'une simple réunion ou de la gestion d'un projet, passer au crible ce qui a marché, ce qui doit s'arrêter et ce qu'on pourrait inventer pour cocréer est un formidable carburant. Cela booste et entretient la motivation,

14. Certains esprits peuvent avoir du mal lors de la « météo intérieure », un petit scan émotionnel censé signaler dans quel état d'esprit chacun se trouve, embrumé ou lumineux, orageux ou au calme plat... « Cela permet de déposer ce qui nous empêche d'être totalement présents à cette fameuse réunion, m'explique calmement Jérôme. Tu le déposes et hop, comme par magie, tu en es libérée. »

car rien n'est acquis. Jamais. L'écovillage de Pourgues, pionnier dans le genre, a développé un cadre pour exposer son vécu et, surtout, écouter celui de l'autre. « Les cercles restauratifs (à la demande), le forum Zegg[15] (chaque semaine) et des séminaires internes « Tissage de lien » (deux fois par an) en particulier nous ont permis d'avancer en ce sens. L'écoute empathique (à deux, trois, quatre ou beaucoup plus), les chapeaux de Bono[16] et de simples discussions ou groupes de travail aussi sont souvent un espace pour s'entendre », témoigne Elfi sur le blog du village[17]. Un vrai temps plein ! « Oui, c'est un pari à long terme, qui demande de la foi, de la patience, des ajustements. Mais ce pari passe par revaloriser la matière humaine brute, relever ses manches et y mettre tout notre cœur sans attente, avec la conscience de notre maladresse, de notre imperfection. Gagner en humilité, et agir quand même », écrit-elle. Peut-être que la formule « sans attente » est la plus difficile à digérer, car comment être sans attentes quand on a engagé ses économies et cartographié un monde idéal dans sa tête ? À Pourgues, un cadre sécurisant fait office de colonne vertébrale pour aborder ensuite le putain de facteur humain dans toute sa complexité. « Placer la liberté individuelle comme socle commun permet de ne pas mettre de pression aux autres

15. Du nom de l'écovillage allemand Zegg (pour *Zentrum für Experimentelle Gesellschaftsgestaltung*), le forum renforce la cohésion du groupe en offrant des espaces de transparence émotionnelle qui créent la confiance et contribuent à la prévention des conflits. Le forum propose aux participants de s'asseoir en cercle. Dans un cadre de confiance et de sécurité, les individus peuvent alors explorer des thématiques personnelles et recevoir des feed-back de la part des autres participants. Pour cela, chacun peut se placer au milieu du cercle et se faire accompagner dans sa prise de parole par le facilitateur.

16. Voir en annexe, page 235.

17. https://www.villagedepourgues.coop/blog?author=5b916c733eb1eae5c48bae4b

quant à leur cheminement personnel, et renvoie constamment à l'autoresponsabilisation. » Noble comme tout !

Au boulot, et même en famille, on ne choisit pas les individus avec lesquels nous allons agir et interagir. Dans un projet écolo, *a fortiori* bénévole et chronophage, le rêve serait de trier sur le volet avec qui imaginer mille et un événements, actions, ateliers, moments, chantiers, rendez-vous. C'est rarement possible. Ne reste qu'une issue : apprendre à connaître l'autre. Anodins, ces trois petits mots représentent en réalité un Everest, car il s'agit de se connecter à l'humanité de l'autre, à son cheminement, à son être tout entier, qui ne vaut ni plus ni moins que soi. Si nous sommes ensemble sur ce chemin-là, il doit bien y avoir une raison. Si des parcours convergent jusqu'à cette table de réunion ou ce sublime domaine de 9 hectares, il doit y avoir des ressorts communs. « Nos diversités de modes de fonctionnement peuvent parfaitement être complémentaires », estime Cassandre, avant de me poser quelques questions dont la résonance m'habite encore. Quel est le miroir que l'inimitié nous renvoie ? Ce que je n'aime pas chez l'autre, qu'est-ce que cela dit de moi ? Ai-je du temps à consacrer à la découverte de l'autre ou bien est-il préférable (et plus efficace) d'aller sans ? Pourquoi s'emmerder pour si peu, au final ? Il se peut que l'autre, en face, soit simplement trop loin de nous. Voilà le véritable enseignement de l'affaire : nous vivons des réalités différentes. Effondrement, autonomie énergétique, accueil de réfugiés ou lutte contre la précarité, ces causes associatives méritent, comme la plupart des autres, que l'on épouse au mieux la réalité différente de l'autre. Est-ce que cela vaut la peine de s'en prendre plein la figure ? Non. Le lâcher-prise est la vaseline la plus puissante, d'autant que rien de ce que nous mettrons en place, à Joigny ou dans la Bretagne profonde, ne viendra s'intercaler entre ce qui dévisse et notre avenir. Comme dans *Don't Look Up,* ce qui compte, c'est que l'ambiance soit douce autour du banquet final ! Et on a le droit de partir, ce n'est pas un échec. C'est finalement ainsi que se résolvent les conflits : en se quittant.

L'entre-soi

C'est la ritournelle du monde de la transition : comment sortir de l'entre-soi. Comme s'ils portaient le poids de l'inclusivité sociale sur leurs frêles épaules, les transitionneurs doivent ouvrir leurs chakras, ce qui est rarement demandé aux amateurs d'échecs, aux membres du club de couture, de l'union sportive ou du conservatoire… Comme ils prétendent faire société, on attend d'eux qu'ils embrassent l'ensemble de ses composantes. « L'écologie sans luttes des classes, c'est du jardinage », clamait le syndicaliste brésilien Chico Mendes. Peut-être, mais le jardinage, c'est très agréable, ne l'oublions pas ! Plus sérieusement, comment s'ouvrir aux classes populaires, comment intéresser les populations bien larguées, tant culturellement que socialement ou économiquement ? Il n'existe aucune réponse définitive, mais une multitude d'expérimentations, parfois foireuses avouons-le. D'ailleurs, fait étrange, on cherche toujours à acculturer les classes populaires à l'écologie et on ne se tourne jamais vers ceux qui détiennent tout de même l'essentiel du capital financier, culturel et social.

Un samedi sur le marché de Joigny, j'ai passé l'une des pires matinées de ma vie associative. Dès 9 heures, par temps bruineux, nous étions trois à faire le planton au nom de nos collectifs. Le thermos fumant sur une table dépliée, nous hélions le chaland pour lui parler de nos actions et l'inviter, ô doux rêve, à grossir les rangs de nos assos. Entre ceux qui nous tançaient, ceux qui affirmaient haut et fort que « l'écologie, c'est bon pour les bobos », et les indifférents, j'ai collapsé… Mes vingt ans de journalisme écolo en ont pris un coup. Je l'avoue, j'ai fui deux heures plus tard, dépitée, que dis-je, absolument triste. J'ai le cuir peu tanné… En théorie, je sais bien que la majorité de la population s'en cogne, des questions écologiques, ou du moins de l'étendue du problème, mais je ne veux juste pas m'y confronter en pratique. C'est un peu comme si j'évitais de voir que mon travail ne servait strictement à rien depuis vingt ans. Cela dit, j'ai compris plusieurs choses ce matin-là, dont la principale : ma place n'est pas sur un marché ! Enfin, si, mais du côté de la déambulation gourmande, plutôt.

Une association séduit par sa raison d'être et par son objet. Elle attire un public captif, a priori. D'une association à l'autre, nous manquons de culture commune. C'est ce que j'ai compris lorsque Françoise, soixante années au compteur, a débarqué pour une animation de la fresque de la renaissance écologique. Plutôt volontaire, cette Jovinienne de souche s'est retrouvée démunie devant le principe même de la fresque, c'est-à-dire un imagier de vingt-quatre chantiers qui représente à merveille une ville de taille humaine avec ses cultures, ses commerçants, ses services publics, son école, son marché et même ses migrants ! Pour s'approprier l'imagier, il est proposé aux participants de plonger dedans, avec si possible des feutres de couleur. « Je n'ai pas compris les codes, je ne voyais pas le sens de la chose », m'assure-t-elle lors d'un débrief inquiet. Elle a filé sans demander son reste, en m'assurant n'avoir pas compris grand-chose. « Et puis, j'étais la plus vieille, aussi… » Il est vrai que, dans l'expression « Jovinien de souche », il y a souche ! À l'inverse, lorsque j'ai assisté à l'assemblée générale de l'Université pour tous du Jovinien, dont Françoise est la secrétaire, la Laure curieuse d'apprendre précédait celle, dépitée, qui découvrait une ribambelle de cheveux argentés et un programme très « descendant », érudit, peu empirique. Ici aussi, l'entre-soi dominait, sauf lors des cours de mycologie, géniaux, en plein air, et qui finissent souvent en veloutés et en risottos.

L'entre-soi revient régulièrement dans les cercles associatifs, car tout militant qui se respecte cherche, vaille que vaille, à construire des passerelles, à créer des outils et des événements aptes à plaire au plus grand nombre, surtout à ceux qui sont le plus éloignés de ce qu'il considère comme essentiel. Ce n'est pas si évident de faire se rencontrer des « de souche » avec des « qui s'incrustent », des « sans-dents » avec des « bac + 5 », des pragmatiques avec des sensibles. Les locaux voient débarquer une farandole de classes supérieures, des néoruraux désirant mailler un territoire mais qui ne maillent pratiquement qu'eux (et c'est bien normal), tandis que les « gens d'ici » n'ont guère envie de recevoir des leçons d'agriculture, de construction ou de faire. Quand de nouvelles personnes pointent leur gobelet aux apéros reliance de RJ, elles nous ressemblent la plupart du temps, surtout du point de vue des idées.

L'entre-soi est rassérénant. Dans son cabinet de curiosité, mon amie Sophie ne cherche pas forcément à ouvrir les portes à tout le monde. Pendant le Festiwild, festival consacré au sauvage, nous ne cherchons pas à inviter les chasseurs, bien au contraire. On s'y retrouve entre nous, ravis de pouvoir souffler en festoyant, énergisés par des discussions sans fin au vocabulaire commun. Les sujets que nous malaxons sont douloureux, je le rappelle, alors si nous pouvions de temps en temps simplement profiter de la belle énergie d'être ensemble, ce serait déjà super. Alexis Nollet, cofondateur d'Ulterïa, un écosystème doté d'une menuiserie, d'une chèvrerie, d'une école Montessori et d'une maison écocitoyenne, se fout de l'entre-soi et l'assume. « Il y aura toujours des personnes qui échapperont à nos actions et d'autres qui n'attendent qu'elles pour se mettre en marche. Alors il n'y a qu'une option : faire, avec qui veut, et c'est à peu près tout ! »

La gouvernance

Après le « putain de facteur humain », un autre éléphant bloque le couloir : la gouvernance. En effet, une fois qu'on a trouvé les bons chevaux, reste à trouver un principe de fonctionnement pour articuler idées et actions afin de galoper vers un projet bien ficelé. Cela englobe les prises de décision au sein des collectifs et des organisations, la question du pouvoir et de sa juste distribution, les effets induits par les différents modes de gouvernance… Déjà en 1990, la future Prix Nobel d'économie spécialiste des communs, Elinor Ostrom, expliquait que « la gestion commune de projet implique une dynamique d'action collective et l'accord sur un certain nombre de principes communs de fonctionnement émanant de ce collectif ». Nous rêvons tous de structures horizontales avec des décisions prises collégialement dans l'amour de notre prochain, mais nous sommes encore enkystés dans des réflexes pyramidaux dont il est difficile de s'extraire. Qu'il s'agisse d'apprentissages rationnels ou de méthodes intuitives et émotionnelles, il existe un florilège d'outils pour se former à la prise de décision collective, à la résolution de conflits, à la bienveillance, etc., y compris et surtout envers soi-même. L'intelligence collective est un terme abstrait pour beaucoup d'entre nous, or c'est le carburant du futur relationnel en situation dégradée.

« Tout groupe humain observe instantanément une explosion d'intelligence collective quand les mécanismes qui le maintiennent effrayé et stupide sont soudainement effacés. » C'est l'auteur et essayiste des 99 % David Graeber[18] qui l'a dit ! Ce qui est sous-entendu, c'est qu'aucune transition sociale et écologique n'aura lieu sans la révision totale de nos modes de gouvernance, y compris intérieurs. Comment être « un à plusieurs » ? Comment intégrer la dimension du « nous » pour faire et savoir faire ensemble ? Comment tisser notre complicité ? Comment gérer nos torsions ? S'appuyer sur nos complémentarités ? Comment apprendre à fonctionner avec l'autre ? Comment tricoter nos liens comme si nous étions les petites ouvrières d'une ruche ? Comment vibrer à l'unisson ? Ces principes de fonctionnement ne se trouvent pas dans une pochette-surprise, mais à l'Université du Nous ou à la coopérative Oasis. Tout cela demande une hygiène relationnelle irréprochable qui pourrait se résumer à : ne fais pas subir à l'autre ce que tu ne voudrais pas supporter. Balèze... Il est toujours question de devenir une personne meilleure pour soi et pour le collectif. Et de revenir une fois que l'on est apaisé. Attention donc aux messageries instantanées, aux mails longs comme le bras, à la communication écrite, qui permettent rarement la prise de recul nécessaire, mais surtout qui désincarnent totalement le propos. Combien de fois avons-nous envoyé des messages sous le coup de l'agacement profond, de la colère, du désarroi...

18. David Graeber est à l'origine du slogan *We are the 99 percent*, par opposition aux 1 % les plus riches.

Zone 3 : moi, mais où donc ?

Aaaah, c'est la grande question. Où atterrir ? Pas à la façon de Bruno Latour mais, concrètement, où partir ? Il est évident que vous ne trouverez pas dans cet ouvrage la liste des coins les plus sympas où vous attendent de jolies bâtisses à retaper avec jardin modeste et vue plein sud.

Au cours de notre déambulation dans la France, j'ai été sidérée de constater qu'il ne restait plus un coin sans maillage territorial. Certes, il subsiste quelques zones rétives à la culture écologique émergente mais, dans l'ensemble, la France est constellée de lieux sympas. Si votre choix n'est pas arrêté, donnez-vous le temps de déambuler dans cette France en recomposition permanente, en Bretagne ou dans le Périgord, en ville ou dans le désert de la Nièvre, dans le Lot carbonisé ou l'Alsace asséchée. Pour filer la métaphore de la permaculture, là où nous nous implantons, l'observation reste la norme en première année. Elle permet de se confectionner une petite cartographie personnelle avec les associations amies, les événements qui comptent, les lieux qui vibrent.

Comment choisir

Les contraintes budgétaires, mais aussi les paysages, l'ambiance du lieu, les services disponibles, le goût de l'enfance, ses racines profondes, l'environnement social, la présence de transports en commun ou d'un potentiel boulot conditionnent le désir de poser ses cartons ici plutôt qu'ailleurs. Plus intuitivement, on peut choisir de s'installer ici ou là parce qu'on y connaît du monde, parce que la transition illumine le territoire tel un phare, parce qu'on a lu des articles sur des expériences démocratiques alléchantes (comme celle de Saillans, dans la Drôme, qui a envoyé une liste citoyenne à la mairie en 2014), parce qu'on a repéré les ferments d'une pensée proche de ses aspirations, c'est-à-dire un mélange d'envies de construire et un gros ras-le-bol des méfaits du capitalisme concentrés dans les métropoles (inégalités, ségrégation, consumérisme, bruit, pollution...), parce qu'on n'a simplement plus les moyens de vivre en ville (avec un salaire de journaliste, je ne pouvais louer qu'un petit 40 mètres carrés dans le dix-huitième arrondissement), parce qu'on y retrouvera papa-maman, qui garderont les rejetons, parce qu'il y a la mer, donc une ligne d'horizon, parce qu'on a identifié un filet humain qui maille joyeusement un territoire entre propositions artistiques accessibles, zones tests de maraîchage, projets citoyens, maisons à retaper, personnes et personnalités expérimentées (philosophes, activistes, écrivains, artistes, intellos, bref écosophes), associations vivaces ou même centre de méditation vipassana... Les raisons de s'enraciner là plutôt qu'ailleurs sont multiples, politiques et intimes ; en tout cas, elles ne sont plus le simple fait d'un atavisme familial ou économique. « Les gens ne s'installent pas n'importe où, même si le lieu de notre vie, souvent, est un mystère. Un jour, on se dit "c'est là", ça devient "mon" territoire, je suis là et même "de là". Ce n'est pas réfléchi, cela vient a posteriori », poétise Claire Desmares-Poirrier.

Laisser faire l'appel...

J'aime assez l'idée qu'on déménage comme on se laisserait soulever par une vague avant de surfer sur le territoire d'accueil. Vous ne déciderez pas de tout, soyez-en assuré. Peu de lieux cochent toutes les cases... Les paysages se sélectionnent quand ils nous habitent depuis l'enfance, mais ils se découvrent aussi par petites touches sous forme de voyages, de week-ends, de découvertes. Rien n'empêche de tomber amoureux d'une lande odorante sans y avoir d'attaches. Nos envies s'écartent souvent de nos possibles. Peut-être faudra-t-il renoncer au bord de mer, comme Armonia, qui vient de tomber amoureuse de la voile et du large, et qui, dans le même mouvement, achète une maison à Joigny. « Je ne veux pas repartir de zéro, reconstituer une communauté pleine d'énergie et de potentiels amis. » Dire non aux sorties hebdomadaires sur un voilier, c'est dire oui à une effervescence humaine en cours. Bref, les jeux sont ouverts et aucun dé n'est définitivement jeté, sauf à avoir la maison de feu la grand-mère à disposition. Et dans ces jeux ouverts, il y a quelque chose d'indescriptible… Je vous enquiquine pas mal avec Joigny, mais il faut que je vous raconte : j'ai appris qu'une maison pouvait nous appeler, y compris depuis une petite annonce en basse déf sur une plate-forme de location en ligne. Je ne connaissais personne dans cette région qui, à bien regarder sa topographie de grandes cultures, n'est pas du tout ma came. Moi qui viens d'Isère et de Savoie, qui aime la majesté du Vercors ou du massif de Belledonne, on peut dire que j'ai foiré mon atterrissage… comme on peut tout à fait convenir que c'est autre chose, de l'ordre de l'indicible, qui m'a déposée ici.

En 2013, j'ai pris un compas et tracé un rayon de 150 kilomètres autour de Paris pour atterrir dans cette belle endormie à l'air médiéval, à équidistance de Sens et d'Auxerre, traversée par une rivière aux reflets argentés, pas tout à fait rurale, pas tout à fait banlieusarde, pas tout à fait paumée, pas tout à fait oubliée. C'est là que je suis venue me réfugier après un ras-le-bol de Paris, de *Libération,* où j'ai passé quinze années à chroniquer quotidiennement l'effondrement écologique. C'est à Joigny que j'ai recommencé à respirer, bouffée d'air par bouffée d'air, à marcher dans la forêt ou à courir le long du chemin de halage, à scruter les chevreuils et à observer les renards, à ramasser les champignons et à glaner les pommes des vergers abandonnés. Et à dire bonjour aux inconnus dans la rue… Depuis dix ans, je ne me lasse jamais du panorama lorsque je pédale depuis la gare jusqu'à la vieille ville. Je ne trouve rien de plus beau que la traversée du pont, à toute heure et en toute saison. Les mordorés de l'automne n'ont rien à envier aux verts pétaradants du printemps, les vignes et leur cycle immuable finissent d'inscrire ce paysage dans le temps long. Cette année, comme l'année prochaine et celle d'encore après et celle de dans vingt ans, les vignes pousseront, livreront leurs grappes, jauniront, seront taillées puis vendangées puis coupées puis… traitées, puis pleines de pousses verdoyantes à nouveau.

Pour une collapsologue, vivre à Joigny fait office de thérapie, car la ville a déjà connu deux effondrements : le grand incendie de 1530 (trois jours de flammes sans que l'on sache vraiment pourquoi) et la révision générale des politiques publiques (RGPP) de Nicolas Sarkozy en 2008. Tous les médias en ont parlé, faites le test : tapez Joigny et RGPP dans un moteur de recherche, et vous pourrez compter les morts. Fermé, le Groupe géographique des armées, et donc adieu à ses 410 personnels, civils et militaires, à leurs foyers, soit 1 300 personnes (13 % de la population, tout de même) et à près de 650 000 euros de salaires mensuels injectés dans l'économie locale (près de 8 millions d'euros par an !). Bye-bye, les tribunaux (instance et commerce), où plaidaient les avocats du cru. Ciao, les 52 policiers, même pas remplacés par des gendarmes débordés. Dead end pour les services publics de proximité bien utiles, comme le service des impôts aux entreprises. Pschiiit, le plateau chirurgical et la maternité de l'hôpital. *Arrivederci,* les bureaux d'EDF et de GDF. Au total, 537 emplois publics ont été supprimés ! À cela s'ajoutent la désertification médicale et la déshérence dans le centre ancien : boutiques fermées, commerces de bouche absents (à part le revendeur de shit, en bas de la rue), domination du kebab spongieux accompagné de ses frites molles. « Toute la décennie 2000 a été meurtrière, a plaidé Nicolas Soret, alors premier adjoint, devant une commission du Sénat souhaitant documenter (un brin tardivement) l'impact de la RGPP pour les territoires. Les conséquences sont évidentes : service dégradé, agents démoralisés et surchargés, usagers mécontents, citoyens incrédules, amers, voire violents. Il y a une rupture d'égalité dans l'accès aux services publics. » C'est probablement ce spectre effondriste qui a provoqué la réaction de ma mère en 2013 à l'annonce de mon installation. En larmes, elle se demandait bien ce que je venais « foutre dans un bled pareil ». Pour elle, quitter Paris pour la diagonale du vide était un aveu d'échec, la fin de l'ascension sociale, une démission de l'univers du travail, une mise au ban que je m'auto-infligeais. En réalité, je venais de fouler une terre promise avec silence, espace, nature et simplicité. Plus que tout, je mettais mon cerveau au repos et lui permettais de dégonfler. Joigny, ses dix mille habitants et ses 4 667 hectares d'emprise constituent une ville à taille humaine, de celles que l'on traverse à pied dans l'heure en passant du centre ancien au « quartier prioritaire de la ville », autrement appelé La Madeleine, tout en arpentant les vignobles de la Côte Saint-Jacques, le quai d'Épizy, la promenade du Mail ou le centre commercial et les étangs derrière le camping. Joigny s'étale sur environ 47 kilomètres carrés, voilà un terrain de jeu que mon cerveau peut se représenter.

Pour les candidats à l'exode métropolitain, cette capacité à spatialiser les personnes et les lieux, la sensation de respiration, y compris dans le cœur des villes, d'espace, de lenteur, de silence et même de courtoisie automobile est fort agréable. Qui ne plébisciterait pas les villes où les enfants circulent à vélo et à rollers toute la journée, où les inconnus nous saluent, où les constructions verticales et minérales ne nous écrasent pas, où la pollution (automobile, sonore, visuelle...) s'en tient à l'acceptable, où les arbres ont leur place, où une rivière nous rappelle l'immuable ? Les loyers ne sont pas trop élevés, tout comme le prix au mètre carré. Le train raccorde ceux qui en ont besoin à Paris en une heure et quinze minutes. On en compte dix par jour, c'est notre cordon ombilical, à la fois nourrissant et protecteur. Pour Dijon, il faut compter une heure quarante. Le marché hebdomadaire regorge de producteurs sympas, pas tous locaux et bio, loin de là. Certains filent se fournir à Rungis, d'autres traversent la France pour rapatrier des huîtres d'Oléron ou de la charcuterie italienne bon marché. Tout de même : trois boucheries chevalines se disputent une clientèle fidèle au steak d'étalon. Les voitures n'envahissent pas le centre-ville, et d'ailleurs elles freinent toutes devant les passages piétons. Il y a des écoles, un collège et un (grand) lycée publics, mais aussi des écoles, un collège et un (petit) lycée privés. L'hôpital n'a pas de plateau chirurgical, le centre médical est plein comme un œuf. La pollution est une vue de l'esprit, sauf quand les agriculteurs du coin traitent leurs vignes et leurs champs de colza. Après dix minutes de marche, nous voilà dans la forêt d'Othe, régénératrice en diable. Malheureusement, ses parcelles de mono-essences, en l'occurrence de l'épicéa, sont ratiboisées à cause d'un insecte minuscule qui a l'art de se reproduire si vite – merci le réchauffement ! – qu'il bouffe tout le cambium de l'arbre. On compte des commerçants, des artisans, des agriculteurs, des Gilets jaunes, des écolos, des notables de droite, de gauche, du centre et d'on ne sait plus où, des personnes très cultivées et des adorateurs de la France éternelle. Le père Matthieu est une star sur TikTok et un don du ciel pour ses ouailles. Il y a bien une certaine misère sociale, des chômeurs, des « sans-dents », selon la dénomination de François Hollande, des cas de saturnisme, des marchands de sommeil, des dealers de mauvais shit, mais il y a aussi le restaurant deux étoiles (quand il n'en a pas trois), avec sa clientèle bon teint. Il y a beaucoup de personnes qui n'ouvrent jamais un journal ou un livre, et à côté de ça une librairie qui cartonne, des espaces artistiques à gogo, un club de jazz de haut vol. Il y a des personnes qui réfléchissent et des élus qui font le job, qu'ils soient dans l'opposition ou pas. On y voit des jeunes et des moins jeunes marcher pour le climat, des gilets jaunes en boule sur les tableaux de bord des voitures diesel, des artisans qu'on s'arrache, des bohèmes qui ont oublié d'être bourgeois et des ex-Parisiens ravis de faire enfin pousser des tomates. La ville est une France miniature où se mêlent des climatosceptiques, des bouffeurs d'écolos et des chasseurs, mais aussi des militants forcenés qui ne ratent pas une manif, des écolos tout neufs qui trient bien leurs déchets, d'autres qui s'aménagent les incohérences qui leur vont et d'autres encore qui dépriment sévère dans leur atelier en se demandant comment figurer poétiquement l'effondrement. C'est une ville française comme beaucoup d'autres, traversée de certitudes et d'approximations, d'ignorances et d'abstentions, de doutes et d'aveuglement, de raccourcis et d'espoirs déçus. Ici, le RN rafle 30 % des votes, et les écolos, 12 %. Une ville-miroir de la société française et tampon de ses incuries.

« On peut ne pas être riches mais on peut être accueillants, ce n'est pas grand-chose. » C'est ainsi que Nicolas Soret, devenu maire en 2020, résume les choses. Dans son bureau, qui donne sur l'artère la plus fréquentée de la ville, il se poste souvent devant la fenêtre pour fumer sa cigarette. Chemise blanche à col mao, jean bleu, Soret le dit à qui veut l'entendre : « Je suis un maire heureux. » Hyperactif, sur tous les fronts et désormais vice-président de la région Bourgogne-Franche Comté (en charge des finances, du développement économique, de l'économie sociale et solidaire et de l'emploi), il ne chôme pas. Dernier maire de gauche dans un département de quatre cent vingt-trois communes, il tente de tenir d'une main de velours une ville où un votant sur trois le fait à droite de la droite pour les élections nationales et envoie sans trop hésiter un député RN à l'Assemblée nationale, et aussi où, comme partout ailleurs, deux personnes sur trois ne vont plus, ou pas, voter. Soret est heureux quand même, parce que sa ville déborde de « porteurs de projet » et exhale le parfum d'une renaissance. Parfois, dans certains quartiers, Joigny prend des airs de vingt-troisième arrondissement parisien. Compréhensible : en à peine le temps de lire soixante-quinze pages, vous passez des artères bouchées de la capitale au calme de la forêt d'Othe. Il est également possible de se loger pour 350 ou 500 euros par mois dans des appartements refaits à neuf, avec vue sur l'Yonne. En dix ans, l'atmosphère a bien changé. Ma mère pourrait même trouver cela agréable… Depuis mon poste d'observation, je dirais que la belle endormie s'est pris une seringue d'adrénaline en plein cœur. J'ai pas mal donné pour faire la retape du Jovinien, accueillir chez moi sans réfléchir, ouvrir les bras, la cave et surtout le carnet d'adresses pour que l'atterrissage soit le plus doux possible.

Jolie, à taille humaine, abordable, pratique, reliée aux grands axes de transport, dotée d'un minimum de services publics, la ville petite ou moyenne reste l'option la plus désirable. La ruralité n'est permise que parce que la fibre y permet l'accès à la culture, à la connaissance, à l'administration dématérialisée, et parce que la mobilité est facilitée. Les actifs ruraux restent en majorité des « pendulaires », avec des navettes quotidiennes vers l'emploi métropolitain. Sans ses trains quotidiens qui catapultent à Paris, Joigny n'aurait jamais vu débarquer autant de transitionneurs, pour qui ce cordon ombilical est précieux. La généralisation du télétravail a rebattu les cartes pour les petites villes, le semi-rural ou le rural isolé. De fait, plutôt qu'un véritable exode urbain direction la campagne, les logiques les plus probables vont à une redistribution vers les villes petites et moyennes et vers les gros bourgs ruraux les plus accessibles et connectés. Samuel Depraz, géographe et directeur de la recherche à l'École supérieure des professions immobilières, met en garde sur l'« opposition idéalisée » entre l'urbain et le rural : d'un côté, les vertus du végétal et de la simplicité supposée de relations sociales rustiques, de l'autre, une kyrielle d'externalités négatives (pollution, exiguïté, bruit…). « Le rural est-il, à ce point, la solution aux maux du moment, voire l'alternative durable aux dysfonctionnements écologiques et sociaux de notre mode de vie actuel ? Rien n'est moins sûr, tempère-t-il. Il faut à la fois reconsidérer la situation dans le temps long et interroger ce que peuvent vraiment offrir les territoires ruraux aux urbains en perte de certitudes. » D'après lui, nous sommes toujours les héritiers des romantiques du XIXe siècle, voire des philosophes des Lumières, et nous portons en nous « l'opposition idéalisée construite par ces courants de pensée occidentaux entre l'urbain et le rural, soit, en réalité, entre deux modèles de société. Les campagnes sont ainsi, encore et toujours, l'instrument naturalisé d'une critique sociale. »

Exode urbain or not exode urbain ?

Dans un ouvrage accessible[19], Claire Desmares-Poirrier décrypte un phénomène qu'on pensait imbibé de fromage de chèvre façonné dans des communautés hippies aussi libérées que paumées. Elle sait de quoi elle parle, elle qui a bifurqué il y a dix ans, méthodiquement, avec son (désormais ex) mari, Adrien. À leur installation sur un terrain d'à peine 5 hectares, ils ont fait pousser des plantes pour les plus grands noms de la gastronomie. Avec leur fille, Jeanne, ils ont vécu d'herbes aromatiques et d'eau fraîche dans le cœur d'une Bretagne mitée par l'industrie agroalimentaire. Ils ont ouvert un café-librairie, la Table de l'Amante Verte. Entre-temps, Claire a intégré la région Bretagne comme élue EELV. Bifurquante elle-même et autrice, elle est donc le fil d'Ariane parfait pour nous parler de bifurcations, et c'est au milieu de menhirs aussi alignés qu'elle et des ajoncs jaune d'œuf du pays de Redon que je l'ai rencontrée. « La différence fondamentale d'avec la vague des années 1970, c'est que ce n'est pas une option "pour voir", mais un impératif. Notre responsabilité collective est de construire une alternative, d'imaginer une autre manière de vivre. Sortir du territoire consommé qu'est la ville, c'est la définition de l'exode urbain », analyse-t-elle. Cela dit, difficile de quantifier ce mouvement tant il englobe de réalités. Environ cent mille foyers quitteraient les villes chaque année… « Pour un géographe, l'exode urbain, c'est le fait de quitter le centre urbain pour aller n'importe où

19. *Exode urbain,* Terre vivante, 2020.

ailleurs. Donc des phénomènes comme la périurbanisation (le fait que les villes grignotent leur périphérie, que les gens s'éloignent du centre parce qu'ils n'en ont plus les moyens ou parce qu'ils veulent plus de surface) entrent statistiquement dans la définition de l'exode urbain, mais cela ne décrit pas une autre réalité, plus complexe, la rurbanisation, c'est-à-dire la reconquête de territoires désertés. » La réalité immobilière est là : le volume des transactions dans les espaces ruraux explose depuis 2020. Dans des petits coins de paradis, les agents immobiliers n'ont plus rien à vendre ! Les prix stagnent dans les métropoles et s'envolent dans les campagnes. Il n'en faut pas plus pour l'avènement d'un nouveau mode de vie, fondé sur le télétravail et la multi-résidentialité, avec des logements semi-principaux et des pied-à-terre, voire des temps de nomadisme travaillés. « L'exode urbain n'est pas un truc de bobos, mais un sujet de société à part entière, avec des sociologies différentes, des approches différentes, y compris très contestables. En fait, c'est un produit de l'époque qui a plein de formes différentes, et c'est parce que c'est pluriel que c'est vraiment intéressant, sinon ça s'appelle une tendance, une mode », estime Claire Desmares-Poirrier.

Justement, pour les géographes Aurélie Delage et Max Rousseau, l'exode urbain est un mirage[20] ! Non, les campagnes et les petites villes ne se sont manifestement pas repeuplées, pas plus que les grandes villes ne se sont vidées de leurs habitants ! Les études fines permettant d'objectiver le processus manquent encore, mais, des inscriptions scolaires aux transactions immobilières épluchées par le Conseil supérieur du notariat, la réalité est là. « Les flux humains

20. http://www.urbanisme-puca.gouv.fr/exode-urbain-realisation-d-une-etude-sur-les-a2388.html

et financiers constatés depuis deux ans ont essentiellement renforcé la périurbanisation », écrivent les deux géographes dans la revue *Métropolitiques*[21]. Ils notent bien une frénésie transactionnelle qui a gagné une partie des villages ou des petites villes correctement reliées aux plus grandes. En vérité, la France en déclin a vu débarquer des rentiers métropolitains qui l'avaient fuie quand elle était synonyme de vide, de déprime, d'inconfort. « Passée l'euphorie des premiers mois, les territoires d'accueil ont rapidement déchanté : certes, les maisons mises depuis longtemps sur le marché ont enfin été vendues, mais les volets ne sont pas pour autant ouverts à l'année », rapportent Aurélie Delage et Max Rousseau. Les territoires boudés pour cause de fermeture des services publics le sont un peu moins, voilà tout. En revanche, la ruée sur l'immobilier peu cher évince les catégories populaires et, pour les deux chercheurs, « il est hautement probable que la relégation provoquée par le prétendu exode urbain débouche, trois ans après la spectaculaire révolte des Gilets jaunes, sur de nouveaux conflits majeurs ».

Quoi ? Ma tête au bout d'une pique ? ! Sans aller jusque-là, avouons que Joigny incarne tout à fait le phénomène. Même avec des périodes de confinement strictes pour les agents immobiliers et l'interdiction de visites durant deux mois et demi en mars 2020, il y a eu une déferlante de Franciliens dotés de moyens inhabituels pour les gens du cru ! Rappelons qu'ici 50 % de la population est soit retraitée, soit sans emploi, et que 5 % des actifs exercent une profession intellectuelle supérieure. L'immobilier répond à la loi de l'offre et de la demande. Pas de quartiers. Même si le prix du mètre

21. https://metropolitiques.eu/L-exode-urbain-extension-du-domaine-de-la-rente.html

carré dépasse à peine les 1 000 à 1 200 euros (il y a dix ans, c'était deux fois moins), les natifs défavorisés ont du mal à accéder à un logement, car les travaux de rénovation font flamber la facture finale. En 2020, selon les notaires et les agents immobiliers de la ville, le mètre carré jovinien a pris 16 %, et cela continue d'augmenter. On trouve encore des biens à moins de 300 euros le mètre carré – vous avez bien lu, il ne manque aucun zéro à l'affaire –, et bien sûr ces tarifs aspirent littéralement les investisseurs de tous poils, les marchands de sommeil, les partisans de l'habitat social comme les exilés qui n'en peuvent plus du brouhaha urbain, les indépendants, les intermittents du spectacle, les musiciens, les réalisateurs et les auteurs, qui depuis longtemps travaillent à la maison, ainsi que les fauchés qui misent sur les chantiers participatifs pour s'éviter des rénovations hors de prix. Le nombre de transactions a augmenté de 8 % en deux ans. Un autre indicateur ne trompe pas : la levée de préemption, un document obligatoire à fournir au notaire lors de la signature de l'acte d'achat, qui assure que la ville n'a aucune visée sur le bien en question. « C'est le seul indicateur ferme, et j'en signe une chaque semaine », jure Soret. Il y en a eu 171 en 2020 (+ 11 % par rapport à 2019) et 241 en 2021. Cette année-là, il y a eu 556 levées de préemption sur l'ensemble de la communauté de communes, soit 40 % de plus par rapport à 2020. Nous sommes à des années-lumière de la funeste période de la RGPP, quand le prix des maisons chutait alors qu'elles se vidaient de leurs familles. Même le maire subit personnellement les montagnes russes du marché immobilier. Quoi qu'il en soit, l'élu le constate, comme tout le monde : « Les prix s'envolent à cause d'une nouvelle demande. Nous avons encore de la marge, mais restons vigilants. Ma crainte serait que les jeunes ménages peinent à devenir propriétaires dans Joigny. » Il reste toutefois 25 % de logements vacants, des bâtisses abandonnées dont personne ne connaît le propriétaire, des successions inabouties pour cause d'héritiers éparpillés façon puzzle et même des ruines qui mettent carrément le voisinage en péril. « Ce qui me frappe, c'est que les nouveaux acquéreurs investissent dans des biens délaissés depuis des décennies. » Et pour cause, la vieille ville dispose de sacrées bicoques à pans de bois, tout intriquées les unes avec les autres, moyenâgeuses, parfois dangereuses, mais à vendre une bouchée de pain. De vieilles maisons s'achètent 30 000 ou 40 000 euros seulement. Place ensuite à des chantiers d'envergure, ce qui ravit les artisans locaux, dont les carnets de commandes s'étalent sur une année a minima et dont les devis s'envolent au gré de l'explosion du coût des matériaux. La bonne nouvelle, qui est aussi la mauvaise nouvelle, c'est que cela risque de durer.

Ne nous méprenons pas, l'histoire de la recomposition de notre géographie sociale date de bien avant le covid. Quelque chose a métamorphosé notre pays à bas bruit, c'est ce que l'on découvre en lisant l'ouvrage de Jérôme Fourquet et Jean-Laurent Cassely, *la France sous nos yeux,* un must-have-read pour tout candidat à l'exode urbain. Des villes comme Tonnerre (Yonne), Lannion (Côtes-d'Armor) ou Vichy (Allier), entre autres, se sont vidées entre le milieu des années 1980 et aujourd'hui. Or, « la désindustrialisation n'a pas eu comme seul effet de fragiliser économiquement les territoires concernés, elle déstabilise tout l'univers qui gravitait autour des usines et assurait la cohésion sociale, conférant une identité et une fierté d'appartenance aux populations locales, écrit le duo. Au terme de la Grande Métamorphose qui nous a fait basculer dans la société post-industrielle, ce vide n'a pas été comblé à ce jour dans de très nombreuses régions. » Et ce ne sont pas les « paruraux »[22] et les néoruraux écolos qui vont combler le triptyque « usine-cité-stade »[23] qui a servi de ciment aux territoires non métropolisés ! Les auteurs décrivent une France désirable, du genre triple A, qui dessine un croissant allant, en gros, de la Bretagne aux monts du Lyonnais. C'est exactement là que ça bifurque écolo. Sans surprise, le quart nord-est, avec ses usines fermées, sa météo humide, son absence de littoral et son passé industriel pollué, n'est pas plébiscité ! Mais des Joigny, c'est-à-dire des villes abandonnées, désertées, désindustrialisées, dénigrées puis réinvesties, aimées, regardées par une nouvelle population, ni ouvrière ni du cru, dans une époque obsédée par les services (santé, éducation, administration, commerces...), il en existe des centaines.

Se tirer les cartes

D'aucuns emploieront une méthodologie d'un nouveau genre pour débusquer leur futur nid : la superposition de cartes de risques. Le premier qui m'en a parlé venait de s'installer dans le Kreiz Breizh, où je n'avais jamais vu autant de pissenlits. Nous étions en avril 2021, et Guillaume Faburel venait d'intégrer cette longère en granit avec son vaste terrain verdoyant, « la dernière à vendre de la région », rigolait-il devant son café brûlant. Ce prof d'études urbaines à l'université de Lyon est aussi l'auteur des *Métropoles barbares* et

22. Super néologisme de Marion Kremp et Michael Prigent développé dans leur livre *les Paruraux ; moitié parisiens, moitié ruraux,* chez Hachette éditions.
23. D'après le géographe Arnaud Frémont, auteur de *France, géographie d'une société,* éditions Flammarion, 1997, les communes ouvrières étaient organisées autour de ce tryptique.

le cofondateur des États généraux de la société écologique post-urbaine, autant dire qu'il pense littéralement la grande ville comme une barbarie sociale, environnementale, capitaliste. Pourquoi avoir choisi la Bretagne alors qu'il travaille à Lyon et vivait vers Montpellier ? « J'ai regardé les cartes de Météo France, superposées à celles du risque hydrique, des pollutions et même des sites nucléaires. Il ne restait pas des tonnes d'endroits. » Dans la petite sphère collapso, pour qui bifurcation signifie changement de paradigme et pas seulement d'adresse, on pratique donc un petit truc en plus avant d'avoir un coup de cœur : l'épluchage des risques majeurs ! « J'ai choisi de venir m'installer dans le Limousin parce que cette région est bien plus préservée que d'autres et parce qu'elle est mieux adaptée aux conditions écologiques extrêmes qui nous attendent, m'explique Grégory Derville depuis son paradis, qu'il transforme chaque jour en garde-manger à ciel ouvert. Il y a de l'eau, un sol assez riche, un peu de relief… et beaucoup d'arbres. » Tout à son objectif d'autonomie alimentaire, Pierre Delorme a aussi ajouté les prévisions météo de 2050, le stress hydrique, la composition des sols, les cultures alentour… Avec un tel millefeuille, peu de territoires emportent la martingale : la Bretagne et le Limousin (et encore, moins depuis l'été 2022, quand on a vu que même les monts d'Arrée pouvaient s'enflammer). En gros, il faut superposer les cartes des risques majeurs existants ou à venir, technologiques (installations classées, risques de pollution, centrales nucléaires, etc.) ou naturels (feux de forêt, inondations, émanation de radon, cavités souterraines, séismes, mouvements de terrain, vents, etc.). Si jamais un bien vous tape dans l'œil, filez sur le site georisques.gouv.fr pour découvrir les risques majeurs recensés dans le coin, mais aussi le nombre de fois où une catastrophe naturelle y a été reconnue.

Pour Joigny-mon-amour, c'est la fête de la sécheresse (quatre sécheresses, en 2018, 2019, 2020 et 2022 !) et des inondations et/ou des coulées de boue. Dans « Demain, quel climat sur le pas de ma porte ?[24] », l'Agence France-Presse (AFP) a exploité les données de Météo France pour dessiner les grandes tendances du climat en France, commune par commune, à l'horizon 2050. Les météorologues ont mis en perspective la hausse des températures, le nombre de jours de canicule, le nombre de jours de gel, etc., dans un moteur de recherche, selon trois scénarios : le pessimiste, l'intermédiaire et l'optimiste. À Joigny (au hasard, hein !), l'évolution des températures sera comprise entre + 1,2 et + 2,1 °C. Au début du siècle, on y dénombrait 48 jours anormalement chauds (+ 5 °C par rapport à la normale) ; selon le scénario intermédiaire de réchauffement, cela pourrait être de 84 jours en 2050, soit près du double ! Même punition pour ma pote Jérômine, pourtant à l'autre bout de la France dans sa SRR (super ruine retapée) vers Plonévez-du-Faou (Finistère) : elle va passer de 25 à 52 jours anormalement chauds. Je préviens : faire cette manip' est un aller simple pour une crise d'éco-anxiété, du genre : « Tiens, mais c'est la merde partout, en fait ! » Comme aucun site ne sera épargné, autant bien lister ses besoins et jouer aux cercles concentriques pour finalement spotter le coin où prospecter. Voilà comment Grégory, notre prof collapso, a procédé : « J'ai vécu à Lille et à Beauvais pendant vingt ans, je ne suis donc pas du tout originaire de la région Aquitaine. Mes priorités étaient d'abord et avant tout l'eau, il en fallait. Ensuite, j'ai regardé tous les abords des grandes métropoles,

24. https://interactive.afp.com/features/Demain-quel-climat-sur-le-pas-de-ma-porte_621/

le sud de la France, l'est, le Jura et les Ardennes, puis la Beauce, la Champagne, la Gironde, les Landes... Mais, à chaque fois, j'y trouvais trop de monocultures, donc, de fait, certainement des pesticides. Ensuite, j'ai recentré le tout sur l'intérieur de la Bretagne et la Normandie, puis dans le Limousin et le Périgord vert. Je voulais un sol pas trop sableux avec un peu de relief mais pas beaucoup de pente, juste ce qu'il faut pour stocker de l'eau. À la fin, il fallait aussi que ça colle à mon budget ! » Conclusion, il a atterri sur une superbe propriété de 10 hectares, achetée pour le prix d'un petit deux-pièces à Paris. Seule surprise, son sol : « Je n'avais pas vu, mais il est très limoneux. Il se tasse pas mal durant l'été, mais il est assez riche. » Les récoltes perpétuelles qu'il poste sur Facebook prouvent qu'il n'a pas trop mal calculé son coup !

En nomade

Si vous ne savez pas où aller, allez partout ! En 2022, la bifurcation est à la portée d'un van ! Bulle d'intimité posée sur quatre roues, accessoire à la fois protecteur et affranchi de tout empêchement, le fourgon aménagé, camping-car ou autre camion d'occase repensé de fond en comble, bref le véhicule dit de loisir, cartonne depuis 2020. Se promener avec sa maison sur le dos, travailler face à l'océan ou niché sur un col du Vercors, visiter des tonnes de territoires, s'arrêter dans quelques écolieux, tester avant de se sédentariser... la bifurcation sur quatre roues dispose d'énormes avantages, dont celui d'enseigner le détachement matériel : quand l'espace vital est réduit à l'essentiel, on ne l'encombre plus avec des bibelots, des tonnes de fringues, des écrans plats (encore que...), ses nounours et les galets de la plage d'à côté. D'un côté, on teste le minimalisme, de l'autre, les paysages, les ambiances, les décors, les lieux et les communautés. C'est un excellent compromis avant de poser ses valises, y compris en famille.

Attention à ne pas confondre la « vanlife » choisie du trentenaire en rupture avec celle, subie, que l'on découvre dans *Nomadland,* Oscar du meilleur film en 2021, car il existe bel et bien une société d'itinérants déclassés, plus ou moins âgés, en rupture de ban, qui bossent comme saisonniers ici ou là et n'ont plus les moyens d'habiter dans un appartement. Non, là il s'agit de jeunes qui veulent se contenter du simple, viser le minimum et le minimal, bref avoir un temps d'avance sur les temps qui viennent (sauf qu'ils dépendent d'une énergie fossile de moins en moins accessible). Selon certains convertis, la vie de nomade présente d'autres avantages : « Quoi de plus vrai que d'être où tu veux quand tu veux », demande Alex, la banane sur le visage. Elle peut continuer à donner ses cours particuliers de français depuis son emplacement en bord de mer. Idem pour son compagnon, qui suit une formation à distance sur l'écoconstruction. « La liberté de choisir son bureau et de pouvoir le changer à son gré ! La liberté d'explorer, de se noyer en pleine nature ou de passer voir des copains sans les envahir. »

D'un côté, l'usage ponctuel, pour des vacances ou pour une année de jachère (64 % des Français se verraient bien utiliser ce mode de vie pour leurs prochaines vacances[25]), de l'autre, le grand saut vers le nomadisme. Il y aurait 1,4 million d'adeptes et plus de 500 000 véhicules de loisir sur les routes de France. Le marché du véhicule récréatif a connu un bond en 2020, et une hausse encore plus importante l'année

25. Étude réalisée en mars 2021 pour le constructeur Ford.

suivante. De janvier à septembre 2021, 26 500 véhicules neufs et 536 000 camping-cars d'occasion ont été immatriculés ! Presque une vente de véhicule sur deux est un van ! On le plébiscite pour des vacances low-cost et low-carbon (en France). On en trouve à tous les prix : d'occasion, flirtant avec les 5 000 euros (à aménager soi-même et avec quelques centaines de milliers de kilomètres au compteur) ou flambant neufs, tout droit sortis de l'usine, aux alentours des 50 000 euros pour un mini-van. Il y a aussi des sommets atteints, comme avec le Mercedes Marco Polo qui, au top des équipements, peut titiller les 100 000 euros, ou le mythique Combi Volkswagen, remis au goût du jour avec un moteur électrique, pour près de 80 000 euros.

Pourtant, la maison mobile a un sacré passif ! Sous la forme d'un camping-car, elle a longtemps été l'assurance de passer des vacances avec ses grands-parents à taper le carton en sirotant un alcool anisé à l'heure du goûter. Aujourd'hui plus que jamais, la mobilité fait des émules, et pas seulement pour les vacances. La caravane vintage a le vent en poupe ; le van acheté d'occasion et aménagé par des bricoleurs du dimanche (ou par de vrais pros) affiche des progressions fulgurantes. Les kits « lit peigne, table, évier, rangements » se vendent entre 2 500 et 30 000 euros. Sur Facebook, le groupe « Fourgons aménagés » compte presque 200 000 adeptes, qui photographient leurs meilleurs spots, échangent conseils et astuces pour optimiser leur nouvelle acquisition et, je l'avoue, donnent furieusement envie de passer à l'acte. Il y a du Mad Max et du doigt pointé vers le haut dans ce largage d'amarres ! Tout au long de la route, nous avons croisé des bifurquants en fourgon aménagé, avec ou sans chien, en couple ou seul, avec ou sans enfants. Nomades digitaux, ils travaillent depuis leur lit peigne, la vitre arrière grande ouverte sur l'horizon. Au Bois du Barde, Claire et Gwendal ont arrimé leur tiny house riquiqui derrière leur Dacia Duster et ils sillonnent les routes, le temps de trouver leur spot idéal et de poser de l'habitat léger sur un terrain coup de cœur. Adieu la maison avec vingt ans de crédit sur le dos, ils ont tout envoyé valdinguer, sauf le bébé et le chien. « Avec la pandémie, l'idée de rembourser le crédit de la maison en construction sur vingt ans nous a un peu dégoûtés. Comme s'il y avait eu urgence à faire autre chose, à en profiter. » Sébastien a fait le choix, il y a trois ans, d'en finir avec son job d'informaticien dans la banque. Avec ses économies, il s'est offert un camping-car et un bout de terrain dans l'Yonne. Passionné par les questions d'effondrement, il n'envisage pas d'acquérir de maison, « emprunter est trop aliénant et trop risqué ». Il se gare devant la Bascule à Joigny ou dans les lieux qu'il visite. Son camion fait office de bureau puisqu'il l'a transformé en club itinérant de jeux de société. J'ai croisé Marine une première fois à la formation Fertîles, puis une seconde fois à la Bascule, où elle prenait les mesures de son camion pour l'isoler. « Ne pas avoir de maison, socialement, ce n'est pas évident. En réalité, c'est un sentiment de liberté très fort. Vivre en van aménagé, c'est se placer en dehors du matérialisme et de sa zone de confort, cesser les apparences. » La trentenaire aimerait tout de même bien s'implanter sur un territoire « pour créer et incarner ». Elle se sent passive dans son camion tandis qu'elle rêve d'être plus active. Cette envie de resédentarisation se fera en temps voulu. En attendant, elle a visité une tripotée d'écolieux et, quand elle ne se sert pas de son van, elle le loue sur une plate-forme pour ceux qui veulent goûter à la maison roulante.

Choc des cultures ou hybridation ?

Débarquer quelque part, c'est rentrer son kiki, fermer son clapet et observer, observer, observer, comme le prescrit le principe premier de la permaculture. Personne n'est attendu nulle part comme le Messie, il faut en être bien conscient… « La question à se poser quand on arrive sur un territoire, c'est celle de Kennedy : ne demandez pas ce que le territoire peut faire pour vous, mais demandez-vous ce que vous pouvez faire pour le territoire », m'explique Claire Desmarres-Poirrier. Cette question, aucun médecin n'aura à se la poser, mais elle contribue très largement à la bonne compréhension des uns et des autres, en tout cas au début. Et puis, compter sur la curiosité des habitants est une très bonne chose. Lorsque Claire et son mari sont arrivés à Sixt-sur-Aff, ils ont organisé des portes ouvertes. « Les gens nous en parlent encore, parce qu'il n'y avait littéralement pas de portes ! C'était une ruine, mais ils ont répondu présents. » Dans le Périgord vert, Grégory s'amuse du regard parfois admiratif de ses voisins. « Souvent, ils me disent : "On ne sait pas autant de choses que toi." Oui, sauf que cela ne me sert pas à grand-chose devant un potager. Je ne rate pas une occasion de leur rappeler à quel point leurs astuces m'aident. Dans mon village, la base de la base, c'est l'entraide, l'échange de coups de main. » Et Grégory de rendre d'innombrables services pour ne pas être perçu comme le CSP+ qui sait. « Avec eux, je ne donne pas de conseils ni de grands cours doctes sur l'effondrement, je me contente de faire des trucs, je leur file des plants, je fais goûter de nouvelles variétés. Si ça passe par la parole, c'est mort. Faire des trucs sans trop frimer ni la ramener, et attendre que ce soit visible et reconnu. » La pléthore de légumes récupérés dans l'été lui a permis de distribuer les surplus et de continuer à nourrir la greffe. De toute façon, les voisins le voient tellement trimer au milieu de ses 10 hectares qu'ils ont de moins en moins de billes pour le dézinguer. « Bien sûr, personne ne loupe les nouveaux arrivants. Ils sont scrutés de haut en bas, leurs faits et gestes sont parfois épiés. » Oui, scrutés, nous le sommes, à un point qu'on n'imagine pas !

À mon arrivée, en 2013, je me souviens d'une publication sur un blog local à propos de « l'écolo qui sort ses poubelles quand il ne faut pas ». L'écolo, c'était moi. Les poubelles, c'étaient mes bacs stationnés sur le trottoir la veille du jour du ramassage pour cause de départ en reportage. Bonjour l'ambiance… Arriver quelque part, c'est hériter de quelque chose. S'installer dans le quartier Saint-André à Joigny, c'est déplaire à ceux qui n'aiment pas le cliché ambulant (femme indépendante, journaliste de gauche, écologiste). Une nuit, je colle une affiche artistique sur la façade ouest de ma maison. Une semaine plus tard, elle est déchirée de haut en bas. En parallèle, je reçois un message anonyme provenant d'un faux profil Facebook : « Vous voyez où vous avez mis les pieds ? Les bobos gauchos pullulent à Joigny, ils ne parlent que d'eux et de leurs petites vies, de leurs expérimentations à la noix, mais moi je suis jovinienne de souche, je suis née ici et je ne vis pas dans la même ville que vous. Les composteurs collectifs, l'été, ça pue, c'est comme ça. Les pistes cyclables pour un seul bobo-gaucho qui pédale, ce n'est pas vital, ça coûte énormément d'argent et ça ne sert à rien. » Avoir une voiture électrique, vanter les composteurs collectifs ou afficher une visibilité écolo, c'est très mal vu : qui sont ces gugusses qui n'ont jamais mouillé leur chemise et qui viennent en remontrer à ceux qui galèrent ? Fin du monde versus fin du mois, bonjour !

« La vraie question, c'est jusqu'où doit-on bouger ? s'interroge Nicolas Soret en tirant sur sa cigarette. Si les gens viennent, c'est pour notre mode de vie, or ces néo-Joviniens sont habitués à un très haut niveau de services publics. Ce n'est pas anodin, il va falloir gérer cette population. Faut-il développer des services qui ne l'ont jamais été ? Je ne veux pas donner le sentiment qu'on bouge parce qu'on accueille une nouvelle population. Nous avons engagé des changements bien avant, heureusement. Ensuite, il est clair qu'ils plébiscitent la vie à la campagne… sans en connaître forcément tous les inconvénients. » Il pourrait parler de l'angoisse du citadin qui réclame la fin des cloches et le musellement des gallinacés, mais en réalité il fait référence au cadre de vie presque caricatural souhaité par les nouveaux arrivants, qui n'adorent pas spécialement fréquenter les centres commerciaux, mais préfèrent les petits commerces de bouche, de proximité, indépendants, sans enseigne, ni saloperies importées de Chine, ni blabla commercial. Avis aux amateurs, il nous manque une poissonnerie, une quincaillerie, une fromagerie, un bon paysan boulanger, une boutique locale bio et solidaire, une guinguette sur les bords de l'Yonne… En dépit de l'afflux de nouveaux Joviniens, le recensement en cours n'a pas permis à la ville de dépasser la sacro-sainte barre des 10 000 habitants, au-delà de laquelle la dotation générale de fonctionnement (DGF) est plus généreuse. Alors il faudra se contenter d'un budget à 13 millions d'euros, dont 2 millions d'investissements. Comme « small is biotiful », je serais d'avis de s'arrêter à 10 001 habitants, le corollaire à l'attrait d'un territoire étant l'étalement urbain. « Il n'y en aura pas, jure Soret, car nous avons bloqué l'artificialisation des sols. Deux rivières, l'Yonne et le Tholon, limitent naturellement les zones à construire, et le territoire est truffé de zones à risques, inondations d'une part et ruissellement de la côte Saint-Jacques d'autre part. » La ville répond au SRADDET[26], qui vise le zéro artificialisation nette à l'horizon 2050, ainsi qu'un objectif intermédiaire de réduction par deux du rythme d'artificialisation des sols d'ici à 2035. La reconversion des friches constitue un de ses leviers, il permet d'aller curer les « dents creuses » de la ville, ces fameuses bâtisses à abattre et/ou à réhabiliter de la vinée[27] aux combles. Par ailleurs, la mairie a rendu 70 hectares à l'agriculture, préempté en parallèle 5 hectares en zone inondable et installé un chantier insertion-école en maraîchage urbain.

À chaque résultat électoral depuis quinze ans, les médias nationaux font commerce de clichés éculés : le « vrai » peuple de la « France oubliée » pour les uns (merci Marine LP et Éric Z) et les prétendus « beaufs » et « sans-dents » de l'autre (merci François H), avec les « bobos » dans le viseur du milieu. Les racistes par ici, les bouseux par là, la maison Stéphane Plaza ici et la coloc néorurale là, c'est la fête des clichés… Et puis un jour, le cliché, vous l'avez devant vous (de toute façon, vous êtes vous-même un cliché). Bernard dispose d'un petit terrain en dehors de Joigny. Il y a installé dix-sept poules, qu'il protège des renards et des belettes par un abri grillagé. Chaque semaine, il ramasse pour 40 à 60 euros d'œufs, un petit complément de revenus essentiel pour lui et son RSA. Il ne cultive rien dans ce lopin de terre, car « c'est trop de travail », et puis il y a « beaucoup

26. Le SRADDET est un document de planification qui, à l'échelle régionale, précise la stratégie, les objectifs et les règles fixés par la Région dans plusieurs domaines de l'aménagement du territoire, dont la protection et la restauration de la biodiversité. Il intègre le schéma régional de cohérence écologique (SRCE).

27. La vinée est une pièce, en général souterraine, où l'on stockait le vin au sortir du pressoir.

de rapines », ce qui a le don de l'énerver. L'hiver dernier, Bernard a coupé son cerisier… dont le bois vert a servi à alimenter sa cheminée (? !), sa chaudière en panne coûtant trop cher à réparer. Il brûle souvent ses bidons en plastique pour les faire disparaître car, sans voiture, il ne sait comment se rendre à la déchetterie. « Et puis, le tri, c'est vraiment des conneries, ils mélangent tout après. » Il enchaîne les déplacements avec la P'tite Navette, le bus gratuit de la ville. Bernard n'a pas de sous pour se payer le dentiste, c'est un « sans-dents ». Dès qu'il rend service avec sa débroussailleuse, on le dépanne d'un billet, qu'il accepte avec joie. Bernard ne vote pas. Bernard ne travaille pas. Bernard est très heureux comme ça. Des Bernard, je ne risquais pas d'en rencontrer à Paris.

De même, je n'aurais jamais suivi Alain, vigneron de la Côte Saint-Jacques, en pleine aspersion de glyphosate. J'ai beau lui parler du bio, du prix de vente plus alléchant, des bénéfices à ne pas polluer, il s'en tamponne, car voilà treize générations que sa famille vinifie du raisin. Et son fils de m'expliquer que les décisions prises à Bruxelles « par des personnes dans des bureaux » ne peuvent rivaliser avec l'âpreté du réel : les mauvaises conditions météo font qu'ils doivent traiter pour récolter, sinon ils s'assoient sur des milliers de bouteilles. Mon journalisme environnemental ne les chiffonne pas le moins du monde. Sans territoire commun, l'écart grandit entre une population urbaine vivant dans le centre des grandes métropoles, diplômée, parfaitement intégrée dans la mondialisation et la révolution numérique, et une population qui vit à l'écart de ces grands ensembles, dans les territoires ruraux et périurbains, et qui subit de plein fouet le recul des services publics et des solutions de mobilité, ainsi que l'explosion des dépenses contraintes. Alors forcément, quand les premiers arrivent chez les seconds, il y a de la rumba dans l'air… L'époque est au chassé-croisé des utopies, expliquent parfaitement Fourquet et Cassely : « Lieu refuge, la ruralité devient également une terre de conflits entre une population néorurale acquise aux thèses écologistes, les partisans du modèle pavillonnaire pendulaire et les représentants d'une ruralité plus conventionnelle et conservatrice, comme en témoignent les conflits récurrents autour de l'élevage, de la chasse et de toutes les activités pastorales et rurales.[28] » Exemple parfait du conflit entre ruraux et néo : le pesticide. Tandis que les vignerons ou les cultivateurs glyphosatent peinards depuis au moins trois générations, débarquent des adeptes du bio et du local outrés que leurs nouveaux chez-eux puissent border un champ de grande culture. Dans certains endroits (Châtillon-en-Diois, Langouët…), le maire a pris des arrêtés anti-pesticides qui ont provoqué l'ire des agriculteurs locaux. À chaque fois, la justice a invalidé ces décisions.

Du coup, on se prend à rêver d'une certaine hybridation. Elle existe déjà dans le paysage, dans la composition des villes, de leurs faubourgs. Les auteurs de *la France sous nos yeux* ont les mots exacts pour décrire des espaces où l'on trouve plus de diversification que dans les métropoles. D'un côté, les candidats au changement de vie retapent le bâti ancien, authentique, à coups de travaux faramineux ; de l'autre, les habitants de lignée plus ancienne vivent dans de petits immeubles ou des zones pavillonnaires. « Dans un rayon de quelques kilomètres peuvent ainsi coexister un ménage qui a fait construire une maison neuve et dont les adultes effectuent des trajets quotidiens en voiture pour se

28. *La France sous nos yeux,* Jérôme Fourquet et Jean-Laurent Cassely, Le Seuil, 2021.

rendre sur leur lieu de travail ou dans la ville la plus proche, un couple de retraités ou d'actifs installés dans une demeure ancienne restaurée […] et un écolieu installé dans une vaste maison entourée d'un domaine. » Tout ce petit monde peut croiser l'agriculteur (bio ou pas) au marché, et compléter ses courses dans le centre commercial. La naturopathe s'installe en face du vendeur de kebabs, et ainsi de suite. Les auteurs l'assurent, « la France d'après est bien le territoire de l'hybridation des styles et des façons de vivre ». Et de penser.

Zone 4 : moi et le travail…

Le travail subit actuellement une grande dissection sur la table de nos bifurcations. Quel sens a-t-il ? Est-il nécessaire ? Peut-on l'appeler autrement ? Chacun d'entre nous bosse en moyenne 80 000 heures au cours de sa vie, soit 4,8 millions de minutes, alors autant les mettre à profit pour avoir un maximum d'impact (positif) sur le monde. Pour cela, certains ont besoin d'être accompagnés, de disposer d'outils, de plonger avec d'autres dans le grand bain des questions qui dérangent. On peut aussi verdir ce que l'on fait, réfléchir à ses nuisances, dérouler l'analyse de cycle de vie de notre rôle de salarié, de ce que l'on fabrique ou de ce que l'on crée, et de la substantifique nécessité de nos tâches…

Autant déserter !

Prendre un salarié ni heureux ni malheureux dans son CDI à 35 heures, laisser mariner onze semaines au chaud dans un salon, entre les devoirs des enfants et la cuisson du pain au levain, saupoudrer d'un peu d'angoisse pour l'avenir, ajouter une pincée de manque de nature, enfourner dans un questionnaire à la Bruno Latour, « Un outil pour aider au discernement[29] », et surveiller… En quelques mois, des germinations : suis-je à ma place ? Suis-je comblé là où je suis ? Ai-je envie de continuer ainsi ? Est-ce que je fais ce qui me plaît ? Environ 48 millions d'Américains ont répondu non en quittant leur job, provoquant ainsi un phénomène, The Big Quit (« la grande démission) », qui a déferlé gentiment en France l'année dernière.

La grande démission touche plutôt les salariés, les moins comme les plus qualifiés, dans les PME et les grands groupes. Comme si, collectivement, nombre de personnes prenaient soudainement conscience de leur aliénation. Les chiffres et les exemples sont sans appel. En France, près de 3 500 individus s'inscrivent chaque jour au régime de l'autoentreprise. À la rentrée 2022, la Direction de l'animation de la recherche, des études et des statistiques (DARES) a estimé à 520 000 le nombre de démissions par trimestre depuis fin 2021, dont 470 000 personnes en CDI ! Cela fait suite à son étude[30] sur les tensions du marché du travail. Pas moins de 300 000 emplois ne sont pas pourvus, principalement dans les secteurs de l'hôtellerie-restauration, du BTP, de l'industrie, de la santé et du grand âge, des transports et de la logistique, du commerce… Le phénomène ne fait que s'intensifier, jusqu'à atteindre les cours des collèges et des lycées. Manque de profs, d'infirmières, d'ouvriers agricoles… un des premiers défis des agences d'intérim est désormais de trouver des candidats qui se présentent au premier jour d'embauche. Au-delà des tensions naturelles liées au bas

29. http://www.bruno-latour.fr/sites/default/files/downloads/P-202-QUESTIONS.pdf
30. « Comment mesurer les tensions sur le marché du travail », à télécharger sur emploi.gouv.fr

niveau de chômage dans ces secteurs, les filières de formation doivent diversifier le profil de leurs nouvelles recrues sur des métiers en tension, comme le confie le DRH d'un grand groupe du secteur de l'énergie : « On a mis en place des méthodes d'évaluation pour intégrer des boulangers ou des esthéticiennes qui n'ont pas les compétences recherchées mais qui ont la rigueur et le respect de consignes comme socle de compétences indispensables pour être formés. » Un phénomène plus diffus se répand : le pacte moral et social des entreprises ne fait plus rêver. Comme si les crises successives en avaient mis plus d'un face à l'ineptie de sa tâche, à son insatisfaction à l'accomplir. « J'ai eu le temps de me questionner sur le sens de mon job, indique Cécile, cadre dans une banque coopérative. Je m'y retrouve de moins en moins, et je n'aime pas la façon dont le télétravail nous abrutit… Je ne veux plus continuer comme ça. » À 57 ans, la voilà qui cherche autre chose, et si possible proche de sa maison de campagne, histoire de basculer totalement dans un autre chapitre de sa vie. La crise sanitaire a catalysé la bifurcation professionnelle de manière assez automatique. Et salutaire.

Les jeunes salariés n'hésitent plus à quitter un boulot qui les emmerde. Les milléniaux représentent la moitié des travailleurs prêts à déguerpir à la moindre insatisfaction (40 % des 18 à 34 ans souhaitent changer de métier). C'est une façon de rejeter le modèle consumériste et destructeur de l'époque. De plus, ils imposent leurs préoccupations environnementales, comme en témoigne[31] la directrice générale d'Oracle France : « Avant, on nous demandait des voitures de fonction diesel, maintenant on nous demande si l'entreprise pollue et ce qu'elle fait

31. https://www.lesechos.fr/tech-medias/hightech/la-guerre-des-talents-est-declaree-dans-la-tech-1356783

pour limiter ses émissions carbone. » Le sociologue Zygmunt Bauman évoque le concept d'une société liquide, « où les conditions dans lesquelles ses membres agissent changent en moins de temps qu'il n'en faut aux modes d'action pour se figer en habitudes et en routines ». Comme si les salariés formés ET informés pouvaient désormais consommer et vomir leur travail dans le même temps. Les bonus et autres gratifications ne suffisent plus, offrir un cadre bourré de sens est désormais le défi des entreprises. D'ici à 2030, environ 9 % des Européens devraient opérer une reconversion professionnelle.

Et les pépettes dans tout ça ?

Vouloir s'envoler, c'est bien. Savoir atterrir, c'est pas mal aussi, et plus facile si le matelas est douillet. Des millions de personnes quittent leur travail[32], mais déserter n'est pas chose aisée quand on n'a ni épargne ni patrimoine. Pôle emploi semble bien être le premier sponsor officiel des bifurquants, même si aucune statistique ne vient corroborer ce fait. Raphaëlle, Adrien, Damien, Omar…, ils sont légion à avoir troqué le CDI ou le CDD contre une « pension pour réfléchir ». Même Emmanuel Macron sent que Pôle emploi finance officieusement un paquet de bifurcations : « S'ils peuvent trouver et aller vers d'autres métiers, je l'entends très bien. Si, derrière, la réponse c'est "Je vais bénéficier de la solidarité nationale pour réfléchir à ma vie", j'ai du mal à l'entendre, parce que cette solidarité nationale, c'est ceux qui bossent qui la paie, et une nation, c'est un tout organique.[33] » Malheureusement, les déserteurs ne veulent plus jouer ; ils ont suffisamment cotisé pour bénéficier

32. https://reporterre.net/Comment-la-desertion-gagne-la-France
33. Discours du 14 juillet 2022.

d'une allocation de retour à l'emploi et, comme les temps sont incertains, ils vont en profiter. D'autres rembourrent le matelas avec un pactole obtenu *via* une rupture conventionnelle ou un petit héritage. D'aucuns se laissent porter par le vent qui souffle dans leurs voiles, quitte à prendre ce qui vient, comme Margaux, 28 ans, initiatrice du collectif du Moulin Bleu (Loir-et-Cher), où elle habite, devenue pionne dans un lycée local alors qu'elle était gestionnaire de projets. Marine a de quoi voir venir avec ses 2 000 euros mensuels de chômage, elle qui met de côté sans s'inquiéter des lendemains : « Quand on est dégourdi, on trouve toujours quelque chose à faire. » Parmi les résidents de 0.6 Planet, Sylvain a touché un héritage qui lui permet de voir venir. Côté occupation, il a quitté l'agence de l'eau pour se former *via* un congé individuel de formation en ébénisterie. Philippe, lui, vivait de son chômage et de son épargne avant de vendre ses légumes. Dans le fond, il s'en fiche : sa retraite d'ingénieur lui tend les bras. « De toute façon, la vie campagnarde en collectif réduit tellement les besoins qu'il est tout à fait possible de vivre avec le RSA », assure Nicolas, ex-animateur social, 30 ans, qui vient de poser son sac à dos à l'écolieu du Bois du Barde. L'avantage de la vie en communauté, c'est qu'il suffit d'une machine à laver pour tout le monde, d'une cuisine, d'un four ; en gros, les besoins sont moindres dans la mutualisation des moyens. Comme dirait Balou, l'ours du *Livre de la jungle,* « il en faut peu pour être heureux ».

Faire son bilan d'incompétences

Après les « avec qui », « pour quoi faire » et « où donc » se pose la dernière, ultime, véritable question : qu'est-ce que je sais faire ? Souvent, dans le tertiaire, dans les services, on se fait voler la définition de son travail. « Nous sommes dans des configurations de “reconnaissance falsifiée”, une reconnaissance qui se fout de vous ! D’abord avec des salaires affreusement bas, de moins que rien, par exemple, comme ce fut le cas pour les infirmières au plus fort de la pandémie. Puis des reconnaissances symboliques absentes : mal parler aux gens, compétences réelles mais obsolètes, manque d’adaptabilité, une expérience mal vue, un perfectionnisme déplacé… le tout à l’ère de l’obsolescence programmée. » Nous sommes découragés, nous redit Cynthia Fleury. Le travail que l’on fait de manière obligatoire, automatique, pénible, sans toujours saisir notre intelligence, nous éloigne de l’*ergon,* précisément, le travail de l’artisan qui maîtrise ses tâches du début à la fin, un travail pour lequel « on met de notre talent, de la technique, et qui participe de l’émancipation ». Voilà pourquoi j’invite les candidats à la bifurcation à faire leur bilan d’incompétences, c’est-à-dire à renverser la proposition du fameux exercice de mi-carrière et de lister ce qu’ils ne savent pas faire. Travailler le bois ou les déchets, réparer un vélo ou un outil, fabriquer un auvent, monter un mur en torchis, une charpente, des toilettes sèches, faire du pain, des conserves, dépiauter un sanglier tout chaud, déshabiller un lièvre, faire macérer des fruits, extraire du jus, connecter trois douilles, reprendre une jonction en PVC, carreler une salle de bains, installer un poêle, changer une ardoise percée par la grêle, badigeonner un mur à la chaux, tresser de l’osier, reconnaître du laiteron, déplacer un parc à chèvres, traire une vache, faire du beurre, faire pousser des patates, des tomates, des courges, tout cela ne s’apprend pas sur les bancs de l’école ou de la fac. Faire le bilan de ses incompétences permet d’y voir clair sur le chemin restant à parcourir pour gagner en autonomie. En attendant de se frotter à l'entièreté des tâches énoncées ci-dessus, la meilleure approche consiste encore à offrir des apéros à ceux qui savent faire, à s'entourer pour apprendre. Dans les écolieux et les collectifs, il est toujours précieux d'avoir un ingénieux, la personne aux doigts d'or qui peut autant faire démarrer le moteur du tracteur que se lancer dans un plan de travail de toute beauté. C'est celui qui, en trois coups de scie circulaire, installe une étagère pour tsunami de livres, un abri express pour le bois, une ossature pour une cabane. Bref, l'ingénieux est l'équivalent du cuisinier aujourd'hui, une future rock-star dont personne ne voudra se passer.

Après vingt années de journalisme environnemental, on peut aisément dire que je sais écrire et colporter des histoires. Mais dans un monde qui s'effondre, je ne sais à peu près rien faire d'utile ! Bien parler, faire des blagues, réaliser des films ou écrire un livre ne me fera pas bouffer. Rigoler avec les copains, boire des bières en potageant à la petite semaine, pas plus. Sortir ma carte bleue chez Biocoop est aujourd'hui le seul truc qui me garantit de bouffer le soir. J'en sais un peu sur pas mal de choses, mais, sur la plupart, je ne sais rien du tout. Nous sommes nombreux à être manchots de la bricole, du potager et de savoir-faire précieux, mais devenus obsolètes. « En arrivant à la campagne, j'ai découvert avec horreur que je ne savais pas faire grand-chose d'utile au quotidien », me confie Flora, super communicatrice sur les réseaux sociaux, débarquée par amour dans le Cantal auprès de Matthieu, permaculteur de son état. Elle a dû apprendre toutes sortes de choses, dont la reconnaissance de plantes sauvages dans le bois d'à côté. Comme un petit retour à l'école de la vie… Le succès des chantiers participatifs et des stages de survie, de découverte des plantes comestibles ou de menuiserie atteste d'une soif de cambouis.

Ainsi se pose une autre question : doit-on désapprendre à aimer ce que l'on fait ou à faire ce que l'on aime quand ce que l'on fait ou que l'on aime est délétère pour la planète ? Je ne savais pas faire grand-chose de mes dix doigts, et je suis maintenant la preuve que les doigts se dégourdissent rapidement. C'est cette appétence-là qui m'intéresse : pourquoi bifurquer si ce n'est pour gagner en autonomie, se réapproprier le réel, être fier d'une saveur compotée, pour comprendre et apprendre, pour reprendre sa place (c'est-à-dire toute l'humilité du monde), atteindre ses limites sans en avoir peur, embrasser cette peur à pleine bouche et la laisser sur le bord du chemin ? On se reverra bien assez tôt. L'analphabète de demain n'est pas celui qui ne sait ni écrire ni lire, mais celui qui ne sait ni apprendre, ni désapprendre, ni réapprendre. Cela me fait penser à la magnifique héroïne de Marlen Haushofer dans *le Mur invisible.* Une femme ordinaire est confrontée à une expérience limite : du jour au lendemain, la voilà isolée du reste du monde par un mur invisible au-delà duquel toute vie semble s'être pétrifiée ; accompagnée d'un chien, d'une petite chatte et d'une vache, elle joue à Robinson Crusoé. « Je suis encore incapable de planter correctement un clou et l'idée de percer une porte pour Bella [sa vache] me donne la chair de poule. Bien sûr, je ne pouvais pas prévoir que j'aurais un jour à percer des portes. Mais quant au reste, je ne sais pas grand-chose non plus, je ne connais même pas le nom des fleurs qui poussent le long du ruisseau. J'ai dû les apprendre en histoire naturelle, d'après des livres et des dessins, et naturellement je les ai oubliées comme tout ce qu'on est incapable de se représenter. J'ai passé des années à faire des calculs et des logarithmes, et je n'ai pas la moindre idée de ce à quoi cela peut servir ni de ce que cela signifie. » Nous voilà à peu près au même niveau. En 1981 déjà, la grande

Marguerite Yourcenar publie *les Yeux ouverts,* un texte où elle réfléchit quasiment à voix haute à l'éducation des enfants. Elle mentionne la religion, l'éducation sexuelle, mais aussi des choses simples et néanmoins vitales, « où l'enfant apprendrait [...] assez du passé pour qu'il se sente relié aux hommes qui l'ont précédé. [...] On essaierait de le familiariser à la fois avec les livres et les choses ; il saurait le nom des plantes, il connaîtrait les animaux sans se livrer aux hideuses vivisections imposées aux enfants et aux très jeunes adolescents sous prétexte de biologie ; il apprendrait à donner les premiers soins aux blessés ; son éducation sexuelle comprendrait la présence à un accouchement, son éducation mentale la vue des grands malades et des morts. » Mais oui, voir les grands malades et les morts, et les intégrer dans son apprentissage de la normalité. « On lui apprendrait à aimer le travail quand le travail est utile, et à ne pas se laisser prendre à l'imposture publicitaire, en commençant par celle qui lui vante des friandises plus ou moins frelatées, en lui préparant des caries et des diabètes futurs. Il y a certainement un moyen de parler aux enfants de choses véritablement importantes plus tôt qu'on ne le fait. » Ce programme alléchant permettrait de reconstituer le ferment rassembleur des villages de demain : la polyvalence. Car les valeurs ont depuis longtemps été retournées : le paysan est un pollueur qui gagne mal sa vie (pas tous, en tout cas pas trop dans la Beauce), le chercheur en intelligence artificielle, un génie, et le salaire d'une directrice de collection chez Chanel reste dix fois supérieur à celui d'une infirmière. Nous avons grandement besoin de réapprendre à faire dans la patience et l'humilité. « Moi qui suis enseignant, je suis convaincu que cette "grande requalification" devrait absolument être mise en œuvre dans l'ensemble du système éducatif, confirme Grégory Derville, qui a commis un texte sur le sujet pour les éditions

Terre Vivante[34]. Les enfants et les jeunes devraient consacrer une part beaucoup plus significative de leur temps à apprendre et à expérimenter dans les domaines de la biologie, de l'écologie, de la physique, mais aussi (et surtout ?) des travaux manuels. Et ce dans toutes les filières. […] La modernité a rendu obsolètes une foule de savoir-faire autrefois très communs, devenus plus ou moins inutiles pour la quasi-totalité d'entre nous. En ville notamment, on peut parfaitement vivre sans savoir faire pousser la moindre plante, ni greffer un arbre fruitier, ni reconnaître et utiliser des plantes médicinales, ni forger un outil, ni battre une faux, etc. » Avoir de l'or dans les mains fait à nouveau rêver dans certains milieux, mais, en général, ne serions-nous pas en train de créer la génération du film *Idiocracy*, celle qui sait jouer au ballon pour très, très cher, qui sait créer des algorithmes très puissants, mais qui ne sait pas scier une planche ? Et si se servir d'une carte bancaire, utiliser un smartphone ou conduire une voiture autonome devenaient des gestes obsolètes dans un monde en pleine descente énergétique ? Beaucoup de métiers pourraient bien disparaître (le publicitaire et ses slogans foireux, la directrice de la communication et sa propension au greenwashing, la vendeuse de boucles d'oreille, le fabricant de skis, l'hôte d'accueil de l'agence bancaire, le designer en arts de la table…), tandis que les champs, les scieries, les ateliers de mécanique, les ressourceries, les herboristeries, etc., réclament des bras et des cervelles.

Apprendre, justement. Où donc ? Auprès de qui ? Papy, qui savait démonter et remonter un moteur de 2CV la clope au bec, est mort depuis longtemps. Les mains toujours pleines de graisse, il réparait la chaudière sans appeler de chauffagiste,

34. https://www.terrevivante.org/contenu/quels-savoirs-et-savoir-faire-pour-demain/

replaçait seul les tuiles sur le toit et dessinait lui-même le barbecue en briques qui se montait dans le week-end. Mamy tricotait matin et soir tout en faisant cuire des saucissons briochés ; elle m'a cousu pas mal de robes uniques à partir de patrons, comment dire… à part. Mon arrière-grand-mère, elle, plumait ses poules dans la pierre à évier à côté d'un âtre flamboyant. Elle m'avait montré comment on enlevait le pyjama du lapin qui allait finir à la moutarde, à côté des petits pois ramassés et écossés l'après-midi même. Papy et mamy seront-ils avantageusement remplacés par des profs ? Les écoles des mains ne sont pas légion ! En 2022, plus de 350 élèves ont été formés auprès du réseau des écoles de la transition écologique, ETRE[35], lesquelles proposent des formations « aux métiers des deux mains ». Une dizaine de sites en France accueillent, en priorité, des élèves de 16 à 25 ans désireux d'en apprendre plus dans des domaines aussi divers que la menuiserie, la fabrication de cosmétiques, l'herboristerie, la couture, l'upcycling, la réparation, l'écoconstruction, les énergies renouvelables, etc., mais ces écoles s'adressent avant tout à des gamins en décrochage scolaire. Valentin, lui, met toute son énergie dans la création d'un établissement d'enseignement supérieur d'un nouveau genre : l'Institut de Tramayes. En septembre 2023, il accueillera la première promo de cette école associative où se mêlent sciences sociales, sciences politiques et atelier bois, métal ou plomberie. « Les 16-25 ans ne votent pas, ils ne rejoignent pas les partis, ils ont une vision plus radicale et savent très bien ce qui les attend. C'est important pour eux de pouvoir exercer une vision critique du monde tout en réhabilitant les métiers manuels. » Lui-même a filé élever des chèvres en Ardèche, un diplôme

35. https://www.ecole-transition.eu/

de sciences politiques en poche. Son comparse est devenu plombier indépendant après avoir usé ses jeans sur les bancs d'une école de commerce. Ils visent les jeunes qui ont renoncé à des diplômes qui ne leur serviront à rien, pensent-ils, dans le monde de demain. « Un quart des étudiants ressortent des cursus sans diplôme. Ce n'est pas qu'ils ne sont pas bons, c'est qu'ils lâchent avant la fin : à quoi vont leur servir ces études d'histoire, de marketing ou d'esthétique ? Autant devenir charpentier, maraîcher, boucher, plombier… » Évidemment, pour les adultes, toutes les voies de reconversion s'ouvrent à eux via l'Agence nationale pour la formation professionnelle des adultes (AFPA), un organisme au service des régions, de l'État, des branches professionnelles et des entreprises. On y trouve des parcours débouchant sur des diplômes, des emplois, des mises en conformité… Il y a aussi les certificats d'apprentissage professionnels (CAP) et le très prisé brevet professionnel de responsable d'établissement agricole (BPREA), dont raffolent une quantité d'adultes, jeunes et moins jeunes, attirés par l'idée d'un travail au contact de la nature, utile, glorieux même et très gratifiant. Les salaires obtenus sont loin d'être attirants, mais tous les chiffres sont clairs : « Nous aurons très vite besoin de 500 000 nouveaux agriculteurs, or c'est un secteur peu valorisé : on n'y compte pas ses heures, on gagne peu et il est difficile de se faire une place ou d'acheter des terres quand on débarque d'un autre univers », prévient Corentin Riet, chargé de projet au Shift Project[36]. Le BPREA est le diplôme le plus sélectionné par les personnes en reconversion. Il a l'avantage de pouvoir se faire en moins d'un an (dix mois) en temps plein, surtout si

36. Et coauteur avec Laurent Delcayrou de *Vers la résilience des territoires,* éditions Yves Michel.

vous avez déjà le baccalauréat. Tout adulte filant se former à un nouveau métier doit se poser une série de questions : quel est l'objectif de la formation ? Se perfectionner, acquérir des compétences nouvelles, se reconvertir, obtenir un diplôme reconnu, se former sur le terrain ? Combien de temps y consacrer ? Comment la financer ? Êtes-vous prêt à déménager pour vous rapprocher du lieu de la formation ? Allez-vous poursuivre une activité professionnelle en parallèle ? À distance ? En présentiel ? Cette grande bifurcation du boulot trouve aussi sa dynamique chez les citoyens eux-mêmes, via des événements où se transmettent les savoirs acquis. Je pense aux stages de découverte des plantes sauvages comestibles, aux sorties de mycologie, aux chantiers participatifs pour enduire de terre des murs en bottes de paille… Une chose est certaine : nous manquerons d'écoles de formation aux métiers des « deux mains » si 40 000 salariés par an décident de tout plaquer…

Changer son rapport à l'argent

À la Bascule, les habitants, aussi appelés géographes, ont finalement agi sur leurs besoins avant de s'inquiéter de leurs rentrées de pépettes. D'une manière générale, les « basculeurs » ont changé leur rapport à l'argent. Ils n'en veulent plus des masses, ne rêvent plus de s'acheter une maison (« une maison, c'est un emprunt et des travaux en permanence… c'est aliénant ! »), de voyager loin (donc cher)… Pour Marine, « avoir de l'argent de côté est le prix de ma liberté » ! Elle gagnait bien sa vie dans une start-up, alors elle a mis un peu d'argent de côté, puis elle a aussi touché un petit héritage. Maintenant, elle s'offre le temps de vivre. « Quand on mutualise la nourriture et le logement à plus de dix ou quinze, il nous suffit d'avoir quelques centaines d'euros par mois pour vivre. » Par exemple, le grand bâtiment coûte 500 euros de loyer mensuel + 1 500 euros de charges. Vivre à la CasBa revient à 480 euros par mois (dodo à 12 euros et miam-miam à 4 euros par jour), mais en réalité chaque personne peut donner ce qu'elle veut ou peut, ce peut être plus, ce peut être moins. « Nous pratiquons ce que l'on appelle la "participation consciente", c'est un principe qui permet que chacun s'y retrouve » et donne ce qui lui semble juste pour le projet et pour lui-même. Étonnamment, les stages organisés selon ce principe révèlent de très bonnes surprises : ne sachant pas exactement le prix des choses, les gens ont tendance à donner plus qu'il ne faudrait… Dans un stage de travail qui relie auquel j'ai assisté en Belgique, les trois animateurs s'attendaient à récolter 3 000 euros et ils en ont reçu 8 000. La participation consciente est un des outils les plus transformateurs qui soient, car il vient toucher le plus intime de notre lien avec le billet. Les réactions peuvent être bouleversantes : honte de donner trop peu, morgue d'en filer plus, on retrouve toutes sortes de réactions très vives. Cela ne marche pas toujours, on vit en suspension, c'est très nouveau et cela demande d'être accompagné.

Là encore, il convient de distinguer ce qui est valable pour les individus et ce qui l'est pour le collectif. Le modèle économique est souvent un impensé des projets collectifs, ou plutôt un pensé très douloureux : l'argent est mal vu, en avoir est suspect, mais ne pas en avoir est entravant. Question finances, chaque lieu est un îlot en soi. Le Bois du Barde fait partie de ces rares endroits hors sol économiquement, c'est-à-dire qu'il dégage un revenu : d'un côté, de l'agriculture (pommes à cidre, jus de bouleau…), et de l'autre, un camping plein à craquer l'été. Cela permet d'aider à la rénovation et à l'aménagement du site. La CasBa, elle, s'appuie sur l'économie du don et du contre-don, qui repose sur la solidarité, la confiance et la réciprocité. C'est une résurgence de ce qui avait cours dans les sociétés primitives et dans le monde non marchand (associations, cercle amical, famille...). Ainsi, les basculeurs ont reçu autocuiseurs et chaises, lits en pagaille et canapés en cuir, tables et meubles de bureau pour pas un rond. En retour, ils débarquent parfois à dix-sept dans un potager qui demande à être retourné, lors du montage de murs en paille ou du déplacement d'un poêle de masse. Évidemment, celui qui reçoit n'est pas forcément celui qui donne, et vice versa. Chez 0.6 Planet, l'achat du bien est le premier investissement : le ticket d'entrée est à 80 000 euros, dont la moitié est consacrée d'office à la « transition écologique du lieu », via des panneaux solaires, des récupérateurs d'eau de pluie ou du matériel pour le potager XXL.

Le modèle économique du Moulin Bleu est l'un des plus aboutis que j'aie jamais vus, et pourtant il n'est pas si harmonieux à vivre, paraît-il. Il s'agit d'une colocation géante de quinze à vingt personnes (fluctuant sur l'année) avec différents statuts : propriétaire, propriétaire-résident, résident... L'achat du moulin s'est fait par le biais d'une société civile immobilière, qui a apporté 50 % du montant de l'acquisition. À leur arrivée, les membres de la SCI s'engagent à apporter 40 000 euros chacun dans le lieu, ce qui est bien en deçà du montant moyen dépensé par les personnes qui deviennent propriétaires. Si certains ont mis plus dès le départ, ceux qui ont mis moins s'engagent à compléter leur apport dans les dix années suivant leur arrivée. À terme, tous les associés investissent la même quantité d'argent. Le Moulin Bleu a également reçu un prêt privé, un autre auprès d'une banque locale et un troisième de la part de la coopérative OASIS. Côté gouvernance, tous les associés habitants ont le même nombre de parts dans la SCI, et la valeur de celles-ci ne peut pas être réévaluée, tant pis pour la spéculation immobilière. Les charges de la SCI (taxe foncière, intérêts des emprunts, provisions pour travaux…) sont financées selon un modèle de participation dépendant du revenu. Ce modèle est décrit dans le « pacte des associés », qui complète les statuts de la SCI. « Notre structure actuelle fait que l'association d'usagers et d'usagères est décisionnaire. On peut être dans la SCI et ne pas vivre ici. Tant que le lieu ne génère pas d'activité économique, le modèle tient grâce aux gros salaires », concède Cal, l'un des fondateurs du Moulin Bleu. En parlant de salaires, Édouard, Cal ou Poc ont conservé une activité rémunératrice (dans la communication politique, à la tête d'un cabinet de consultants de la transition écologique ou chez EDF). Florence, ingénieure agronome de formation, a décidé de prendre ses deux années de chômage pour redéfinir un projet pro et, pourquoi pas, faire renaître de ses cendres la filière noix locale. Floors est au RSA, Montsérat est prof à mi-temps dans un lycée agricole en région parisienne, tandis que Laure a passé son CAP de boulange en candidate libre en juin 2021. Ainsi, le rapport entre celui qui gagne le plus et celui qui gagne le moins est probablement de un à dix. Durant leur colocation à la Maison Bleue, pendant une année à raison d'une réunion mensuelle, ils ont décortiqué l'importance du flouze dans leurs vies respectives : de combien ai-je besoin pour vivre ? Une fois l'ensemble de mes besoins remplis, de quoi ai-je besoin ? L'argent de poche est-il important ? Est-ce que je veux en profiter pour aider les autres, pour le collectif ou pour m'en servir comme bon me semble ? Des questions utiles à tous pour déconstruire son rapport à l'argent et revisiter le sentiment de sécurité qu'il procure. « Tout ce qui est acquis m'interroge, c'est quelque chose que j'ai conscientisé il y a longtemps », affirme Cal, plutôt du genre à ne pas diviser équitablement l'addition au restau quand certains ont le compte en banque rouge carmin. Cela implique de facto de s'interroger sur ses besoins, ses moyens, ses envies et la notion même de don, de partage, de soutien, bref de communauté. « On a cassé l'argent, ce concept évident pour tous alors qu'il n'a aucun sens. À dix, on ne paie pas tous la même chose, c'est le principe de l'impôt sur le revenu. » Concrètement, pour les résidents longue durée, chacun verse 16 % de ses revenus, puis 0,6 % par tranche de 100 euros. Ainsi, une personne vivant au SMIC contribue à hauteur de 283 euros mensuels (soit 23 % de son revenu), un salarié à 4 000 euros mensuels versera 1 600 euros par mois à la structure (40 %) et un résident au RSA abondera à hauteur de 107 euros par mois la cagnotte commune (19 %). Plus vous gagnez, plus vous contribuez. « À une époque, j'étais au RSA, je comptais donc sur les autres pour équilibrer les comptes. Aujourd'hui, je suis le plus riche, donc c'était d'autant plus facile pour moi d'amener ce sujet sur la table, explique Cal. Cela a permis de casser la barrière pour tous : ceux qui gagnent plus et ceux qui gagnent moins. Nous considérons que les revenus ne sont pas forcément proportionnels aux efforts individuels, mais sont en partie liés à l'origine familiale, sociale, culturelle… Les participations financières sont donc calculées sur la base des revenus pour amorcer une redistribution des richesses, à l'échelle de notre collectif et de ce lieu. » Quand un groupe soudé y contribue, changer de boulot, créer un projet de toutes pièces, se concentrer sur du bénévolat ou des activités non rémunératrices est plus léger, la bifurcation est plus sereine. C'est un peu comme une théorie du ruissellement qui marcherait. Pour les personnes de passage, le prix est libre : l'équivalent d'une heure de travail journalier sur le lieu, soit 10 euros par jour (ou 4 euros au tarif du RSA). Cet argent alimente la caisse qui prend en charge les dépenses courantes (assurance habitation, eau, électricité, gaz, alimentation…), les travaux d'entretien et d'aménagement du lieu, le loyer versé à la SCI, le financement des activités de l'association (bibliothèque, atelier vélos, potager, chantiers collectifs…).

Verdir sans déguerpir

Ne rien trop changer, dégager des bénéfices sur les ruines du vieux monde et mettre cet argent au pot d'une transition est une option qui séduit pas mal d'entrepreneurs opportunistes, à cheval entre deux mondes. Patrick est doté d'un solide portefeuille grâce à son rôle d'éditeur sonore (discours, musiques, livres audio, cours de philo…) et de bailleur social privé. En 2020, cet ami-associé passe les deux mois du confinement dans notre verger à Joigny. « Je découvre que je peux gérer toutes mes entreprises depuis un vieux Samsung, et en même temps compter le nombre de fois où j'entends une abeille butiner, voir les pommiers fleurir, écouter les oiseaux et connaître une révélation pastorale et virgilienne me rapprochant de ce vivant dont j'ai été séparé depuis quarante ans. » C'est le début d'une révolution où l'entrepreneur pressent la finitude de tout. « Le culturel et le social ne sont plus les panacées de l'humanité, mon action d'éditeur est devenue polluante et court-termiste. Que ce soit le disque physique ou son corollaire le streaming polluant, la raréfaction des ressources et même la baisse du niveau du Rhin, qui augmente les coûts de la fabrication des disques, tout cela m'appelle sur des réalités de “collapsologie” que je renie. » Toutes ses activités, dit-il, sont en train de bifurquer. « J'accepte de faire ma petite part de mortel qui s'accepte en mortel. » Il acquiert des vignes qu'il fait convertir en bio, et des parcelles (jardins, bois, forêts) pour les laisser vivre. Son entregent lui permet de récolter 160 000 euros de souscriptions pour un groupement forestier et rural, Forêts et Campagnes d'Avenir. À Joigny, il rassemble une dizaine de souscripteurs désireux d'investir collectivement dans des vergers laissés à l'abandon. « Tout cela n'est pas le grand changement, mais l'amorce de tout penser autrement, en conciliant des vues longues avec des contraintes immédiates. » En français dans le texte : sauve qui peut, y'a le feu, agissons. C'est aussi cet incendie rampant qui a mené Emmanuel à opérer un virage en douceur dans sa partie, l'expertise comptable, sans tout envoyer valdinguer. Durant trente ans, ce cador est passé d'un cabinet d'audit à un autre (Ernst & Young, Arthur Andersen…) ; il l'avoue lui-même, il faisait partie de « la firme » et travaillait dans une logique de croissance, de développement et d'optimisation. « Je me suis éclaté durant des années. » L'écologie ? Il savait vaguement qu'il se passait un truc, mais il a « toujours sous-estimé la gravité de la situation ». En 2018, la lecture du livre de Pablo Servigne, *Comment tout peut s'effondrer,* l'avale tout cru. Après avoir offert une quinzaine d'exemplaires à leurs amis les plus proches, lui et sa femme, Valérie, qui accompagne les dirigeants dans leurs processus de transformation, organisent une soirée entre éco-initiés. « Nous voulions faire la part des choses entre l'agitation des peurs et les risques systémiques. Conclusion : c'était bien plus urgent que ce que nous imaginions ! » Pendant que Valérie s'intéresse aux ressorts intimes et personnels de la transition, Emmanuel cherche à tout prix une échappatoire : il se forme à l'agriculture urbaine, à l'aquaponie, et se voit monter des lieux de régénération et de production sur des sites impropres à l'habitat. Il se ravise. Après tout, il est expert-comptable, et l'offre classique dans ce domaine est à la ramasse des enjeux écologiques. « Beaucoup d'universitaires bossent sur la question de la mesure, la façon dont on intègre les ressources naturelles dans un bilan comptable, mais peu de cabinets sont capables de faire la courroie de transmission. À ce jour, il y a beaucoup de recherche fondamentale et d'expérimentation, mais, sur le plan financier, ça ne produit pas grand-chose. » Au mieux, le débat élève le niveau de maturité générale pour modifier les normes comptables dans cinq, dix ou quinze ans. Au fond, Emmanuel pense que tout cela va mal finir. Tout de même, il compte infléchir un certain nombre de trajectoires, là où il est. En 2022, quatre ans après son épiphanie, il crée Figures avec trois associés. L'idée : aider ces patrons effondrés à remettre à plat leur modèle d'affaires, à changer de cap. Des experts (carbone, biodiversité…) viendront détailler les enjeux sectoriels, territoriaux, financiers et comptables. « Cette société de conseil fonctionne différemment des autres, car le seul impératif, c'est de penser dans les limites planétaires. » Il ambitionne même de prendre en charge ces DAF (directeurs administratifs et financiers) qui sous-estiment la mutation de leur métier. « L'urgence écologique les pousse à changer de paradigme pour viser une performance globale qui conjugue capital financier, capital humain et capital naturel », affirme-t-il. Concrètement, comment le DAF peut-il, et même doit-il, opérer sa révolution ? « Dans ce monde volatil et incertain, le DAF doit réaliser des stress-tests : que se passe-t-il si le cours du cuivre augmente de 50 % et le coût logistique de 25 % ? Cela permet d'orienter les choix de relocalisation ou d'investissement », explique-t-il. Mais alors, quelle bifurcation réelle pour lui ? « Je quitte un système où j'étais intégré, performant, je dirigeais un cabinet de 500 personnes d'où je tirais des revenus conséquents [de 400 000 à 500 000 euros par an]. Je réinvestis ce que j'ai gagné, je repars à zéro, c'est un vrai renoncement : je vais diviser mes revenus par dix à une étape de ma vie où mes enfants me coûtent une blinde ! » Emmanuel verdit son job en insistant sur une nouvelle nomenclature. En cela, il intègre de nouvelles briques de compétences dans un très très vieux métier.

Aller se faire... former

Oubliez le bénévolat ou les dons au compte-gouttes à des associations, utilisez votre temps de travail à quelque chose d'utile... « La seule chose à faire, c'est d'être exemplaire, de faire le maximum en espérant que cela infuse », assure Adèle Galey de Ticket for Change. Mais les questions affleurent sans cesse : faut-il tout plaquer et partir dans une communauté ou faire changer les mentalités autour de soi, dans sa famille, ses amis ou son organisation ? Dois-je m'extraire du système quitte à m'isoler mais vivre en total accord avec mes principes ou mettre un peu d'eau dans ma radicalité pour faire avancer les choses où je suis ? Éternel dilemme auquel chacun répond comme il peut. On peut d'ailleurs s'appuyer sur un outil très prisé, l'ikigai, mot japonais que l'on peut traduire par « raison d'être ». L'ikigai est à la fois ce qui nous pousse à nous lever le matin, ce qui nous dynamise et nous motive, mais également une manière d'aborder les choses au quotidien et de profiter de l'instant présent, quelles que soient les activités qui nous motivent. « Trouver son ikigai est rarement aisé et instantané, mais extrêmement gratifiant une fois qu'on a pu l'identifier. C'est une manière d'exploiter son potentiel, de s'épanouir dans la durée. » Il consiste à superposer quatre cercles-patates : dans l'un, ce que vous aimez ; dans un autre, ce pour quoi vous êtes plutôt doué ; dans un troisième, ce dont le monde a besoin (réparation…) ; dans le quatrième, ce pour quoi vous pouvez être payé… En superposant les quatre cercles, la zone où se rencontrent les quatre éléments vous renseigne sur votre ikigai. Attention, c'est un principe de vie, pas une méthode pour trouver le job de vos rêves qui ferait du bien au monde et à vous. Pourtant, il est utilisé dans un grand nombre de formations. Cet outil vous permet de réfléchir à des questions essentielles : qu'est-ce que j'aime faire ? Qu'est-ce que je sais faire ? En quoi puis-je être utile ? Comment puis-je gagner ma vie ?

On n'est pas forcément seul pour faire sa petite redirection personnelle, il existe désormais une pléthore d'écoles de formation, ou de bifurcation. Outre les métiers de la transition écologique et sociale, on y découvre ses talents cachés, ses compétences inavouées, on explore littéralement la notion d'impact (celui que l'on veut avoir dans ce foutu monde) et on élargit son réseau. De Fertîles au Campus de la Transition en passant par Lumia, Ticket for Change, l'Institut des futurs souhaitables, etc., les écoles de la transition pullulent et elles font partie de la pédale de frein… car il faut bien ralentir avant de prendre un virage. Une des pionnières donne le *la* rien qu'avec son nom : l'Institut des futurs souhaitables ! Plus de 1 200 bifurquants sont passés sous les fourches caudines de cette école à part, créée par Mathieu Baudin il y a plus de quinze ans. « Il y a toujours eu un flux continu de personnes en quête de sens et de changement. Elles viennent toujours pour les mêmes raisons : elles sentent une distorsion entre ce qu'elles veulent, ce qu'elles peuvent et ce qu'elles gagnent. Elles ont en général l'envie de changer les choses dans leur monde. » Et ces mondes sont vastes : l'art, la finance, la communication, le management… Sur six mois, les inscrits consacrent quinze journées à leur « voyage » tout en poursuivant leurs activités normales, et ils vivent ces quinze jours comme des shoots de conspiration positive. « Ils s'offrent du temps pour se penser et pour se repenser, pour comprendre l'époque. Ils et elles sentent que le monde se ferme, mais ne savent pas sur quoi s'ouvre l'avenir. » Ce qu'ils veulent faire après ? Personne ne sait vraiment. « Nous leur donnons une boussole et elle ne donne aucune direction, c'est la boussole de Jack Sparrow. Chacun va s'équiper et agir dans son périmètre. Les voyageurs muent, ils se métamorphosent… » Ne plus se lever le matin pour dégueulasser la planète, emmerder les gens, produire des déchets ou des objets parfaitement inutiles, voilà bien le premier impact que l'on peut avoir. Et modifier son rapport au travail. Trois critères déterminent une carrière à impact : les externalités positives, le temps consacré et l'intention que l'on met à l'affaire. Cofondée par Matthieu Dardaillon et Adèle Galey, Ticket for Change a déjà vu passer plusieurs centaines d'aspirants à la bifurcation professionnelle, laquelle n'implique pas forcément d'envoyer tout balader. « Si tout le monde consacrait son temps de travail à tenter de résoudre des enjeux de société urgents et importants, nous aurions un changement de culture systémique », prévient Adèle. Mais tout cela prend du temps : les bifurcations ne s'opèrent pas du jour au lendemain, elles s'accompagnent aussi.

Ticket for Change, de son côté, accompagne des entrepreneurs qui arrivent avec leur idée en poche, des salariés en reconversion, mais aussi des « intrapreneurs », c'est-à-dire des infiltrés employés de grandes boîtes et qui souhaitent changer les choses de l'intérieur. Ils changent rarement les choses en grand (comment modifier la raison d'être d'une hôtesse de l'air), mais sensibilisent les salariés et les incitent à se bouger. Les alternatives ne sont pas légion : transformer les choses de l'intérieur, filer loin et ailleurs ou créer une entreprise à impact. Difficile d'ailleurs de bien mesurer l'impact de ces entrepreneurs sociaux… Est-ce que la fabrication de ceintures en pneus de vélo usagés va inverser la courbe de production des déchets ? Sérieusement, à quoi sert cette petite goutte d'eau au regard de l'océan d'emmerdes que le monde devra affronter ? Il s'est cependant niché une perle dans une des promos de Ticket for Change, les créateurs de l'application Yuka, qui, avec 23,5 millions de fans, peut s'enorgueillir de faire trembler les industriels de l'agroalimentaire. « Tous les exemples d'entrepreneurs qui se bougent sont bons à prendre, car cela participe d'un changement de culture. Nous essayons d'orienter les candidats vers une radicalité ambitieuse, histoire qu'ils touchent plutôt 100 000 personnes que 5 000, mais brusquer les gens ne marche pas. »

Toutes ces formations font carton plein en cette période délicate. Elles se mobilisent pour créer un label de formation à la transition, voire de grandes écoles de la transition, à l'instar des grandes écoles numériques. « Chaque bouleversement sociétal a permis la création de grandes écoles pour accompagner l'évolution du progrès. L'idée serait d'attribuer un label commun aux formations existantes pour éviter qu'elles ne draguent les mêmes investisseurs. » L'entrepreneuriat social n'est pas une lubie. Depuis dix ans, le mouvement a réuni une communauté de pionniers pour qui un autre modèle est possible. Les entreprises peuvent en effet grandir en respectant quatre piliers : l'impact social, l'impact écologique, le partage de la valeur et le partage du pouvoir. L'efficacité économique peut se conjuguer avec justice sociale et transition écologique. Ces entreprises se sont réunies au sein de Mouvement Impact France, premier réseau de lobbying des boss d'un nouveau genre. Elles veulent passer d'une logique de pionniers à la norme. Manque de bol, cela prend du temps, beaucoup d'énergie de lobbying et probablement une génération. Et même si Mouvement Impact France porte un double projet entrepreneurial et politique, cela n'a pas encore percuté sur les bancs de l'Assemblée. Le vote du plan de relance fut une occasion en or de porter haut et fort d'autres valeurs que celles portées par le MEDEF, en vain pour l'instant.

Pour aller chercher les poussins dès le nid, le Campus de la Transition (situé à Forges, en Seine-et-Marne), aspire donc à changer les programmes et la pédagogie des universités et des établissements d'enseignement supérieur, en particulier des écoles de commerce et d'ingénieurs, par l'immersion de leurs étudiants dans la vie du lieu, une immense propriété décatie encerclée de cultures potagères. La transition est tellement énorme qu'elle gagne à être concrète et participative. Toute la philosophie de cette immersion est résumée par Cécile Renouard, cofondatrice du Campus avec l'économiste Gaël Giraud. « Ces changements peuvent être vécus, non pas comme une contrainte restrictive de plaisir et de liberté, mais comme un choix positif en faveur de styles de vie inspirants. C'est sans doute à cette condition que l'humanité trouvera à survivre à la crise majeure à laquelle elle est confrontée. » Le Campus de la Transition a également échafaudé un *Manuel de la grande transition* (aux éditions des Liens qui libèrent) pour fournir « un socle commun de connaissances et compétences auxquelles tout étudiant de licence devrait pouvoir avoir accès ». Rémi Beau, chercheur en philosophie à l'université de Bourgogne et l'un des quatre coordinateurs de l'ouvrage, explique que « l'objectif est que tout formateur puisse s'approprier le manuel afin de construire un cours transdisciplinaire ou bien des parcours pédagogiques complets sur l'écologie ». Établissements comme entreprises auraient tort d'ignorer les revendications de la nouvelle génération. « Aujourd'hui, certaines entreprises peinent à recruter de jeunes diplômés, qui refusent de travailler pour une structure qui n'a pas de raison d'être, ajoute Rémi Beau. Puisque ce mouvement est déjà en route, les universités et les grandes écoles sont forcées d'intégrer la transition écologique dans leurs programmes. » Faire face aux enjeux exige une population certes sensibilisée, mais aussi informée et formée, notamment en tant que futurs élus, électeurs, parents et professionnels de tous les secteurs. Le Campus propose une « éducation holistique » de grande qualité, qui fait appel à différentes ressources conceptuelles, pratiques, spirituelles et relationnelles. Un peu comme s'il fallait hybrider un cursus permettant de se changer soi pour mieux changer le monde. « Aucune transformation systémique ne peut se produire sans profonde transformation personnelle. La résolution des problèmes complexes du moment dépasse l'initiative individuelle, explique Rémi Beau. Elle demande une approche intellectuellement et éthiquement structurée en termes de représentations du monde (épistémologie) et de métriques associées (indicateurs). »

Faire financer sa transition par son entreprise

L'époque est à l'audace, y compris dans des univers aussi formels que le travail. Et puis, il faut reconquérir des salariés prêts à tout envoyer valdinguer à la moindre contrariété ! Depuis janvier 2022, le groupe Orange a mis en place le « congé respiration » pour ceux qui ont plus de dix ans d'ancienneté. Ils sont rémunérés pendant trois à douze mois, le temps de réaliser un projet en dehors du groupe. Chez la société de conseil Accenture, des « congés de priorité personnelle » permettent de filer trois mois et de toucher 50 % de son salaire. D'une certaine façon, ceux qui reviennent sont bien les plus motivés de l'affaire… Les DRH percutent qu'ils ont intérêt à ce qu'un salarié trouve son équilibre entre vie perso et vie pro. Ils le font depuis un moment, cela dit, grâce au mécénat de compétences. Avis à tous les employeurs qui souhaitent se débarrasser de leurs vieux machins placardisés, de leurs traîne-savates démotivés et des salariés buissonniers qui lorgnent l'horizon à travers la fenêtre de leurs bureaux ! Offrez-vous un cadeau commun : envoyez-les dans les bras de tous ces collectifs qui manquent tant de moyens, de forces vives, de personnes d'expérience… Vous ferez d'une pierre trois coups : rendre un de vos éléments heureux, permettre à un territoire de s'étoffer d'un projet supplémentaire et, cerise sur le CAC 40, obtenir une ristourne auprès du Trésor public, à savoir un bel avantage fiscal (60 % de réduction d'impôt sur le salaire chargé). Pour une fiche de paie flirtant avec les 50 000 euros annuels, l'entreprise ne paie que 20 000 euros. C'est ainsi que nous avons vu débarquer Paul[37] à la Convergence des possibles, à Joigny (la Chimère, souvenez-vous !), pour monter une Convention territoriale pour le climat comme salarié détaché de… Safran. Ironique à souhait, parce que Safran est tout sauf une épice inoffensive ; c'est plutôt un fabricant de moteurs d'avion, le sous-traitant de l'aéronautique mondiale, le roi du système optronique, qui s'adresse autant au soldat qu'au navire de surface (porte-aéronefs, frégates,

37. Le prénom a été changé.

corvettes, patrouilleurs...), bref un groupe qui prend bien sa part dans la crise climatique, de par sa raison d'être, et qui culmine à 15,3 milliards d'euros de chiffre d'affaires avec 76 000 salariés à travers le monde.

Qu'importe, tout le monde est content : cet homme va travailler à un projet qui le remotive, Safran augmente son impact social et la Convergence des possibles bénéficie d'un projet clé en main piloté en autonomie, inspiré de la Convention citoyenne pour le climat. Reste un sacré bémol : qu'attendre de ce nouveau « machin », qui risque bien de nous faire revivre – en plus petit et en local, certes – le traumatisme de ce qui s'est passé avec cette CCC. Pour mémoire, l'État français a financé la formation de cent cinquante personnes tirées au sort, avant de se torcher avec 90 % des mesures suggérées. Si la stochocratie est bien une des formes propres à révolutionner la gouvernance des territoires, faire entrer le citoyen dans la prise de décision publique est une gageure qui ne se dépasse qu'avec moult ateliers pédagogiques et sessions de formations diverses et variées, d'autant qu'aucun élu territorial ne goûte de se laisser déborder par un cahier de doléances citoyen, sauf quand la récupération politique joue à plein. Dans tous les cas, cela implique un investissement très fort. À ce jour, déplier de tels sujets au niveau de profondeur qu'ils méritent reste incompatible avec nos existences surmenées.

Inventer de nouveaux modèles

On peut également aller plus loin et développer collectivement de nouveaux dispositifs, comme le revenu de transition écologique (RTE), qui soutient ceux qui créent une activité bonne pour eux, la société et l'environnement. L'idée s'inscrit dans le prolongement du travail de thèse de Sophie Swaton, philosophe et économiste suisse, sur le revenu de base inconditionnel (RBI), auquel elle a intégré l'écologie et les limites planétaires. Alors qu'elle planchait sur les enjeux de la pauvreté, Sophie Swaton a rencontré le philosophe écologiste Dominique Bourg dans les couloirs de l'université de Lausanne, où tous deux enseignent. Pendant qu'elle lui causait fin du mois, il lui rétorquait fin du monde, et c'est ainsi qu'est née l'idée d'un revenu qui serait conditionné à une activité ayant du sens dans l'époque actuelle. Pour le tester sur les territoires, Sophie Swaton a monté la fondation Zoein, en Suisse, sur ses fonds personnels, fondation qui donne le petit coup de pouce pour que les coopératives puissent fonctionner. « De nombreuses activités à vocation sociale ou écologique se développent aujourd'hui, dans des domaines variés (agriculture, mobilité, finance solidaire, actions sociales, créativité, etc.). Pourtant, elles sont peu valorisées et les porteurs et porteuses de projets peinent à vivre correctement de ces activités pour les développer. Le revenu de transition écologique répond à cet enjeu », explique Jean-Christophe Lipovac, directeur de Zoein en France. Dans l'Hexagone, quatre territoires expérimentent le RTE : le Nord, le Lot-et-Garonne, les Vosges et l'Aude.

Nicolas a mûri son projet de cyclo-mécanicien itinérant durant dix ans. Cet amateur de deux-roues se demandait bien pourquoi « cela ne montait pas au cerveau des autres que le vélo était une solution aux embouteillages, à la pollution et, accessoirement, aux questions de santé ou de climat ». L'ancien développeur informatique a donc opéré un changement de trajectoire pensé dans les moindres détails. En 2019, il s'achète un vélo-cargo et teste son activité au sein de TILT, une coopérative de transition écologique dans les Hauts-de-France. C'est la pierre angulaire du dispositif, car les postulants au revenu de transition doivent en devenir sociétaires. Pour aider Nicolas, TILT investit 2 000 euros dans des outils et lui offre une formation marketing. Et si jamais son activité ne génère pas assez de revenus, il peut bénéficier d'un complément monétaire de 250 euros mensuels. En contrepartie, Nicolas verse un pourcentage de son chiffre d'affaires à la coopérative pour son fonctionnement. C'est ainsi que fonctionne le RTE, comme un tabouret sur trois pieds (et pas simplement sur un revenu monétaire inconditionnel, comme dans le cadre du revenu de base) : d'abord, un apport monétaire en soutien direct à une activité compatible avec les limites de la biosphère ; ensuite, ce revenu est complété par un accompagnement sur mesure ; enfin, le bénéficiaire adhère à la coopérative. Après, Nicolas, Florine, Laetitia ou Louise ont rejoint TILT. À 26 ans, Louise compte déjà deux burn-out dans sa vie professionnelle. Ingénieure en renouvelable, passionnée par la sensibilisation à l'environnement et la performance énergétique, elle veut développer la fresque du climat et le « travail qui relie[38] » dans la région. TILT lui a commandé l'animation d'une journée consacrée à la transition intérieure. Dans l'Aude, une petite dizaine de personnes testent le dispositif. Christophe, le maraîcher au RSA, cotisant solidaire, a bénéficié de 4 500 euros en salaire sur six mois pour maintenir son activité. Tout en conservant son RSA, Delphine est salariée d'une coopérative de transition écologique un jour et demi par semaine. Pour son projet de vélo-broyeur, Mélissa bénéficie d'un RTE de 3 000 euros répartis sur six mois, d'une formation et d'une

38. « Le travail qui relie » est un outil qui permet aux personnes souffrant d'éco-anxiété d'honorer leur peine pour le monde et d'aller de l'avant. Il a été développé par Joanna Macy dans les années 1980.

mise en réseau. Forte de tout cela, l'air de rien, elle prend confiance au-delà du simple apport monétaire. « Cet accompagnement et cette confiance qui m'est faite m'aident à retrouver de l'estime en moi-même, confie la jeune femme. J'ai un besoin de contribuer très fort, qui me tient debout. » Obtenir un RTE ne revient donc pas à recevoir 2 000 euros par mois comme par magie, le temps que son projet devienne rentable. L'outil amène un petit plus, plutôt insoupçonné : « Si je touchais le RTE plutôt que de l'argent de Pôle emploi, je ne serais pas chômeuse aux yeux de la société, estime Louise, la transitionneuse de chez TILT, on reconnaîtrait que je m'active énergiquement en faveur de la transition de la société. » Le RTE n'est pas reconnu par l'État, mais les expérimentations sont tout de même financées par des subventions publiques et privées, puis grâce à la contribution des entrepreneurs salariés. En l'occurrence, TILT a reçu de l'argent de la région Hauts-de-France, de l'ADEME et de l'intercommunalité (métropole européenne de Lille et communauté urbaine de Dunkerque, en 2021). La fondation Zoein a injecté les frais de fonctionnement des deux premières années, soit environ 30 000 euros. « Pour TILT, actuellement en phase de lancement, on est sur le ratio suivant : 50 % de subventions publiques, 30 % de privées, principalement de Zoein, et à peine 20 % de contribution coopérative, complète Jean-Christophe Lipovac. L'objectif, à terme, c'est d'équilibrer les trois pôles. »

Conclusion

17 août 2022 sous le ciel de Chatelperron, dans l'Allier

À cause des punaises de lit et du traitement à la vapeur qu'on lui a fait subir, un matelas trône dans l'herbe. Sous la voûte étoilée, la Voie lactée trace sa bande molletonnée, les satellites s'empressent de couvrir leurs milliers de kilomètres quotidiens, les vols de nuit aussi. Je dénombre huit étoiles filantes en deux heures. J'aplatis mon cerveau pour mieux écarquiller les yeux. Les chouettes hululent, voilà une nuit d'été comme une autre, à cela près qu'on n'entend pas le moindre insecte, comme s'ils carburaient à l'économie. Il n'a pas plu depuis des semaines, la sécheresse fait le bruit d'un silence à nul autre pareil, plus dense que l'air. Nous allons dormir à la belle étoile et nous aimer sous Aldébaran, juste à la droite de la ceinture d'Orion. Aldébaran, qui se situe à 66 années-lumière du soleil, ne sait pas ce qui se passe sur sa cousine éloignée. Il semblerait que quelque chose se soit passé. L'été a percuté les cerveaux, et moi je ne suis plus seule.

L'artiste fauché aux oreilles décollées n'était absolument pas au programme de ma vie. Rien ne nous prédestinait à cheminer ensemble, rien ne devait faire se croiser nos droites parallèles. Et pourtant, c'est toujours comme ça, il y a rencontre sans qu'on y prenne garde. Encore une bifurcation qui a bourgeonné par-devers moi. Peut-être que je ne le souhaitais pas fauché, mais je le désirais généreux, allégé de ses couches égotiques, capable de ranger ces bagages psychiques qui tissent nos névroses. Il rend chaque ingrédient gourmand, ce qui rend gourmand chaque instant qui reste à vivre. Il a la trouille chevillée au corps de ne pas durer assez (elles sont passées si vite, ces cinquante-sept années), il aimerait bien connaître l'emplacement de la source de Jouvence, refaire un tour de manège, durer des décennies avec une prostate à l'endroit, le désir toujours vaillant, le corps au diapason de son esprit punk, libre et déconstruit (sauf à la conduite). Voilà bien la bifurcation la plus inattendue de ce bouquin, celle qui fait dévier mon attention de tous ces compteurs au rouge et qui m'invite au farniente, à la douceur, à la gourmandise, à l'envol et à la joie simple d'être tout près. Alors j'ai bifurqué, moi aussi, en baissant une ou deux armes de l'intime.

Il ne sait pas comme il compte et comme il vient remplir ce que je ne savais pas vide, ou sec. Il m'aide, me soutient, me regarde (beaucoup trop !), me guette, m'écoute, m'enchante, me remplit, me nourrit, m'enquiquine, m'inquiète et me renvoie à ma suffisance, à mon perfectionnisme, à mon ego bouffi, à ma névrose obsessionnelle, à mon addiction, à mon agenda surchargé, à mes ambitions démesurées et à tant d'autres traits de ma personnalité égarée. Je crois pouvoir écrire qu'il prend tout… pour l'instant. Et dans ce « pour l'instant », il y a l'infini qui me suffit. Il peut partir demain, je m'en moque, j'aurais goûté à l'essentiel. Il aurait été idiot de ne pas être aimée au moins une seconde, et encore plus de refuser de l'être, d'ajouter aux tourments effondristes une solitude de grande amoureuse qui n'aime pas. Il était temps que la guerre prenne fin et que des troupes joyeuses envahissent le cœur déserté. Le chemin s'ouvre enfin pour plusieurs paires de pas, côte à côte. Notre objet transitionnel s'appelle Mixo, et il contribuera sûrement à la dévastation de la petite faune du jardin. Il me fait bifurquer, mais sur mon axe, il m'accompagne et je mesure comme j'ai fait, pensé, vécu, travaillé seule ces dix dernières années. Il a fallu du temps pour apprivoiser la bête en moi, la furie, la guerrière, l'enfant gâtée et abandonnée, colérique et désespérée. Il a su approcher l'air de rien, sans peur, d'abord avec ses gamelles et son camion à tout faire, ensuite avec ses mains de sculpteur-menuisier-factotum, et pour finir avec son être tout entier, aussi imparfait qu'on peut l'être quand on n'a pas grand-chose à perdre. Nu. S'aimer sur le tas de ruines fumantes comme s'il n'y avait que cela de vrai, de sûr, de certain. Au milieu, on amusera la galerie en pressant des pommes à l'automne, on organisera la taille des arbres pour transmettre aux néo-apprenants, on refera des dîners succulents à partir d'huile de friture, on ira inaugurer des expositions modestes, on traversera la France pour emplir nos poumons d'iode… Il rêve de Japon, alors je le lui promets, nous irons au Japon, par la terre et la mer. Il faut juste que Poutine y mette un peu du sien. Ça durera ce que ça durera, et dans ce voyage nos enfants intérieurs s'amuseront à tout redécouvrir. Je te le promets, je t'emmènerai à Hiroshima, mon amour. Ou pas !

1er novembre 2022

Il fait 25 °C sur la terrasse, nous avons déjeuné entre amis. Au menu, de la salade du jardin. Les chats stationnent devant le laurier gigantesque dans lequel piaillent des dizaines de piafs survoltés. Deux abeilles charpentières virevoltent à la recherche de bois pour se planquer cet hiver. Cette douceur pue la mort, mais elle tombe bien parce que ma chaudière, rebaptisée Poutine depuis l'invasion de l'Ukraine, ne *doit* pas redémarrer de sitôt. Ma mère m'envoie des SMS pour des panneaux solaires bradés dans une grande enseigne de bricolage, preuve irréfutable que la question énergétique a pénétré tous les cerveaux ! Aujourd'hui, j'ai pensé à mes morts de mort naturelle… Je ferai peut-être partie de la dernière génération à mourir tranquillement, dans une maison chauffée. La mort m'habite particulièrement, ces temps-ci. Je bois trop pour mourir en bonne santé et je me fiche de durer, ce qui n'arrange rien à mon équation. On me dirait déprimée ? Non, je me sais en sursis. Cette sensation de sursis perpétuel affirme mon goût prononcé pour ce foutu instant présent dont on nous rebat les oreilles. Il est d'une puissance inégalée. Il permet de vivre ce qu'il y a à vivre quand on le vit : une résidence entre influenceurs de l'écologie rêvant de fabriquer des utopies adultes, une balade mycologique en forêt d'Othe pour apprendre à distinguer le bon de l'hallucinogène et du mortel, une tarte aux poires marinées dans du sirop de cardamome, une sieste à l'ombre de mes voiles, entourée de chats joueurs et ronronnants, une réhabilitation de maison pour accueillir des transitionneurs dans la vieille ville… Il n'y a guère de secret dans un changement de vie : l'élan vital en est le souffle, le désir de vivre ses rêves, le cap, et l'instant présent, le capitaine. Nombre d'équipiers passent de bâbord à tribord, assurant les manœuvres pour virer de bord, affaler les voiles, sortir le spi, tenir la barre. Sous la coque de noix qu'est votre vie, une sensation de houle qui porte où l'on doit aller. Comme pour Ulysse, censé retrouver son port d'attache et sa patiente Pénélope, le voyage peut durer un certain nombre d'années. L'essentiel est l'aventure, le chemin, pas forcément les retrouvailles avec la vie d'avant.

Annexes

La zone 0 : moi, moi-même et je

Réduire ses besoins

La sobriété est désormais dans les pubs d'EDF ou du ministère de la Transition.

Pour faire son bilan carbone personnel

- Fondation Good Planet : goodplanet.org/fr/calculateurs-carbone
- Nos Gestes Climat : nosgestesclimat.fr
- Footprint Calculator : footprintcalculator.org
- Rift : riftapp.fr
- Carbo : hellocarbo.com

Lire

- Scénario négaWatt 2022 (negawatt.org)
- *Petit traité de sobriété énergétique,* Barbara Nicoloso, ECLM.
- *Tendre vers la sobriété numérique,* Frédéric Bordage, Actes Sud.
- *Comment consommer avec sobriété,* Valérie Guillard, De Boek Supérieur.

Changer son rapport au temps

Consulter l'étude anglaise Stop the Clock, parue en 2021 et qui étudie les effets d'une semaine de quatre jours sans réduction de salaire sur les émissions de CO_2 du Royaume-Uni. L'analyse de Laurie Mompelat et de Mika Minio-Paluello montre que le passage à un délai de quatre jours pourrait diminuer l'empreinte carbone du Royaume-Uni de 127 millions de tonnes de CO_2 par an d'ici à 2025. Cela représente une réduction de 21,3 %, et c'est plus que la totalité des émissions de la Suisse (37 millions de tonnes annuelles) ! Cela revient à éliminer de la circulation 27 millions de véhicules.

Il faut longtemps pour aller plus loin !

Les marches du temps profond se répandent comme une traînée de poudre en France. Vous en trouverez sous toutes les formes : urbaines ou forestières, silencieuses ou commentées, pour adolescents ou fanas de théories évolutionnistes ! Pour rappel, il s'agit d'une balade de 4,6 kilomètres dont chaque pas « mesure » un million d'années. On y découvre comment la Terre s'est formée et, sur elle, comment la vie a frayé son chemin. Au cours de vingt et une étapes, une animation raconte la formation de la planète, la constitution d'une atmosphère, l'apparition des cyanobactéries, etc. Cette marche invite à une prise de conscience du temps et des évolutions qui ont été nécessaires à la création de la vie sur terre telle qu'on la connaît aujourd'hui. À faire, sans hésiter !

- La communauté francophone de la MTP : https://www.facebook.com/groups/marche.du.temps.profond/
- Le site web de la Deep Time Walk : https://www.deeptimewalk.org/

  Le script original de la marche (en anglais) coûte moins de 10 livres. L'association Transitions en Puisaye (https://www.lestransitions.org/) l'a traduit, mais on le trouve également en libre accès sur le web. Chaque animateur l'aménage à sa sauce tout en conservant les informations scientifiques qui en font le sel.
- Répertoire des marches du temps profond en France : https://marchedutempsprofond.mystrikingly.com/

- La marche du temps profond pour les jeunes : https://drive.google.com/drive/folders/1nvYekKtJGtd-P9F7Vxfs53pV6XY1rn4k?usp=sharing

Livres

- *L'Univers expliqué à mes petits-enfants,* Hubert Reeves, Le Seuil.
- Deep Time Walk ; the Fool and the Scientist, Stephan Harding et Peter Oswald.
- *Le Cosmos et le Lotus,* Xuan Thuan Trinh, Albin Michel.
- *La terre s'éveille ; les sauts évolutifs de Gaïa,* Peter Russel, Souffle d'Or.

Podcast

- Tout tourne rond sur cette Terre, de Marine Simon.

Vidéos, documentaires

- *L'homme n'est pas unique* (Arte) : https://www.youtube.com/watch?v=stCxLxBMjYA
- *L'Odyssée interstellaire* (Arte, en 4 épisodes) : https://www.arte.tv/fr/videos/051146-001-A/l-odyssee-interstellaire-1-4/

Changer de regard

S'ouvrir à des liens invisibles avec l'association Le Lichen, laboratoire des interdépendances concernant les humains et les non-humains (https://le-lichen.org). Celle-ci propose régulièrement des ateliers inspirés du travail qui relie, notamment le Conseil de tous les êtres, où chaque participant endosse la voix et la perspective d'un être autre qu'humain. Tout le calendrier des manifestations à venir se trouve ici : https://le-lichen.org/calendrier/

Le Lichen défend et met en œuvre une approche pragmatique, incarnée, formaliste et esthétique. Il s'agit ici de tester, en engageant les corps, des manières de connexion entre espèces permettant de recomposer des collectifs, et potentiellement tous les domaines de l'organisation de nos vies : urbanisme, économie, habitat, aménagement, alimentation, éducation, etc.

Faire sa liste de Perec !

Faire sa liste des vingt-cinq choses à faire avant de mourir.

Pour vous aider, n'hésitez pas à lire ou à relire, à écouter ou à réécouter Georges Perec, qui se verrait bien « boire du rhum trouvé au fond de la mer », « apprendre le métier d'imprimeur », « faire une ascension en ballon », « vivre une expérience en dehors du temps, c'est-à-dire en libre cours, comme au fond d'une grotte, sans repère de temps »...

https://www.radiofrance.fr/franceculture/25-choses-a-faire-avant-de-mourir-selon-georges-perec-2445420

Petit détail qui a son importance, il est mort quelque temps après avoir dressé sa liste. Ainsi, rien ne vaut de faire ce qu'on a envie de faire plutôt que de le lister !

Zone 1 : moi, seul ou à plusieurs

Tours de France

- Le Mouvement Colibris a fait un tour de France des écolieux, un reportage qu'il convient de lire. On découvre les modes de gouvernance, les statuts juridiques, les organisations sociales et économiques de ces pionniers, les intentions ou la raison d'être. https://www.colibris-lemouvement.org/sites/default/files/article/tour_de_france_des_ecolieux.pdf
  Le site s'est enrichi d'une carte interactive « Près de chez vous » : https://www.colibris-lemouvement.org/passer-a-laction/agir-quotidien/carte-pres-chez-nous
- De même, la coopérative Oasis a répertorié plus de 1 200 projets d'oasis répartis sur toute la France. Une carte interactive les recense ici : https://cooperative-oasis.org/decouvrir/les-oasis/

Le Bois du Barde

Pour les habitats partagés et communs, je ne peux que conseiller de passer voir le Bois du Barde, qui a passé le cap des dix années d'existence. On y trouve un camping en été et des activités agricoles en hiver (cueillette des pommes à cidre ou récolte de la sève de bouleau). Anne-Laure se fera un plaisir de parler de la permaculture humaine, au centre de sa vision. Des visites autour d'un repas, des portes ouvertes, des week-ends en immersion, tout est possible.

https://www.leboisdubarde.bzh/

Coat an Bars, 22110 Mellionnec

Téléphone : 02 96 29 30 03

0.6 Planet

0.6 Planet ne cesse de s'agrandir. À ce jour, deux lieux accueillent une petite communauté bien installée, mais d'autres sont en prospection. Le processus d'intégration « dure » plusieurs réunions et rencontres, le temps de déterminer vos intentions personnelles avant de les faire résonner avec celles du projet… Concrètement, il faut remplir ce formulaire pour être tenu au courant des évolutions à venir : https://www.06planet.org/fr/eco-village/ecovillage-a-venir/

https://www.06planet.org/fr/

Etika Mondo

« Nos stages sont une ode et une initiation à la science de l'écologie et à ses applications concrètes. Les enseignements que nous y prodiguons sont tous basés sur les pratiques quotidiennes de notre collectif qui vit et œuvre sur place à l'année. Nous souhaitons également faciliter les rencontres entre participants afin d'aider la création de groupes ayant vécu une expérience commune pour partir du bon pied. » Sur le site (https://etikamondo.com/), tout le détail des stages, de l'esprit et de la communauté.

Contact : écolieu du hameau de Gaujac, 30120 Le Vigan

Téléphone : 04 67 17 45 33

Mail : dringdring@etikamondo.com

La Bascule

En trois ans, La Bascule est devenue un archipel qui rayonne du fait de ses îles portées par ses membres. Bordeaux, Joigny, Plouray… moult options s'ouvrent à vous : passer les voir à l'occasion d'un de leurs événements ou s'installer pour un temps plus ou moins long.

Toutes les îles sont répertoriées sur le site officiel de la Bascule : https://la-bascule.org/les-iles/

Pour venir à Joigny : lacasernebascule@gmail.com
Réseau social : https://www.facebook.com/LaCaserneBascule/

Zone 2 : moi et mon grand tout dans un collectif

La préparation

Sonder ses intentions… et l'intention du projet. Pour tout travail en collectif, se nourrir avec la littérature constituée par l'**Université du Nous,** le **Mouvement Colibris** ou la **coopérative Oasis…** On y trouve les ingrédients de la gouvernance alternative, dite partagée. Depuis 2012, le Mouvement Colibris expérimente lui-même une gouvernance participative qui permet à toutes les parties prenantes de participer aux orientations stratégiques, dans un vaste processus d'intelligence collective. Inspirée de la sociocratie et de l'holacratie, cette gouvernance s'appuie notamment sur plusieurs principes : fonctionnement en cercles, prise de décision par consentement, élections sans candidats… Elle expérimente aussi des fonctionnements en réseau et s'appuie sur l'usage du numérique pour démultiplier la participation de ses membres.

Tout est là : https://www.colibris-lemouvement.org/lassociation/une-gouvernance-novatrice

La gouvernance

Il existe un petit livret, « La gouvernance dans les oasis », téléchargeable gratuitement et qui a été réalisé par les Colibris et l'Université du Nous. C'est une mine : on y comprend en un clin d'œil tous les blocages, les obstacles égotiques et les jeux qui minent parfois l'action collective. Par ailleurs, la compréhension du contenu (gouvernance, cadre de sécurité, créer un « nous » collectif…) est facilitée par le graphisme. La novlangue de la gouvernance devient un langage à part entière.

À télécharger sans compter sur https://cooperative-oasis.org/.

L'observatoire des écolieux

La coopérative Oasis a également fondé un observatoire dans lequel on retrouve des études passionnantes sur la vie en écolieu : est-ce plus écolo ? Le bilan carbone est-il plus satisfaisant ? Est-ce plus agréable humainement ? Quelle est la nature de la relation avec les élus locaux ? Ou la contribution au mouvement des communs ? On croit connaître les réponses, mais les études permettent de leur accoler des chiffres et des tendances.

https://cooperative-oasis.org/decouvrir/lobservatoire-des-oasis/

L'Université du Nous (UdN)

C'est un peu la matrice des organisations alternatives qui tâtonnent pour mieux fonctionner… Il n'y a qu'à lire sa raison d'être pour comprendre que c'est un puits de ressources et de savoirs à partager.

« Depuis 2010, l'Université du Nous réinvente le "faire ensemble" par sa propre expérience de la coopération et de l'intelligence collective, et trouve sa raison d'être par la transmission de ses apprentissages à celles et ceux qui veulent aussi emprunter ce chemin, animé·e·s par une profonde envie (et espoir) de transition de société. Organisation citoyenne, elle est aussi un lieu de recherche, d'expérimentation, de création et de partage de communs sur les nouvelles façons de faire ensemble. Elle questionne, teste, malaxe tout ce qui tourne autour de l'intelligence collective, la gouvernance partagée et l'exercice du pouvoir en relation d'équivalence, mais aussi notre rapport à l'argent, l'apprentissage via une pédagogie dite "sensible" (cœur/corps/esprit) ou encore la question du genre… » L'UdN vient de muter. En fusionnant en juin 2022 l'association UdN et la coopérative Hum ! au sein de la SCIC UdN, l'Université du Nous se dote d'un véhicule juridique adapté à la singularité de son projet et elle entame le deuxième chapitre de ses aventures. Aujourd'hui, elle a besoin d'accueillir de nouveaux sociétaires pour lui permettre d'avoir les moyens financiers de ses ambitions. En clair, elle cherche cent personnes capables d'apporter 2 000 euros chacune, soit 200 000 €.

On trouve son ADN, c'est-à-dire son code source, en licence libre en ligne : https://drive.jardiniersdunous.org/s/zrMxYLjmy5yLCpA. Il contient trois philosophies qui fichent la patate et qu'il convient de s'inoculer chaque jour au petit déjeuner après ses trois salutations à la grisaille.

- **La forêt qui pousse** (l'arbre qui tombe fait plus de bruit que la forêt qui pousse)
  La forêt qui pousse, ce sont toutes les initiatives qui émergent, partout et à chaque instant, positives, créatives, au service d'un monde plus écologique et solidaire. La forêt qui pousse, fragile, est souvent très inaudible face au ramdam des médias, qui se focalisent sur ce qui dysfonctionne. Focaliser son attention dessus, c'est s'arrêter un instant et s'ouvrir à une vision plus globale de ce qui se passe, de ce qui change, de ce qui se met en mouvement actuellement.
- **La stratégie du colibri** (dire « fuck » à son ego)
  La patience est une des clés de la sérénité. Faire sa part, c'est sortir de l'agitation et entrer dans l'action juste. Il est merveilleux d'être sur le chemin, sans se sentir écrasé par le poids du résultat. C'est sortir de la compétition, de la comparaison et du jugement. La volonté absolue d'atteindre un objectif pour se sentir utile, performant ou déculpabilisé est une stratégie de notre ego. La seule vraie façon de donner envie à l'autre de faire sa part, c'est de faire la sienne.
- **Pour, contre, avec, sans ?**
  Être pour, contre, avec, sans ? Dans sa relation à soi, dans sa relation à l'autre, tel est le questionnement que nous posons et que nous développons dans notre proposition pédagogique sensorielle. Quatre facettes d'un territoire interne que nous invitons à découvrir, à revisiter, à interroger. Quelle est ma stratégie, tendance naturelle de départ, comment évolue-t-elle dans le temps et dans mon interaction à l'autre, au groupe ? Qu'est-ce que ces postures impliquent ? Comment mon corps peut-il m'apprendre à le découvrir ? Une proposition qui invite chacun à observer les mécanismes qui se jouent en interne et permet, peut-être, de grandir dans la conscience de sa posture de coopération.

Les outils

Il existe une multitude d'outils pour ajuster ses intentions, régler des conflits, déterminer une raison d'être, etc.

Éviter le putain de facteur humain (PFH)
De nombreux outils, textes, méthodes ou ateliers, abordent la résolution, si ce n'est l'évitement, du PFH. Les formations existent aux quatre coins de la France. L'Atelier du Lien, l'Université du Nous, la coopérative Oasis, l'école de formation itinérante Fertîles…, nombreuses sont les structures où l'on peut se former à l'holacratie, à la sociocratie ou à toute autre forme de gouvernance partagée et horizontale. On y réapprend ses postures hautes (donner des ordres, vouloir persuader, exercer le pouvoir…) et basses (ne pas savoir, se taire, ne pas comprendre…), et on y apprend tout simplement les postures les plus pertinentes de la coopération, notamment et principalement celle d'écouter profondément l'autre et de vouloir apprendre.

Filer se former
Comprendre (ou changer) ses postures, apprendre à communiquer clairement et sans effusions, s'apaiser, mieux coopérer, c'est le règne du stage à tous les étages de la transition intérieure. Cela prend du temps et des euros. Même si de nombreux stages se paient en participation consciente, en PC dans le jargon, se former a un coût non négligeable. Ensuite, il faudra trouver un parterre de jeux où valider et mettre à profit ses acquis.

Que celles et ceux qui disposent de sept semaines n'hésitent pas : direction Fertîles, l'école itinérante créée par des anciens de La Bascule. Leur parcours immersif propose d'explorer ce que « transition » veut dire durant près de deux mois dans un lieu représentatif d'un monde nouveau. On y apprend à coopérer, à s'engager et à vivre autrement. J'ajouterais qu'on y rencontre, parmi les vingt-deux personnes de chaque promo, celles et ceux qui jalonneront notre vie.

https://fertiles.labascule.org/

Ils mettent également leurs ressources pédagogiques à disposition sous la licence Creative Commons : https://fertiles.labascule.org/nos-ressources/

contact@fertiles.co

Apprendre les bases de la communication non violente (CNV)

Pour cela, aller dans la Mecque francophone de la CNV, à Assenois (Belgique) chez Thomas d'Ansembourg. Compter environ 500 euros pour le gîte et le couvert, puis environ la même somme pour le matériel pédagogique. D'Ansembourg donne également pas mal de conférences en ligne, et les bases de la CNV sont livrées pour 120 euros. Le séminaire d'approfondissement flirte avec les 300 euros, mais il dure plus de vingt heures... Dans les deux cas, c'est un peu comme si vous étiez face à Thomas en train de faire ses conférences au château, mais sans le plaisir des rencontres, ni celui de s'exercer dans la foulée avec des inconnus.

https://www.thomasdansembourg.com/

La CNV s'apprend aussi au travers des ouvrages suivants :

- *Les mots sont des fenêtres (ou bien ce sont des murs),* Marshall Rosenberg, La Découverte.
- *Cessez d'être gentils, soyez vrai !* Thomas d'Ansembourg, édition de l'Homme.
- *Émotions : enquête et mode d'emploi,* Art-mella, éditions Pourpenser (BD pour les enfants à partir de 8 ans ; 2 tomes).

Pendant quelques années, l'autrice est allée à la rencontre de spécialistes des émotions, s'est documentée, a lu et a participé à de nombreux stages. Le succès de sa première BD, *Friandises philosophiques,* lui a donné envie d'utiliser ce format pour partager ce qu'elle avait appris au cours de cette longue et passionnante enquête.

Partager...

Sur les réseaux sociaux, les groupes « habitats partagés », « projets collectifs » et « relations humaines dans les écolieux » se déclinent par département. On y partage expériences traumatiques et conseils pour des prises de décision « fluides et joyeuses », des modules d'apprentissage transmettent la gouvernance intégrative ou partagée, des stages permettent de toucher du doigt d'autres façons de faire. Les groupes Facebook Écolieux projets de vie en communauté, Écolieux projets écovillages, Vers l'écolieu, Tour de France des écolieux, etc., rassemblent des dizaines de milliers d'aspirants. Ils se déclinent régionalement : Isère, Bretagne, Savoie… À chaque fois, on y trouve des rendez-vous, des formations, des échanges pour mûrir son projet.

Sur les petites villes ou les villes moyennes.

Lire

- *La Voie des écovillages ; guide pour repenser nos lieux de vie en collectif,* William Wadoux, éditions de Terran.
- *Vivre en écolieux ; le monde de demain se construit aujourd'hui,* Cristo Corbeau et Romane Rostoll, éditions Ulmer.
- *Créer un écolieu,* Bérénice Emeriau, éditions Charles Massin
- *Reinventing Organizations: A Guide to Creating Organizations Inspired by the Next Stage in Human Consciousness,* Frederic Laloux, Diateino. Préférer la version illustrée, plus digeste que les 500 pages originales.

Zone 3 : moi, mais où donc ?

Arriver sur un territoire

À coups de séjours gratuits, de week-ends de rencontres et d'intégration, nombre de départements et de régions attirent l'exilé urbain pour grossir les rangs de leurs administrés. Les plaquettes dégoulinent de paysages fantastiques, mais il est bon de creuser un peu la vie du territoire avant de s'y installer.

Le Syndicat de la Montagne limousine fait un remarquable travail de reliance auprès de ses habitants, y compris sur la délicate question de l'atterrissage et de l'intégration des néoruraux de toute obédience. C'est aussi une boîte à outils très riche, avec des cartes journalières de déplacements en transport public, des appels à fabrication de yourtes pour les barnums des expositions… Le plus rigolo est la liste des cartes qu'il reste à faire (carte des endroits où l'on peut accoucher, carte des points de vue, carte des endroits où l'on est tombé, carte de ma chambre, etc.). Elle se trouve sur https://syndicat-montagne.org/

Se renseigner

Ce n'est pas sexy, mais plongez dans le site de l'Agence nationale de la cohésion des territoires (ANCT), car c'est une mine pour comprendre les dynamiques de revitalisation des territoires. Oui, les pouvoirs s'échinent à revitaliser les territoires (après les avoir vidés). C'est évidemment une agence au service des collectivités et de leurs projets, mais chaque citoyen aurait avantage à piocher dedans pour comprendre ce qui l'attend sur place. On y trouve les fiches pratiques des contrats de relance et de transition écologique. C'est un peu rébarbatif mais édifiant, d'autant que c'est aussi là que l'on trouve les appels à manifestation d'intérêt qui permettent de financer des projets collectifs et locaux.

https://agence-cohesion-territoires.gouv.fr/

Entre les campagnes désertées et les métropoles, il existe les petites et moyennes villes, qui représentent de nouveaux eldorados. C'est d'ailleurs cette direction qu'explorent les récentes études de l'ANCT sur les petites centralités (2020) et de nombreuses politiques publiques en cours : « Revitalisation des centres-bourgs » (2014), « Action cœur de ville » (2017), « Opération de revitalisation de territoire (2018) et, depuis 2021, programme « Petites villes de demain ».

Zone 4 : moi et le travail

Le travail, le sens, la quête… En quelques années, le nombre de sites, « écoles », coachs en tous genres aiguillant la quête de sens a explosé. Il convient de bien débroussailler la botte de foin avant de trouver l'aiguille qui vous convient. Voici quelques pistes.

Écouter

Les Déviations (podcast)

Les Déviations est né d'une idée simple : raconter des histoires de gens qui ont changé de vie, pour donner envie de changer de vie ! Telle une tête de gondole, le site présente des parcours édifiants de ruptures professionnelles, puis il propose un accompagnement sur mesure. Il est presque devenu un média, avec interviews et goodies.

Il est vrai que la bifurcation donne lieu à des histoires étonnantes, bouleversantes, inspirantes. Les protagonistes racontent face caméra leur « déviation », leur remise en question profonde, leur *kairos,* leur chute, leur renaissance, leur appétit d'ailleurs. Le site propose un accompagnement sur mesure grâce à une vingtaine de coachs.

Mon Job de Sens (site et podcast)
En douze semaines, le site monjobdesens.com propose une formation (1 600 euros si vous la payez vous-même) permettant de saupoudrer votre boulot de sens ou carrément de changer de job.

Se titiller

Ticket for Change
Chez Ticket for Change, la proposition est vaste : des ateliers immersifs gratuits (le match du siècle, pour envisager un futur désirable et trouver sa voie pro), un MOOC de 20 heures, le livre de Matthieu Dardaillon[1], cofondateur de cette école nouvelle génération, un parcours exploratoire de douze semaines pour comprendre ce qui vous fait kiffer, qui vous êtes, etc. Vous allez manger de l'ikigai matin, midi et soir, mais pas que... Un parcours de six mois existe également pour ceux qui souhaitent entreprendre ou transformer leur organisation de l'intérieur.
https://www.ticketforchange.org

Lumia
L'école Lumia se trouve à Mouans-Sartoux, petite enclave de la transition perdue au milieu d'une Côte d'Azur bétonnée de bling-bling et de rêves démodés. Dans une grande bâtisse provençale, au milieu du potager qui fournit les cantines de la ville en miam bio, se niche donc un centre de recherche et de formation dédié à l'entreprise régénérative. Lumia, qui a été un partenaire-clé de la Convention des entreprises pour le climat, s'adresse avant tout aux organisations professionnelles qui souhaiteraient accueillir un ensemble de concepts, de méthodes et d'outils radicalement nouveaux pour mettre en œuvre des projets régénératifs au sein des organisations ou des territoires.

1. *Activez vos talents, ils peuvent changer le monde,* Alisio, 25 €.

Pour les entreprises

Le think tank TEK4life propose une master class consacrée aux entreprises qui veulent se placer sur une trajectoire de « progrès écologique et social », un parcours pour s'aligner sur les législations du pacte vert pour l'Europe et développer la viabilité de long terme.

Allez fureter dans les comptes rendus de la Convention des entreprises pour le climat (CEC), adhérez au Parlement des Entrepreneurs d'avenir, voyez si le cursus de la Heart Leadership University vous convient, etc.

Comment ne pas mentionner *le Plan de transformation de l'économie française,* du Shift Project, patronné par le roi de la bascule zéro carbone, Jean-Marc Jancovici. Tous les éléments concrets et synthétisés des secteurs concernés se trouvent sur : https://ilnousfautunplan.fr.

Le réseau des écoles de la transition écologique (ETRE)

Chaque année en France, 100 000 jeunes sortent du système scolaire sans diplôme. En parallèle, dans les trente prochaines années, presque 1 million d'emplois seront créés dans la transition écologique. Les écoles ETRE proposent des formations gratuites pour les jeunes de 16 à 25 ans, pratiques et manuelles, autour des métiers verts et verdissants, pendant une semaine à un an.

https://www.ecole-transition.eu/

L'Institut de Tramayes (Bourgogne Sud)

Quoi de mieux que des mains habiles et une tête bien faite pour voir demain ? À aider impérativement : une école post-bac et un cursus en 8 mois alliant savoirs théoriques pour apprendre à penser le monde et gérer son projet, et savoirs manuels par l'apprentissage d'un métier manuel. Il reste des places pour la rentrée 2023 ! Contact : Valentin Bertron, directeur pédagogique, https://www.institutdetramayes.fr.

Quelques outils

Outil de rêve partagé

Le rêve du dragon, qui a inspiré Anne-Laure du Bois du Barde
https://revedudragon.org/937-2/

En référence à un jeu de plateau, la technique du rêve du dragon se décline en quatre actes : rêver, planifier, faire, célébrer. D'abord, le rêve. « Chaque projet commence par un rêve à partager avec les autres. » À cette étape, le rêve de l'individu meurt pour renaître comme un rêve collectif, ce qui le rend bien plus puissant. Ensuite, l'équipe se constitue, y compris avec ceux qui résistent ou ne croient pas au projet. C'est là que se distribuent les rôles, les tâches à réaliser, ou que se définit le rétroplanning, le budget, voire le prototype. Place ensuite à la mise en œuvre : le projet a pris vie, il est en nursery… ou en soins intensifs, c'est selon ! Parmi les doutes concernant le respect des coûts ou du calendrier, la gestion des bénévoles ou la communication (le faire savoir), une question surplombe toutes les autres : sommes-nous en train de réaliser le rêve d'origine ? Là, le temps se suspend, on croise les doigts. Dans l'affirmative, voici venu le temps de la fiesta, de la célébration. En cela, Joigny célèbre de nombreux paquets de choses. « De toute façon, c'est dans l'informel et le plaisir que se nouent les liens essentiels des collectifs et communautés. Faire la fête, célébrer, honorer le chemin parcouru est une façon de maintenir le rêve debout, et de rebooster la motivation. »

Outil de soin

L'écovillage de Sainte-Camelle utilise le cœur à cœur pour régler les conflits, la méthode consistant à suivre trois étapes lorsqu'un événement fait surgir une émotion un peu vive (tristesse, colère, énervement…).

1. Accueillir l'émotion et la laisser s'exprimer à l'écart des autres. En gros, lorsqu'un conflit assombrit l'ambiance de la réunion, lorsqu'on sent les frictions débouler, prendre un temps d'ancrage et de mise à distance.
2. Chercher en soi ce qui fait écho à cette émotion : ce qui m'incommode m'appartient, cela peut révéler une blessure ancienne, non

refermée, qu'il serait bon de « panser » (et de penser) un peu. On peut aussi être fatigué, tout simplement, et le dire avec calme.
3. Identifier ce que la vie enseigne à travers cette épreuve. Si on reproduit ce schéma, c'est qu'il y a un os.

Outil de discernement

Le philosophe Bruno Latour vient de nous quitter, mais il nous a légué un travail considérable qui peut servir à envisager comment atterrir pour habiter la planète. Pour vous plonger dans l'esprit de ce grand penseur de l'anthropocène (ou de ce qui y ressemblerait), commencez par prévoir un repas avec des amis qui aiment phosphorer sur le monde qui vient, débouchez quelques quilles et répondez à son questionnaire, concocté durant le premier confinement. Il appelait cela un « outil pour aider au discernement ». Il ne s'agit pas seulement d'exprimer une opinion qui viendrait à l'esprit, mais de décrire une situation et peut-être de la prolonger par une petite enquête. Il s'agit de faire la liste des activités dont vous vous sentez privé par la crise actuelle et qui vous donnent la sensation d'une atteinte à vos conditions essentielles de subsistance. Pour chaque activité, indiquez si vous aimeriez qu'elle reprenne comme avant, qu'elle reprenne en mieux ou qu'elle ne reprenne pas du tout.

Question 1

Quelles sont les activités maintenant suspendues dont vous souhaiteriez qu'elles ne reprennent pas ?

Question 2

En faisant un paragraphe distinct pour chaque réponse, décrivez : pourquoi cette activité vous apparaît nuisible, superflue, dangereuse, incohérente ; en quoi sa disparition, sa mise en veilleuse ou sa substitution rendrait d'autres activités que vous favorisez plus faciles, plus cohérentes.

Question 3

Quelles mesures préconisez-vous pour que les ouvriers, les employés, les agents et les entrepreneurs qui ne pourront plus continuer dans les activités que vous supprimez se voient faciliter la transition vers d'autres activités ?

Question 4
Quelles sont les activités maintenant suspendues dont vous souhaiteriez qu'elles se développent ou qu'elles reprennent, ou celles qui devraient être inventées en remplacement ?
Question 5
En faisant un paragraphe distinct pour chaque réponse, décrivez : pourquoi cette activité vous apparaît positive ; comment elle rend plus faciles, plus harmonieuses, plus cohérentes d'autres activités que vous favorisez ; comment elle permet de lutter contre celles que vous jugez défavorables.
Question 6
Quelles mesures préconisez-vous pour aider les ouvriers, les employés, les agents et les entrepreneurs à acquérir les capacités, les moyens, les revenus et les instruments permettant la reprise, le développement ou la création de cette activité ?

Latour suggère ensuite que les descriptions des convives soient compilées et comparées les unes aux autres. « La compilation puis la superposition des réponses devraient dessiner peu à peu un paysage composé de lignes de conflits, d'alliances, de controverses et d'oppositions. » Nous arrivons là dans la sphère politique.

Si j'osais – en fait, j'ose, et c'est à ça qu'on me reconnaît –, je transposerais cet outil de discernement à la bifurcation personnelle. Il suffit de modifier légèrement les questions pour les adapter à sa trajectoire personnelle…

Question 1
Quelles sont les choses que je veux voir cesser. Pourquoi ?
Question 2
Décrire pourquoi cela me déprime, m'ampute, tue mon désir, attaque mon enfant intérieur.
En quoi sa disparition, sa suspension ou sa diminution rendrait ma vie plus cohérente, plus facile, plus agréable ?
Question 3
Quelles mesures est-ce que je préconise pour pouvoir bifurquer, transitionner, c'est-à-dire quitter ce qui me nuit pour aller ailleurs ?

Question 4
Quelles sont les activités que je ne mène pas, ou que peu, et que j'aimerais développer ? Qu'aurais-je envie de découvrir qui me rendrait heureux ?
Question 5
En faisant un paragraphe distinct pour chaque réponse, décrivez : pourquoi cette activité m'apparaît positive ; comment elle rendrait plus facile, plus harmonieuse, plus cohérente ma vie ; en quoi elle lutterait contre mon malaise, mon inadaptation, ma tristesse, ma sortie de l'axe.
Question 6
Quelles mesures est-ce que je préconise pour acquérir les capacités, les moyens, les revenus et les instruments permettant la reprise, le développement ou la création de ma future activité ?

La participation consciente

La participation consciente est la somme que vous souhaitez ou pouvez donner en conscience pour ce que vous avez vécu ou pour un service reçu. C'est une façon de retourner le rapport à la rémunération lorsqu'on donne un atelier, un cours, une prestation quelconque. C'est absolument dérangeant, mais fabuleux et transformateur dans notre rapport à l'argent, à ce que l'on « consomme » et à notre façon de juger la valeur d'un stage ou d'une prestation. Le principe a été développé par l'Université du Nous, en voici les « règles ».

- Aucun montant n'est fixé ni proposé, mais la participation est obligatoire.
- La participation financière est remise à la fin de l'activité ou du service reçu, de façon non anonyme (par exemple, dans une enveloppe portant votre nom), sans justification du don réalisé. Les autres participants ne sont pas informés du montant donné. Le don nominatif et confidentiel permet d'assumer de façon responsable ce que l'on peut ou ce que l'on veut donner.
- La participation consciente fait toujours l'objet d'un temps d'explication (et de partage dans le cas d'une activité) au début et à la fin.
- Le montant total récolté, la moyenne, le montant le plus faible et le montant le plus élevé sont communiqués à l'ensemble des participants.

Remerciements

Merci

À Suyapa, pour les silences qui me laissaient sédimenter.

À Emmanuelle, pour ton soutien inoxydable.

À François, pour ta présence en tout (et ta dextérité logistique, puis gourmande).

À Jérômine, pour ton élan et ton regard si juste.

À celles à et ceux qui nous ont reçues, Jérômine et moi.

À Jeanine et à Yves pour cette immersion enveloppante quatre étoiles.

À toutes celles et tous ceux qui se sont laissés regarder.

À celles et ceux qui œuvrent à Joigny au sein des collectifs. Mon « chapeau noir » couvre souvent l'enthousiasme, la fierté et la joie que j'ai à vous connaître.

La promesse du livre était un tour de France, mais il fut impossible de rendre compte de toutes les rencontres. Un merci un peu honteux aux personnes qui ont pris le temps de répondre à mon questionnaire. La matière était gigantesque… Je pense aussi à celles et ceux qui m'ont ouvert leur maison sans rien attendre en retour : Florence et sa ferme, Sophie et sa Paulette, Ariane et ses fleurs, Julien et ses magnifiques quilles nature, et tant d'autres…

Enfin, je voudrais rendre un insondable hommage à la catastrophe en cours, sans laquelle nous voguerions sur la houle d'existences tracées par ce qui nous précède et nous tue. Je salue le courage dont nous faisons toutes et tous preuve pour ne pas nous laisser abattre (comme disent les Kennedy).

Table des matières

De la même autrice :
Comment rester écolo sans finir dépressif, 2020

Dans la même collection :
Cheval, raconte-nous la liberté, Isabelle Pouységur, 2019
Le Potager du paresseux, Didier Helmstetter, 2019
Le Potager du paresseux frappé par le changement climatique, Didier Helmstetter, 2022
Osons la nuit, Johan Eklöf, 2022

Tana S'ENGAGE

TANA est un éditeur qui s'engage pour la préservation de l'environnement et qui utilise du papier issu de forêts gérées durablement.

Ce livre a été imprimé en France par un imprimeur certifié Imprim'Vert® avec des encres végétales. La couverture ne comprend pas de pelliculage contenant du plastique.

Direction éditoriale : Suyapa Hammje
Édition : Chloé Chauveau, Émeline Martin
Mise en pages : Nord Compo
Couverture : © David Cosson – Dazibaocom
Fabrication : Camille Friquet

92, avenue de France
75013 Paris

ISBN : 979-10-301-0392-2
Dépôt légal : janvier 2023
Imprimé en France en janvier 2023 par Normandie Roto Impression s.a.s. (2206205)

Rejoignez-nous sur :
www.tana.fr

#lisez! engagé
www.lisez.com
Pour plus d'information :
Imprimé sur du papier issu de forêts gérées durablement.